POLIANA CRESCEU

ELEANOR H. PORTER

POLIANA CRESCEU

Tradução:
Entrelinhas Editorial

Lafonte

Título original: *Pollyanna Grows Up*
Copyright da tradução © Editora Lafonte, 2018

Todos os direitos reservados.
Nenhuma parte deste livro pode ser reproduzida sob quaisquer meios existentes sem autorização por escrito dos editores.

Edição Brasileira

Direção Editorial *Ethel Santaella*
Coordenação *Denise Gianoglio*
Tradução *Entrelinhas Editorial*
Revisão *Suely Furukawa*
Projeto gráfico *Marcelo Almeida*
Capa *Ilustração de Katea/shutterstock.com*

Dados Internacionais de Catalogação na Publicação (CIP)
(Câmara Brasileira do Livro, SP, Brasil)

Porter, Eleanor H., 1868-1920.
   Poliana cresceu / Eleanor H. Porter ; tradução e adaptação Entrelinhas Editorial. -- 1. ed. -- São Paulo : Lafonte, 2018.

   Título original: Pollyanna grows up.
   ISBN 978-85-8186-279-8

   1. Literatura infantojuvenil I.Entrelinhas Editorial. II. Título.

18-17770   CDD-028.5

Índices para catálogo sistemático:

1. Literatura infantil   028.5
2. Literatura infantojuvenil   028.5

Iolanda Rodrigues Biode - Bibliotecária - CRB-8/10014

1ª edição brasileira: 2018
Editora Lafonte
Av. Profa. Ida Kolb, 551 - 3º andar - São Paulo - SP - CEP 02518-000
Tel.: 55 11 3855-2286
atendimento@editoralafonte.com.br * www.editoralafonte.com.br

Impressão e acabamento:
Gráfica Araguaia

Para o meu primo Walter.

Índice

CAPÍTULO I - DELLA FALA O QUE PENSA 09

CAPÍTULO II - VELHOS AMIGOS 17

CAPÍTULO III - UMA DOSE DE POLIANA 27

CAPÍTULO IV - O JOGO E A SRA. CAREW 35

CAPÍTULO V - O PASSEIO DE POLIANA 41

CAPÍTULO VI - UM PEDIDO DE SOCORRO 53

CAPÍTULO VII - UM NOVO AMIGO 61

CAPÍTULO VIII - JAMIE 67

CAPÍTULO IX - PLANOS E TRAMAS 75

CAPÍTULO X - NO BECO DOS MURPHY 81

CAPÍTULO XI - UMA SURPRESA PARA A SRA. CAREW 89

CAPÍTULO XII - ATRÁS DO BALCÃO 95

CAPÍTULO XIII - UMA ESPERA E UMA VITÓRIA 101

CAPÍTULO XIV - JIMMY E O MONSTRO DE OLHOS VERDES 109

CAPÍTULO XV - O RECEIO DE TIA POLI 115

CAPÍTULO XVI - À ESPERA DE POLIANA 119

CAPÍTULO XVII - A CHEGADA DE POLIANA 127

CAPÍTULO XVIII - UMA QUESTÃO DE ADAPTAÇÃO 135

CAPÍTULO XIX - DUAS CARTAS 141

CAPÍTULO XX - OS HÓSPEDES PAGANTES.. 147

CAPÍTULO XXI - DIAS DE VERÃO.. 153

CAPÍTULO XXII - COMPANHEIRISMO.. 159

CAPÍTULO XXIII - PRESO ÀS MULETAS 167

CAPÍTULO XXIV - JIMMY ACORDA... 171

CAPÍTULO XXV - O JOGO E POLIANA.. 177

CAPÍTULO XXVI - JOHN PENDLETON 183

CAPÍTULO XXVII - O DIA EM QUE POLIANA NÃO JOGOU 189

CAPÍTULO XXVIII - JIMMY E JAMIE 195

CAPÍTULO XXIX - JIMMY E JOHN..201

CAPÍTULO XXX - ESCLARECIMENTO DE JOHN PENDLETON 207

CAPÍTULO XXXI - APÓS LONGOS ANOS 213

CAPÍTULO XXXII - UM NOVO ALADIM 221

ELEANOR H. PORTER

CAPÍTULO 1

Della fala o que pensa

Della Wetherby tropeçou nos degraus um tanto imponentes da casa de sua irmã na avenida Commonwealth e apertou ansiosamente a campainha. Do topo do chapéu até a ponta do sapato de salto baixo, ela era decidida e irradiava saúde e competência. Até mesmo sua voz, ao cumprimentar a empregada que abriu a porta, vibrou com sua alegria de viver.

– Bom dia, Mary. Minha irmã está?

– S-sim, senhora, a Sra. Carew está – hesitou a menina. – Mas me disse que não quer receber ninguém.

– Ela disse? Bem, eu não sou ninguém – sorriu a senhorita Wetherby –, então ela vai me ver. Não se preocupe, eu assumo a culpa – ela balançou a cabeça, em resposta ao olhar assustado da menina. – Onde ela está? Na sala de estar?

– S-sim, senhora, mas... quero dizer, ela disse que... – No entanto, a senhorita Wetherby já estava a meio caminho da ampla escadaria e, com um olhar desesperado para trás, a empregada saiu.

No corredor da parte de cima, Della Wetherby caminhou sem hesitar em direção a uma porta entreaberta e bateu.

– Bem, Mary – respondeu uma voz num tom de querida-o-que-foi-agora –, eu não disse... Ah, Della! – A voz tornou-se subitamente acolhedora de amor e surpresa. – Minha querida menina, de onde está vindo?

– Sim, sou eu – sorriu a jovem, alegremente, já atravessando a sala. – Estou vindo de um domingo agitado na praia com duas outras enfermeiras, e vou voltar para o hospital agora. Quer dizer, estou aqui agora, mas não devo demorar. Eu vim para isto – concluiu, dando-lhe um beijo caloroso.

A Sra. Carew franziu a testa e recuou com frieza. O leve toque de alegria e animação que havia em seu rosto se foi, deixando apenas um mau humor desanimador que era claramente sua marca.

– Ah, claro! Eu já deveria saber – disse ela. – Você nunca fica muito aqui.

– Aqui! – Della Wetherby riu com alegria e ergueu as mãos. Em seguida, sua voz e comportamento mudaram. Ela olhou para a irmã com olhos sérios e afetuosos. – Ruth, querida, eu não poderia... eu simplesmente não conseguiria morar nesta casa. Você sabe disso – concluiu gentilmente.

A Sra. Carew agitou-se, irritada.

– Não, eu não sei – disse na defensiva.

Della Wetherby sacudiu a cabeça.

– Sim, você sabe, querida. Sabe que não gosto de nada disto: a tristeza, a falta de propósito, a insistência no sofrimento e na amargura.

– Mas eu *sou* sofrida e amarga.

– Não deveria ser.

– Por que não? O que poderia ser difXerente?

Della Wetherby fez um gesto impaciente.

– Ruth, olhe aqui – ela desafiou. – Você tem trinta e três anos. Tem boa saúde – ou teria, se se cuidasse direito – e certamente tem tempo de sobra e muito dinheiro. Sem dúvida, qualquer um diria para você achar *alguma coisa* para fazer nesta manhã gloriosa, além de ficar sentada e triste dentro desta casa que parece uma tumba e dar instruções para a empregada de que não quer ver ninguém.

– Mas eu não *quero* ver ninguém.

– Então, eu *me obrigaria* a querer.

A Sra. Carew suspirou cansada e virou a cabeça.

– Ah, Della, você não entende. Eu não sou como você. Eu não consigo esquecer.

Uma dor repentina tomou o rosto de Della.

– Está se referindo a Jamie, suponho. Eu não esqueço disso, querida. Eu não poderia, claro. Mas a tristeza não vai nos ajudar – encontre-o.

– Como se eu não tivesse *tentado* encontrá-lo por oito longos anos – e por um motivo além da tristeza – piscou a Sra. Carew, indignada, com um soluço na voz.

– Claro que sim, querida – acalmou a jovem, rapidamente –, e vamos continuar procurando, até encontrá-lo – ou até morrermos. Mas *esse* tipo de comportamento não ajuda.

– Mas eu não quero fazer mais nada – murmurou Ruth Carew, melancólica.

Por um momento fez-se silêncio. A mais jovem sentou-se diante da irmã, preocupada e com tom reprovador.

– Ruth – ela disse, finalmente, com um toque de irritação –, me perdoe, mas você sempre será assim? Você é viúva, eu sei, mas sua vida de casada durou apenas um ano, e seu marido era muito mais velho. Você era pouco mais que uma criança na época. Esse período tão curto deve ficar não mais do que como um simples sonho agora. Isso não pode amargurar toda a sua vida!

– Não, ah, não – murmurou a Sra. Carew, ainda melancólica.

– Então, você vai continuar assim?

– Bem, claro, se eu conseguisse achar o Jamie.

– Sim, sim, eu sei, mas, Ruth, querida, não há nada mais no mundo além do Jamie que a deixe *um pouco* feliz?

– Não consigo pensar em mais nada – suspirou a Sra. Carew, indiferente.

– Ruth! – disparou a irmã, tomada por um sentimento muito parecido com raiva. Então, de repente, riu. – Ah, Ruth, Ruth, queria lhe dar uma dose de Poliana. Eu não conheço ninguém que precise mais disso do que você!

A Sra. Carew se enrijeceu um pouco.

– Bem, eu não sei o que é Poliana, mas o que quer que seja, eu não quero – retrucou, ríspida e irritada. – Aqui não é o seu adorado hospital, e eu não sou sua paciente para ser medicada e receber ordens, por favor, lembre-se disso.

Os olhos de Della Wetherby se agitaram, mas seus lábios não sorriram.

– Poliana não é um remédio, minha querida – ela disse humildemente

–, muito embora eu tenha ouvido algumas pessoas chamá-la de tônico. Poliana é uma garotinha.

– Uma criança? Bem, como poderia saber? – retrucou a irmã, ainda ofendida. – Você tem a sua "beladona", então por que não uma "Poliana" também? Além disso, você sempre me recomenda tomar alguma coisa, e você disse "dose", e isso geralmente significa algum tipo de remédio.

– Bem, Poliana é um tipo de remédio – sorriu Della. – De qualquer forma, os médicos do hospital dizem que ela é melhor do que qualquer medicamento. Ela é uma garotinha, Ruth, com doze ou treze anos de idade, e passou todo o verão e grande parte do inverno no hospital. Eu convivi com ela por uns dois meses apenas, pois ela foi embora logo depois que eu cheguei. Mas foi o suficiente para eu me encantar por ela. Todos no hospital ainda falam de Poliana e jogam o jogo dela!

– *Jogo*!

– Sim – concordou Della, com um sorriso curioso. – Seu "Jogo do Contente". Eu nunca vou esquecer do meu primeiro contato com ele. O tratamento da Poliana era bastante desagradável e até doloroso. Toda terça-feira pela manhã, e logo depois que eu chegava ao hospital, eu tratava dela. Eu tive receio, pois sabia, por conta de experiências com outras crianças, que haveria irritação e lágrimas, ou pior. Mas, para minha surpresa, ela me recebeu com um sorriso e disse que estava feliz em me ver. Acredite ou não, de seus lábios saiu apenas um gemido durante todo o procedimento, mas eu sabia que estava lhe causando dor. Acho que disse algo a ela que mostrou a minha surpresa, pois ela explicou de forma sincera: "Ah, sim, eu costumava me sentir assim também, e também tinha medo, mas comecei a pensar que era como os dias em que Nancy lavava roupa, então posso ficar feliz toda terça-feira, pois estarei livre do tratamento pelo restante da semana".

– Que extraordinário! – disse a Sra. Carew franzindo a testa, sem compreender. – Mas não vejo nenhum *jogo* nisso.

– Eu também não, só percebi depois, quando ela me contou. Poliana é órfã de mãe e seu pai era um pobre pastor do oeste. Ela foi criada por uma organização feminina de caridade e recebia doações dos missionários. Quando era ainda uma mininha, queria uma boneca, e esperava confiante que recebesse nas próximas doações, mas ela ganhou, na verdade, um par de muletas.

— Ela chorou, é claro. Então seu pai a ensinou a sempre buscar algo que a deixasse feliz. E disse que deveria ficar feliz com as muletas porque não precisava delas. Esse foi o começo. Poliana disse que adorou o jogo e começou a praticá-lo. Quanto mais difícil fosse encontrar algo que a deixasse feliz, mais divertido ficava o jogo, como nas vezes em que uma situação era *extremamente* difícil.

— Que fantástico! – murmurou a Sra. Carew, ainda sem compreender totalmente.

— Você realmente acharia isso, se pudesse ver os resultados desse jogo no hospital – assentiu Della. – O Dr. Ames diz que ouviu relatos de que ela revolucionou toda a cidade de onde veio. Ele conhece muito bem o Dr. Chilton, o marido da tia de Poliana. Aliás, acredito que ela tenha ajudado nesse relacionamento. Muitas discussões entre eles foram apaziguadas pela garota.

Veja só... Há dois anos ou mais, o pai da Poliana morreu, e ela foi mandada para o leste aos cuidados dessa tia. Em outubro, ela foi atropelada por um automóvel e a informaram de que nunca mais voltaria a andar. Em abril, o Dr. Chilton a enviou para o hospital e ela ficou lá até março passado, por quase um ano. Voltou para casa praticamente curada. Você deveria tê-la visto! Só uma coisa atrapalhava sua felicidade: não poder ir andando até lá. Até onde lembro, toda a cidade a recebeu com música e cartazes. Mas não dá para falar sobre a Poliana. É preciso *conhecê-la*. Por isso digo que você deveria tomar uma dose de Poliana. Faria muito bem a você.

A Sra. Carew levantou um pouco a cabeça.

— Na verdade, discordo de você – ela respondeu friamente. – Não preciso ser "revolucionada" e não tenho nenhuma briga de casal para resolver aqui. Se existe *algo* que seria insuportável para mim, seria uma pequena impertinente de rosto alongado pregando que devo ser grata por tudo. Eu não suportaria... – Uma gargalhada a interrompeu.

— Ah, Ruth, Ruth – silenciou a irmã, recuperando-se do riso. – Impertinente, não. *Poliana*! Ah, ah, se você a conhecesse! Veja só, eu deveria saber. Eu *disse* que não poderia *falar* sobre a Poliana. E, é claro, você não estaria inclinada a conhecê-la. Mas impertinente, francamente! – e soltou outra gargalhada. Quase imediatamente, porém, ficou séria e olhou para a irmã com o antigo olhar de preocupação.

— Sério, querida, não há nada que possamos fazer? – ela implorou.

– Você não pode desperdiçar a vida assim. Não vai tentar sair mais e conhecer pessoas?

– Por que, se não tenho vontade? Estou cansada das pessoas. Você sabe que a sociedade sempre me entediou.

– Por que não tenta trabalho voluntário?

A Sra. Carew fez um gesto impaciente.

– Della, querida, já passamos por tudo isso. Eu dou dinheiro, e muito, e isso é o suficiente. Não sei quanto, mas é bastante. Não vejo benefícios em sair por aí doando dinheiro.

– Mas se você se doasse um pouco – arriscou Della, gentilmente. – Se você se interessasse por algo que não fosse ligado à sua própria vida, ajudaria tanto e...

– Della, minha querida – interrompeu a irmã mais velha, com insistência. – Eu te amo, e adoro que venha aqui, mas não aguento sermões. Para você é ótimo transformar-se em um anjo misericordioso e oferecer água fresca, fazer curativos em cabeças machucadas e tudo o mais. Talvez *você* consiga esquecer Jamie dessa forma, mas eu não. Eu só pensaria ainda mais nele, imaginando se teve alguém para lhe dar água e enfaixar-lhe a cabeça. Além disso, tudo isso seria muito desagradável para mim... estar no meio de todo esse tipo de gente.

– Você já tentou?

– Não, claro que não! – a voz da Sra. Carew mostrava desdém e indignação.

– Então, como sabe? – perguntou a jovem enfermeira, pondo-se de pé, um pouco cansada. – Preciso ir agora, querida. Vou me encontrar com as meninas na estação. Nosso trem sai meio-dia e meia. Desculpe-me se a deixei zangada – ela se despediu com um beijo na irmã.

– Eu não estou zangada com você, Della – suspirou a Sra. Carew. – Mas se entendesse!

Um minuto depois, Della Wetherby percorreu os corredores silenciosos e sombrios e saiu. Seu rosto, andar e atitude estavam muito diferentes de quando chegou menos de meia hora antes. Toda a energia, a espontaneidade, a alegria de viver desapareceram. Por meio quarteirão, ela arrastou um pé após o outro, apática. Então, de repente, levantou a cabeça e respirou fundo.

– Uma semana naquela casa me mataria – ela estremeceu. – Acho que nem a própria Poliana acabaria com tanta tristeza! Ela só ficaria feliz com o fato de não ter de ficar lá.

No entanto, logo ficou comprovado que Della Wetherby não desacreditava totalmente na capacidade de Poliana provocar uma mudança para melhor na casa da Sra. Carew. Assim que a enfermeira chegou ao hospital, soube de algo que a fez viajar, no dia seguinte, os oitenta quilômetros que a separavam de Boston.

Ao chegar, exatamente como antes, Della encontrou a casa de sua irmã, como se a Sra. Carew não tivesse se movido desde que a deixara.

– Ruth – ela disse ansiosamente, depois de responder a saudação espantada da irmã. – Eu *tive* de voltar e você precisa, desta vez, ceder e deixar que eu faça as coisas do meu jeito. Ouça! Acho que você pode ter a pequena Poliana aqui, se quiser.

– Mas eu não quero – retrucou a Sra. Carew, com uma prontidão fria.

Della Wetherby parecia não ter ouvido. Continuou falando, empolgada.

– Quando cheguei ao hospital ontem, descobri que o Dr. Ames havia recebido uma carta do Dr. Chilton, o marido da tia da Poliana, você sabe... Bem, parece que ele vai fazer um curso na Alemanha no inverno, junto com a esposa, caso consiga convencê-la de que a Poliana ficará bem em algum colégio aqui em Boston. Mas a Sra. Chilton não quer, por isso ele estava achando que ela não poderia acompanhá-lo e ele não poderia fazer o curso. Essa é a nossa chance, Ruth! Eu quero que *você* fique com a Poliana durante este inverno e a deixe frequentar alguma escola por aqui.

– Que ideia absurda, Della! Como se eu quisesse uma criança aqui para me incomodar!

– Ela não vai incomodar nem um pouco. Ela deve ter quase treze anos agora, e é a garota mais independente que você já viu.

– Eu não gosto de crianças "independentes" – retrucou a Sra. Carew perversamente, ainda que rindo. Como tinha rido, sua irmã se encheu de uma coragem súbita e redobrou os esforços.

Talvez tenha sido por causa do pedido repentino ou pela novidade. Talvez porque a história de Poliana tenha tocado o coração de Ruth Carew de alguma forma. Ou porque não queria recusar o pedido apaixonado da irmã. Não importa, finalmente o jogo virou. Quando Della Wetherby saiu apressada meia hora depois, levou consigo a promessa de Ruth Carew de receber Poliana em sua casa.

– Mas, lembre-se – a Sra. Carew avisou ao se despedir – , lembre-se de que, no minuto em que essa criança começar a me dar sermões e me pedir para ser agradecida por tudo, eu a mando de volta para você para fazer o que quiser com ela. Eu não fico com a garota!

– Vou me lembrar disso, mas não estou nada preocupada – concordou a jovem, despedindo-se. E sussurrou para si mesma enquanto saía: – Metade do meu trabalho está feito. Agora, a outra metade: trazer a Poliana. Ela precisa vir. Vou escrever uma carta para que eles a deixem vir!

ELEANOR H. PORTER

CAPÍTULO 2

Velhos amigos

Em Beldingsville, naquele dia de agosto, a Sra. Chilton esperou Poliana dormir antes de falar com o marido sobre a carta que havia chegado de manhã. Para isso, ela teria de esperar, de qualquer forma, pois a agenda de trabalho lotada e as horas gastas nas longas viagens pelas colinas não deixavam tempo livre para assuntos domésticos.

Eram quase nove e meia, quando o médico entrou na sala de estar. Seu rosto cansado se iluminou ao vê-la, mas ao mesmo tempo seus olhos mostraram uma curiosidade surpresa.

– Poli, querida, o que é isso? – ele perguntou preocupado.

Sua esposa deu uma risada aflita.

– Bem, é uma carta, mas não achei que descobriria apenas olhando para mim.

– Não deveria estar com essa expressão, então – ele sorriu. – Mas o que é isso?

A Sra. Chilton hesitou, franziu os lábios e pegou uma carta perto dela.

– Eu vou ler para você – disse ela. – É da senhorita Della Wetherby, do hospital do Dr. Ames.

– Tudo bem. Pode ler – o homem pediu, jogando-se no sofá perto de sua esposa.

Mas sua esposa não leu imediatamente. Primeiro ela se levantou e cobriu o marido com uma manta de lã cinza. Havia apenas um ano que eles tinham se casado. Ela estava com quarenta e dois anos agora. Às vezes, parecia que, naquele breve período como esposa, havia reunido todo o cuidado amoroso e superprotetor que não tivera ao longo de vinte anos de solidão e falta de amor. Nem o médico, que tinha quarenta e cinco anos quando se casou e não conseguia se lembrar de nada além de solidão e falta de amor, opunha-se minimamente a todo esse cuidado. Ele agia, de fato, como se gostasse disso, embora procurasse não demonstrar muito. Ele havia descoberto que a Sra. Poli tinha sido senhorita Poli por tanto tempo, que poderia recuar em pânico e considerar boba a ajuda que lhe dava caso recebesse muita atenção e entusiasmo como resposta. Então, ele se contentou naquele momento com um mero carinho na mão dela enquanto Poli ajeitava a manta e se acomodava para ler a carta em voz alta.

"Minha querida Sra. Chilton – tinha escrito Della Wetherby. – Por seis vezes eu comecei a escrever uma carta para você, e acabei rasgando todas, então agora decidi não "começar", mas lhe dizer de uma vez o que gostaria. Eu quero a Poliana. Posso tê-la comigo?

Eu conheci a senhora e seu marido em março passado, quando veio buscar a Poliana, mas acredito que não se lembre de mim. Eu estou pedindo ao Dr. Ames (que me conhece muito bem) para escrever ao seu marido, para que você (assim espero) confie a nós a sua querida sobrinha.

Sei que gostaria de ir à Alemanha com seu marido, mas para isso teria de deixar a Poliana. Então, atrevo-me a pedir que a deixe conosco. Na verdade, estou implorando para tê-la conosco, querida Sra. Chilton. Agora, vou lhe contar por que.

Minha irmã, a Sra. Carew, é uma mulher solitária, de coração partido, desgostosa e infeliz. Ela vive em um mundo de tristeza em que nenhum raio de sol entra. Mas acredito que, se há algo neste mundo que possa trazer a luz do sol em sua vida, é sua sobrinha, Poliana. Você a deixaria tentar? Gostaria de contar o que ela já fez pelo hospital, mas ninguém conseguiria explicar. A senhora precisaria ver. Há muito tempo descobri que não se pode falar sobre a Poliana. Assim que se tenta falar dela, ela parece ser pretensiosa e desagradável, e impossível. No entanto, a senhora e eu sabemos que ela é tudo, menos isso. Deixe a Poliana entrar em cena e falar por si mesma. Quero apresentá-la para a minha irmã, e deixá-la falar por si mesma. Ela frequentaria a escola, é claro, mas nesse meio-tempo acredito que curaria a ferida no coração da minha irmã.

Eu não sei como terminar esta carta. Acredito que é mais difícil do que começar. Receio que não quero terminá-la. Quero continuar falando e falando, por medo, pois, se eu parar, a senhora poderá dizer não. Se está tentada a dizer essa palavra terrível, por favor, leve em consideração que ainda estou falando e dizendo o quanto queremos e precisamos da Poliana.

Esperançosamente,

Della Wetherby"

– É isso! – disparou a Sra. Chilton, enquanto abaixava a carta. – Você já leu uma carta tão incomum ou ouviu falar de um pedido mais ridículo e absurdo?

– Bem, não acho – sorriu o médico. – Eu não acho que seja absurdo.

– Mas, mas do jeito que ela diz, que "curaria a ferida no coração da minha irmã" e tudo mais. Alguém poderia pensar que a criança é uma espécie de remédio!

O médico deu uma gargalhada e levantou as sobrancelhas.

– Veja, não tenho certeza, mas ela é, Poli. Eu *sempre* disse que gostaria de poder prescrevê-la e comprá-la como se fosse uma caixa de comprimidos. E Charlie Ames diz que, enquanto ela esteve lá no hospital, eles sempre fizeram questão de oferecer aos novos pacientes uma dose de Poliana o mais rápido possível.

– "Dose", francamente! – desprezou a Sra. Chilton.

– Você não a deixaria ir?

– Ir? Claro que não! Você acha que eu deixaria aquela criança, assim, com pessoas totalmente estranhas? E que estranhas! Thomas, quando eu voltasse da Alemanha, poderia esperar que essa enfermeira engarrafasse e rotulasse a Poliana com instruções sobre como tomá-la.

Novamente, o médico jogou a cabeça para trás e riu com vontade, mas só por um momento. Seu rosto mudou perceptivelmente enquanto colocava a mão no bolso e tirava uma carta.

– Eu também recebi uma carta hoje – ele disse, com um tom de voz estranho que fez com que sua esposa franzisse a testa. – Vou ler agora.

"Querido Tom – ele começou. – A senhorita Della Wetherby me pediu para que a recomendasse, assim como a sua irmã, o que faço com muito prazer. Conheço as irmãs Wetherby desde a infância. Elas vêm de uma antiga e encantadora família e são genuínas damas. Quanto a isso, não precisa se preocupar.

Elas eram em três irmãs, Doris, Ruth e Della. Doris se casou com John Kent, contrariando os desejos da família. Kent vinha de uma boa família, mas não fazia jus a ela, eu acho, e certamente era um homem muito excêntrico e difícil de lidar. Ele ficou furioso com a atitude dos Wetherby em relação a ele e, assim, as famílias pouco se falavam até o bebê nascer. Os Wetherby adoravam o menino, James, ou "Jamie", como o chamavam. Doris, a mãe, morreu quando o menino tinha quatro anos de idade, e os Wetherby fizeram de tudo para que o pai entregasse a criança definitivamente a eles, quando de repente Kent desapareceu levando o menino com ele. Ele nunca mais foi visto, embora tenha sido procurado no mundo todo.

A perda praticamente matou o Sr. e a Sra. Wetherby. Ambos morreram pouco tempo depois. Ruth já havia sido casada e era viúva. Seu marido era um homem da família Carew, muito rico e bem mais velho do que ela. Ele viveu somente por um ano depois do casamento e a deixou com um filho pequeno, que também morreu um ano depois.

Desde que Jamie desapareceu, Ruth e Della pareciam ter apenas um objetivo na vida: encontrá-lo. Elas gastaram muito dinheiro e moveram o céu e a terra para isso, mas sem sucesso. Com o tempo, Della se tornou enfermeira. Ela está fazendo um trabalho esplêndido, e se tornou a mulher alegre, eficiente e sensata que deveria ser, apesar de nunca ter esquecido o sobrinho e nunca ter deixado de seguir qualquer pista.

Mas com a Sra. Carew é bem diferente. Depois de perder o próprio filho, ela concentrou todo o seu frustrado amor materno no filho da irmã. Como você pode imaginar, ela ficou desesperada quando ele desapareceu. Isso foi há oito anos. Para ela, oito longos anos de sofrimento, tristeza e amargura. Tudo o que o dinheiro pode comprar, é claro, está ao alcance dela, mas nada lhe agrada, nada lhe interessa. Della sente que chegou o momento de Ruth reagir, a todo custo. Ela acredita que a iluminada sobrinha de sua esposa, Poliana, possui a chave mágica que abrirá a porta de uma nova vida para ela. Assim, espero que você não veja obstáculo em atender ao seu pedido. Posso acrescentar que eu também apreciaria esse favor, pois Ruth Carew e sua irmã são amigas de longa data e muito queridas de mim e minha esposa, e o que as afeta, nos afeta também.

*Como sempre, cordialmente,
Charlie.*"

Depois de ler a carta, houve um longo silêncio, tão longo que o médico pronunciou timidamente:

– Então, Poli?

Ainda havia silêncio. O médico, observando de perto o rosto da esposa, viu que seus lábios e seu queixo, geralmente firmes, tremiam. Ele esperou em silêncio, até que sua esposa falou:

– Quando você acha que eles esperam que ela vá? – ela perguntou finalmente.

Apesar da surpresa, o Dr. Chilton começou a frase timidamente:

– Quer dizer que você vai deixá-la ir? – disse ele, exaltado.

Sua esposa se virou indignada.

– Thomas Chilton, que pergunta! Você acha que depois de uma carta dessas, eu poderia fazer outra coisa? Além disso, não foi o *próprio* Dr. Ames quem pediu? Você acha que, depois do que aquele homem fez pela Poliana, eu recusaria *qualquer coisa*?

– Ah, minha querida! Espero que agora o doutor não pense em pedir você, meu amor – murmurou o recém-marido, com um sorriso caprichoso. Sua esposa devolveu um merecido olhar desdenhoso e disse:

– Você pode escrever ao Dr. Ames avisando que mandaremos a Poliana. Diga também que peça à senhorita Wetherby para passar todas as orientações. Ela deve ir antes do dia 10 do próximo mês, é claro, antes de você viajar. Quero assegurar pessoalmente que ela estará bem instalada antes de ir embora.

– Quando você vai contar para a Poliana?

– Amanhã, provavelmente.

– O que você vai dizer a ela?

— Eu não sei exatamente, mas certamente nada além do que eu possa contar. Aconteça o que acontecer, Thomas, não queremos mimar a Poliana. E nenhuma criança se recusaria a ser mimada se entender que ela é uma espécie de...de...

— De um frasco de remédio com instruções completas sobre como tomar? – complementou o médico, com um sorriso.

— Sim – suspirou a Sra. Chilton. – É a falta de consciência dela que salva tudo. Você *sabe* disso, querido.

— Sim, eu sei – concordou o homem.

— Ela sabe, é claro, que você, eu e metade da cidade estamos jogando o jogo com ela, e que nós... nós estamos maravilhosamente mais felizes porque *estamos* jogando. – A voz da Sra. Chilton tremeu um pouco e depois continuou com mais firmeza. – Mas se ela, conscientemente, começasse a se comportar de outra forma que não fosse o seu jeito natural, radiante e feliz, jogando o jogo que seu pai lhe ensinou, seria exatamente o que aquela enfermeira disse que soaria: "impossível". Então, não vou dizer que ela está indo para a casa da Sra. Carew para animá-la – concluiu a Sra. Chilton, levantando-se, decidida.

— Você está certa – aprovou o médico.

Dessa forma, Poliana foi informada no dia seguinte.

— Minha querida – começou sua tia, quando as duas estavam sozinhas naquela manhã. – Você gostaria de passar o inverno em Boston?

— Com você?

— Não, eu decidi ir com seu tio para a Alemanha. Mas a Sra. Carew, uma amiga querida do Dr. Ames, convidou você para passar o inverno com ela, e acho que vou deixar.

O rosto de Poliana entristeceu.

— Mas em Boston eu não terei o Jimmy, nem o Sr. Pendleton, nem a Sra. Snow, nem ninguém que eu conheça, tia Poli.

— Não, querida, mas você também não os conhecia quando veio para cá.

Poliana deu um sorriso repentino.

— Ora, não conhecia mesmo, tia Poli! E isso significa que lá em Boston deve existir alguns Sr. Pendleton e sras. Snow esperando por mim, não é?

— Sim, querida.

— Então eu posso ficar feliz por isso. Agora eu acredito, tia Poli, que você sabe jogar o jogo melhor do que eu. Eu nunca pensei nas pessoas que estão lá esperando para eu conhecê-las. E há muitas delas! Eu vi algumas quando estive lá há dois anos com a Sra. Grey. Nós ficamos lá por duas horas, você sabe, quando eu vim do oeste para cá.

"Havia um homem na estação, muito adorável, que me mostrou onde eu podia beber água. Você acha que ele está lá agora? Eu gostaria de conhecê-lo. E havia uma moça simpática com uma garotinha. Elas moram em Boston. Elas disseram isso. O nome da menininha era Susie Smith. Talvez eu possa conhecê-las. Você acha que sim? E havia um menino e outra senhora com um bebê, mas eles moravam em Honolulu, então provavelmente eu não conseguiria encontrá-los por lá agora. Mas tem a Sra. Carew, de qualquer forma. Quem é a senhora Carew, tia Poli? Ela é um parente?"

– Poliana, minha querida! – exclamou a Sra. Chilton, meio rindo, meio desesperada. – Como você espera que alguém acompanhe a sua língua, ou seus pensamentos, que vão até Honolulu e voltam dois segundos depois? Não, a Sra. Carew não tem qualquer relação conosco. Ela é a irmã da senhorita Della Wetherby. Você se lembra da senhorita Wetherby do hospital?

Poliana bateu palmas.

– A irmã *dela*? Irmã da senhorita Wetherby? Ah, então ela é adorável, eu sei. A senhorita Wetherby era. Eu adorava a senhorita Wetherby. Ela tinha pequenas rugas nos olhos e na boca por causa do seu sorriso e conhecia as histórias *mais legais*. Eu convivi com ela só por dois meses, porque ela chegou lá um pouco antes de eu voltar. No começo, eu lamentava não ter ficado com ela *todo* o tempo, mas depois fiquei feliz. Veja só, se eu tivesse ficado com ela o tempo todo, teria sido mais difícil me despedir, porque eu fique só um pouco com ela. E agora vai parecer como se estivesse com ela de novo, porque estarei com a irmã dela.

A Sra. Chilton prendeu a respiração e mordeu o lábio.

– Mas, Poliana, querida, não espere esperar que elas sejam tão parecidas – ela se aventurou.

– Ora, elas são *irmãs*, tia Poli – argumentou a garotinha, arregalando os olhos. – Achei que irmãs são sempre iguais. Na organização feminina de caridade havia dois pares de irmãs. Duas eram gêmeas, e eram tão parecidas que não dava para dizer quem era a Sra. Peck e quem era a Sra. Jones, até aparecer uma verruga no nariz da Sra. Jones, então conseguimos distinguir, obviamente, porque procurávamos a verruga primeiro. E foi isso que eu disse a ela quando estava reclamando que as pessoas a chamavam de Sra. Peck, e eu disse que, se elas simplesmente procurassem a verruga como eu fiz, saberiam imediatamente. Mas ela foi bem rude, digo, ficou chateada, e acho que não gostou, embora não entenda por que. Eu imaginei que ela ficaria feliz por ter algo que pudesse diferenciá-las, especialmente porque ela era a presidente, e não gostava quando as pessoas não *agiam* como se ela fosse a presidente, como ter os melhores assentos, apresentações e todas as atenções especiais nos jantares da igreja, sabe. Mas ela não ficou feliz, depois eu ouvi a Sra. White dizer à Sra. Rawson que a Sra. Jones tinha feito tudo o que podia para se livrar daquela verruga, até mesmo tentar colocar sal na cauda de um pássaro. Mas eu não vejo como *isso* poderia ajudar de alguma forma. Tia Poli, colocar sal na cauda de um pássaro *ajuda* a acabar com as verrugas no nariz das pessoas?

– Claro que não, menina! Você não para nunca, Poliana, principalmente quando começa a falar dessas senhoras da caridade!

– Eu, tia Poli? – perguntou a menininha com a voz triste. – E isso a aborrece? Eu não quero aborrecer a senhora, tia Poli. E, de qualquer maneira, se eu aborreço a senhora com a organização feminina de caridade, pode até ficar feliz, porque, se quando penso nela, estou pensando em como sou feliz por não participar mais dela, porque tenho uma tia só minha. Você pode ficar feliz por isso, não pode, tia Poli?

– Sim, sim, querida, claro que posso, é claro que posso – riu a Sra. Chilton, levantando-se para sair da sala e sentindo-se repentinamente muito culpada pela antiga irritação com a alegria infinita de Poliana.

Nos dias que se seguiram, enquanto as cartas com as informações da estadia da Poliana no inverno em Boston iam e vinham, a garota se preparava para a viagem com uma série de visitas de despedida aos seus amigos em Beldingsville.

Todos no pequeno vilarejo de Vermont já conheciam a Poliana, e quase todo mundo jogava o jogo com ela. Os poucos que não jogavam não o faziam porque ignoravam o que era o Jogo do Contente. Então, casa após casa, Poliana levou a notícia de que estava indo para Boston passar o inverno, e ouviu-se em voz alta o clamor de tristeza e protesto, desde Nancy, na cozinha da tia Poli, até John Pendleton, na grande casa da colina.

Nancy não hesitou em dizer a todos, exceto a sua patroa, que achava essa viagem a Boston uma grande tolice, e que, se dependesse dela, teria ficado feliz em levar a senhorita Poliana com ela para a casa dos Corner, com certeza. Então a Sra. Poli poderia ter ido para a Alemanha como queria.

Na colina, John Pendleton disse praticamente o mesmo, inclusive para a Sra. Chilton. Já Jimmy, o menino de 12 anos que John Pendleton levara para casa porque Poliana quis, e a quem adotara – porque ele mesmo queria –, estava indignado e não demorou para demonstrar isso.

– Mas você acabou de chegar – disse ele, reprovando Poliana, em um tom de voz que um garotinho costuma usar quando quer esconder os sentimentos.

– Como assim? Estou aqui desde o fim de março. Além disso, não vou ficar lá para sempre. É só este inverno.

– Não ligo para isso. Você ficou fora um ano inteiro, quase isso, e se eu *sabia* que você ia embora de novo, não teria recebido você com bandeiras, fitas, essas coisas, quando *voltar* do hospital.

– Jimmy Bean! – disparou Poliana, surpresa em reprovação. Então, com um toque de superioridade nascida do orgulho ferido, ela comentou: – Tenho certeza que não *pedi* a você para me receber com fitas e essas coisas, e você cometeu dois erros nessa frase. Você não deveria dizer "se eu sabia", e eu acho que "você voltar" está errado. Não parece certo, de qualquer forma.

– Bem, quem se importa se eu errei?

Os olhos de Poliana mostravam ainda mais reprovação.

– Você *disse* que se importava, quando me pediu para avisar quando errasse, porque o Sr. Pendleton estava tentando fazer você falar direito.

– Bem, se você tivesse sido criada em um orfanato sem ninguém que se importasse com você, em vez de um monte de velhinhas que não tinham nada para fazer além de ensinar como falar direito, talvez também falasse "se eu sabia" e coisas muito piores, Poliana Whittier!

– Jimmy Bean! – explodiu Poliana. – As mulheres da organização de caridade não eram velhinhas, quer dizer, não muitas, não tão velhinhas – corrigiu ela apressadamente, com sua habitual propensão para a verdade e a literalidade suplantando sua raiva. – E...

– Bem, eu também não sou Jimmy *Bean*! – interrompeu o menino, levantando o queixo.

– Você não é... Como assim, Jimmy Be... O que você quer dizer com isso? – questionou a menina.

– Eu fui adotado, *legalmente*. Ele disse que já queria fazer isso há algum tempo, mas não estava conseguindo. Agora conseguiu. Meu nome vai ser

Jimmy Pendleton, e vou chamá-lo de tio John, só que eu não tenho... não sou... quero dizer, não estou acostumado com isso ainda, então eu não tenho... não comecei a chamá-lo assim ainda.

O menino ainda falava com raiva, aflito, mas todos os sinais de descontentamento haviam sumido do rosto de Poliana com aquelas palavras. Ela bateu palmas de alegria.

– Ah, que esplêndido! Agora você realmente tem *alguém*... alguém que se importa, sabe. E você nunca terá que explicar que não *filho biológico* dele, porque seu nome é igual ao dele agora. Estou tão feliz, *feliz, feliz*!

O menino levantou-se subitamente do muro de pedra onde estavam sentados e foi embora. Suas bochechas estavam quentes e seus olhos, cheios de lágrimas. Ele devia tudo isso a Poliana. Essa enorme benesse que havia recebido, e ele sabia disso. E foi para Poliana que ele tinha acabado de falar que...

Ele chutou uma pequena pedra com raiva, depois outra e outra. Jimmy pensou que aquelas lágrimas quentes escorreriam dos seus olhos pelas suas bochechas, apesar de não querer isso. Ele chutou outra pedra, depois outra, então pegou uma terceira pedra e a jogou com todas as suas forças. Um minuto depois, ele voltou até Poliana, ainda sentada no muro de pedra.

– Eu aposto que consigo chegar àquele pinheiro lá embaixo antes de você – desafiou com ironia.

– Aposto que não consegue – gritou Poliana, pulando de cima do muro.

A corrida não aconteceu, afinal, porque Poliana se lembrou de que correr rápido ainda era um luxo proibido para ela. Mas, para Jimmy, isso não importava. Suas bochechas já não estavam quentes, seus olhos não estavam ameaçando transbordar em lágrimas. Jimmy voltou a ser ele mesmo novamente.

ELEANOR H. PORTER

CAPÍTULO 3

Uma dose de Poliana

Conforme o dia 8 de setembro se aproximava – o dia em que Poliana chegaria –, a Sra. Ruth Carew ficava cada vez mais nervosa e irritada consigo mesma. Ela disse que tinha se arrependido apenas *uma vez* de sua promessa de receber a garota – e isso foi logo depois que havia prometido. Menos de vinte e quatro horas depois, ela escreveu para a irmã pedindo que fosse liberada do compromisso. Mas Della havia respondido que já era tarde demais, já que ela e o Dr. Ames tinham enviado uma carta aos Chilton.

Logo em seguida, chegou a carta de Della dizendo que a Sra. Chilton havia concordado e que em poucos dias chegaria a Boston para tomar providências sobre a escola e coisas do tipo. Então, não havia nada a ser feito, naturalmente, além de deixar as coisas seguirem seu curso. A Sra. Carew percebeu isso e se submeteu ao inevitável, mas com pouca simpatia. É verdade que ela tentou ser bem-educada quando Della e a Sra. Chilton apareceram conforme o esperado. E ficou muito contente porque a estadia da Sra. Chilton foi curta e cheia de assuntos para resolver.

Bem, talvez, na verdade, fosse bom que Poliana chegasse até no máximo o dia 8, pois, em vez de se conformar com a possível nova integrante da casa, o tempo só a estava deixando extremamente irritada e impaciente, com o que ela gostava de chamar de "absurda sujeição ao esquema maluco de Della".

Apesar disso, Della não estava ignorando nem um pouco o estado mental de sua irmã. Se exteriormente ela mantinha uma atitude ousada, interiormente ela tinha muito medo dos resultados, estava depositando sua fé em Poliana. E por isso mesmo, arriscou a atitude ousada de deixar a menina começar sua luta inteiramente sozinha e sem ajuda.

Ela inventou, assim, que a Sra. Carew deveria encontrá-las na estação quando chegassem. Então, depois das saudações e apresentações, a enfermeira alegaria que tinha um compromisso e teria de ir. A Sra. Carew, portanto, mal teve tempo de olhar para a sua nova hóspede antes de se ver sozinha com a criança.

– Ah, mas Della, Della, você não deve... eu não posso... – ela chamou de forma agitada a enfermeira que já ia embora.

Mas Della, se ouviu, não deu atenção. E, claramente irritada e contrariada, a Sra. Carew voltou-se para a criança ao seu lado.

– Que pena! Ela não ouviu, não é? – dizia Poliana, com seus olhos seguindo também melancolicamente a enfermeira. – Eu não *queria* que ela já fosse embora. Mas eu tenho a senhora, não é mesmo? Eu posso ficar feliz por isso.

– Ah, sim, você tem a mim... e eu tenho você – retrucou a senhora, não muito graciosamente. – Venha, vamos por aqui – apontou ela com um movimento para a direita.

Obediente, Poliana cruzou a enorme estação ao lado da Sra. Carew. Mas olhou algumas vezes, ansiosamente, para o rosto sério da senhora. Por fim, ela falou de forma hesitante.

– Talvez a senhora tenha achado que... eu fosse bonita – arriscou ela, com uma voz preocupada.

– B... bonita? – repetiu a Sra. Carew.

– Sim. Com cachos, sabe, e tudo isso. E, é claro, que a senhora deve ter imaginado como eu me parecia, assim como fiz também. Eu *sabia* que a senhora seria bonita e legal, por causa da sua irmã. A Della foi minha referência, mas a senhora não tinha nenhuma. É claro que eu não sou bonita por causa das sardas, e não é legal quando você está esperando uma menininha linda, mas conhece alguém como eu... e...

– Bobagem, menina! – interrompeu a Sra. Carew, meio bruscamente. – Venha, vamos pegar sua mala agora, depois vamos para casa. Eu esperava que minha irmã viesse conosco, mas parece que ela não pensou dessa forma, mesmo que fosse só esta noite.

Poliana sorriu e concordou.

– Eu sei, mas provavelmente ela não podia. Alguém precisava dela. No hospital, sempre precisavam dela. É claro que incomoda quando as pessoas precisam de nós o tempo todo, não é? Porque, muitas vezes, não podemos fazer o que queremos quando queremos. Ainda assim, podemos ficar felizes por isso, porque é bom ser querida, não é?

Não houve resposta – talvez porque pela primeira vez em sua vida a Sra. Carew se perguntava se em algum lugar do mundo havia alguém que realmente precisasse dela. Não que ela desejasse que precisassem dela, é claro, disse a si mesma com raiva, dando um impulso para ficar ereta e franzindo a testa para a criança ao seu lado.

Poliana não viu a cara feia. Os olhos de Poliana estavam na multidão apressada que passava por elas.

– Nossa! Quanta gente – dizia alegremente. – Há ainda mais delas do que da outra vez em que estive aqui, mas não vi ninguém que eu conheça, apesar de ter procurado em todo lugar. A senhora e o bebê moravam em Honolulu, então provavelmente *eles não estariam* aqui. Mas havia uma menininha, Susie Smith, que morava bem aqui em Boston. Talvez a senhora a conheça. Conhece a Susie Smith?

– Não, não conheço a Susie Smith – respondeu a Sra. Carew, de forma seca.

– Não conhece? Ela é muito legal, e é bonita... tem cabelo preto cacheado, sabe, do tipo que eu vou ter quando for para o céu. Mas não importa. Talvez eu possa encontrá-la, assim a senhora a *conhecerá*. Ah, minha nossa! Que carro adorável! Vamos passear nele? – interrompeu Poliana quando pararam diante de uma bela limusine, cuja porta foi aberta por um chofer uniformizado.

O motorista tentou disfarçar o sorriso, mas não conseguiu. A Sra. Carew, no entanto, respondeu com o tédio de alguém que vê uma limusine como uma forma de ir de um lugar chato para outro provavelmente tão chato.

– Sim, nós vamos passear nele. Para casa, Perkins – acrescentou ela ao chofer atencioso.

– Ah, minha nossa, é seu? – perguntou Poliana, percebendo o aspecto inconfundível de proprietária de sua anfitriã. – Que perfeitamente adorável! Então a senhora deve ser rica – muito rica –, quero dizer rica *demais*, mais do que aquelas que têm tapetes em todos os cômodos e sorvetes aos domingos, como os White... uma das mulheres da organização de caridade que cuidava de mim. Eu achava que *elas* eram ricas, mas agora eu sei que ser realmente rica significa ter anéis de diamantes e contratar criadas e comprar casacos de pele de foca, vestidos de seda e de veludo para todos os dias, e um carro. A senhora tem tudo isso?

– Ah, s-sim, suponho que sim – admitiu a Sra. Carew, com um leve sorriso.

– Então a senhora é rica, é claro – concordou Poliana, sabiamente. – Minha tia Poli também, mas o carro dela é levado por um cavalo. Minha nossa! Adoro passear nessas coisas – regozijou-se Poliana, com um pequeno pulo de felicidade. – Sabe, nunca andei em um antes, a não ser naquele que me atropelou. Eles me colocaram *dentro* do carro depois que me tiraram de debaixo dele, mas eu não sabia disso, então não pude aproveitar. Desde então eu não entrei em nenhum outro. A tia Poli não gosta deles. Mas o tio Tom gosta, e ele quer um. Ele diz que precisa de um carro para o trabalho. Ele é médico, sabe, e todos os outros médicos da cidade já têm. Eu não sei como ele vai resolver. A tia Poli está toda agitada com isso. Veja, ela quer que o tio Tom tenha o que desejar, mas ela quer que ele queira o que *ela* quer que ele queira. Entendeu?

A Sra. Carew riu de repente.

– Sim, minha querida, eu acho que entendi – respondeu recatadamente, embora seus olhos ainda carregassem um brilho incomum.

– Tudo bem – suspirou Poliana, contente. – Eu achei que entenderia. Mesmo assim, parecia meio misturado quando eu falei. Ah, a tia Poli diz que não se importaria de ter um carro, desde que fosse o único no mundo, porque assim ninguém iria trombar com ela. Mas... minha nossa! Quantas casas! – interrompeu Poliana, observando com olhos arregalados de admiração. – Não acaba nunca? Ainda assim, precisaria ter muitas delas para todas aquelas pessoas morarem lá, é claro, aquelas que eu vi na estação, além de todas essas aqui nas ruas. E, claro, onde *tem* mais pessoas, tem mais para conhecer. Eu adoro pessoas. A senhora não?"

– *Adorar pessoas!*

– Sim, quero dizer, só pessoas. Qualquer pessoa... todo mundo.

– Bem, não, Poliana, não posso dizer que adoro – respondeu a Sra. Carew friamente, com as sobrancelhas contraídas.

Os olhos da Sra. Carew perderam o brilho. Na verdade, eles ficaram bastante desconfiados com Poliana. A Sra. Carew dizia para si mesma: "Agora, sermão número um, tenho o dever de me misturar com meus semelhantes, no estilo Irmã Della!".

– Não adora? Ah, eu sim – suspirou Poliana. – Todos são tão legais e tão diferentes, sabe. E aqui deve ter tantos deles que são legais e diferentes. Ah, você não sabe o quanto estou feliz por ter vindo! Eu sabia que ficaria assim mesmo, desde que descobri que a senhora era a *senhora*... quer dizer, a irmã da senhorita Wetherby. Eu adoro a senhorita Wetherby, então eu sabia que também adoraria a senhora, claro, porque seriam parecidas, irmãs. Então, mesmo que não fossem gêmeas, como a Sra. Jones e a Sra. Peck, e veja que elas não eram exatamente iguais, por causa da verruga. Mas eu acho que a senhora não sabe o que quero dizer, então eu vou contar.

E, assim, a Sra. Carew, que já estava se preparando para uma pregação sobre ética social, viu-se, para sua surpresa e ligeira frustração, ouvindo a história de uma verruga no nariz de uma Sra. Peck, da organização de caridade.

Quando a história terminou, a limusine virou na avenida Commonwealth, e Poliana começou imediatamente a elogiar a beleza de uma rua que tinha um "jardim grande e adorável no meio dela", e que ficava mais agradável, disse ela, "depois de todas aquelas ruazinhas estreitas".

– Acho que só acredito que todo mundo gostaria de viver aqui – comentou com entusiasmo.

– Bem provável que sim, mas dificilmente seria possível – replicou a Sra. Carew, com as sobrancelhas erguidas.

Poliana, confundindo a expressão no rosto da senhora com insatisfação por sua própria casa não estar na bela avenida, apressou-se em fazer as pazes:

– Ora, não, claro que não – ela concordou. – Eu não quis dizer que as ruazinhas estreitas não são tão legais – continuou apressada. – Talvez sejam até melhores, porque não precisamos andar muito quando temos de atravessar a rua para pedir ovos ou refrigerante emprestados, e... Ah, mas a senhora *mora* aqui? – interrompeu a si mesma, quando o carro parou diante da imponente porta de entrada da casa de Carew. – A senhora mora aqui, Sra. Carew?

— Ora, sim, claro que moro aqui –, retrucou a senhora, com apenas um toque de irritação.

— Ah, que bom, a senhora deve estar feliz em morar em um lugar tão lindo! – empolgou-se a menina, pulando para a calçada e olhando ansiosamente para ela. – A senhora não está feliz?

A Sra. Carew não respondeu. Com os lábios sem sorrir e a sobrancelha franzida, ela estava saindo da limusine.

Pela segunda vez em cinco minutos, Poliana se apressou em fazer as pazes.

— Claro que não quero dizer o tipo de alegria por causa de orgulho – explicou ela, observando o rosto da Sra. Carew com olhos ansiosos. – Talvez a senhora tenha pensado que eu disse isso, como a tia Poli costumava pensar, às vezes. Eu não quero dizer do tipo que é feliz porque tem algo que outra pessoa não pode ter, mas do tipo que só... nos faz querer gritar e berrar e bater portas, sabe, mesmo que não seja adequado – terminou ela, dançando, subindo e descendo na ponta dos pés.

O chofer virou-se precipitadamente e foi se ocupar com o carro. A Sra. Carew, ainda com lábios sérios e testa franzida, subiu à frente os largos degraus de pedra.

— Venha, Poliana – foi tudo o que disse, com firmeza.

Cinco dias depois, Della Wetherby recebeu a carta de sua irmã e, muito ansiosa, a abriu. Foi a primeira desde a chegada de Poliana a Boston:

"Minha querida irmã. Pelo amor de Deus, Della, por que você não me disse o que esperar dessa criança que insistiu para eu receber? Estou quase descontrolada e simplesmente não posso mandá-la embora. Eu tentei três vezes, mas em todas elas, antes de dizer qualquer coisa, ela me interrompe dizendo que está tendo uma estadia adorável, e o quanto está feliz por estar aqui e quão boa eu sou por deixá-la morar comigo enquanto sua tia Poli está na Alemanha. Agora, imagine você, como poderia dizer 'Bem, por que você não vai embora, por favor? Eu não quero você.' E o mais absurdo disso é que não acho que alguma vez ela tenha pensado que eu não a quero aqui, e eu também não consigo fazê-la entender isso.

Claro que, se ela começar os sermões e me disser para agradecer por tudo o que tenho, vou mandá-la embora. Você sabe, eu lhe disse logo no começo que não permitiria isso. E não vou. Duas ou três vezes achei que fosse começar (a fazer sermão, quero dizer), mas ela sempre termina com uma história ridícula sobre as mulheres da organização de caridade que cuidavam dela, e deixa o sermão de lado... para a sorte dela, se quiser ficar.

Mas, sinceramente, Della, ela é impossível. Ouça. Em primeiro lugar, ela está louca de alegria pela casa. No primeiro dia aqui, ela me implorou para abrir todos os cômodos, e não ficou satisfeita até que todas as cortinas da casa estivessem abertas, para que pudesse "ver todas as coisas perfeitamente adoráveis", que, conforme ela disse, eram ainda mais legais do que as do Sr. John Pendleton, quem quer que seja, acredito que alguém em Beldingsville. De qualquer forma, ele não é da organização de caridade. Já descobri isso.

Então, como se não fosse o suficiente para me manter correndo de um cômodo ao outro (como se eu fosse uma guia turística), ela descobriu um vestido de noite de cetim branco que eu não usava há anos, e me pediu para vesti-lo. E eu o vesti... nem imagino o porquê, só me vi completamente perdida nas mãos dela.

Mas isso foi só o começo. Certa vez ela implorou para ver tudo o que eu tinha, e foi tão engraçada com suas histórias das doações dos missionários, cujas roupas ela costumava 'vestir', que eu tive que rir, embora quase tenha chorado só de pensar nas peças em estado lamentável que a pobre criança teve que usar.

É claro que os vestidos levaram às joias, e ela fez tanto rebuliço com dois ou três anéis, que eu fui tola e abri o cofre, só para ver os olhos dela saltarem. E, Della, achei que aquela criança ficaria louca. Ela colocou em mim cada anel, broche, pulseira e colar que eu tinha, e insistiu em prender as duas tiaras de diamantes no meu cabelo (quando ela descobriu o que eram). Por fim, eu me sentei, cheia de pérolas, diamantes e esmeraldas, e me senti como uma deusa pagã em um templo hindu, especialmente quando aquela criança maluca começou a dançar a minha volta, batendo palmas e cantando: 'Ah, que perfeitamente adorável, que perfeitamente adorável! Como eu adoraria pendurar você em uma cordinha na janela, daria um prisma tão bonito!'.

Eu só ia perguntar a ela o que diabos ela queria dizer com isso, quando se jogou no chão e começou a chorar. E por que você acha que ela estava chorando? Porque ela estava tão feliz por ter olhos que podiam enxergar! Agora, o que você acha disso?

Claro que isso não é tudo. É apenas o começo. Poliana está aqui há quatro dias e preencheu cada um deles. Ela já fez amizade com o lixeiro, o policial da ronda e o entregador de jornal, para não falar de todos os criados que trabalham comigo. Eles parecem realmente enfeitiçados por ela, todos eles. Mas, por favor, não pense que também estou, porque não estou. Eu a mandaria de volta para você imediatamente se não me sentisse obrigada a cumprir minha promessa. Quanto a ela me fazer esquecer Jamie e a minh00a grande tristeza, isso é impossível. Ela só me faz sentir ainda mais intensamente a perda, porque eu estou com ela em vez dele. Mas, como disse, vou ficar com ela até o primeiro sermão. Então eu a devolvo para você. Mas ela ainda não começou.

Perturbada, mas com todo amor,
Ruth.

– "Não deu sermão ainda", por favor! – riu internamente Della Wetherby, dobrando as folhas da carta de sua irmã. – Ah, Ruth, Ruth! E, mesmo assim, você admite que abriu todos os cômodos, levantou todas as cortinas, adornou-se de cetim e joias, e Poliana só está lá há menos de uma semana. E ela ainda não deu sermão, ah, não, ela não deu sermão!

ELEANOR H. PORTER

CAPÍTULO 4

O jogo e a Sra. Carew

Boston, para Poliana, era uma experiência nova. E certamente, para Boston – pelo menos a parte que a havia conhecido – ela era uma experiência muito nova também.

Poliana disse que gostava de Boston, mas desejava que não fosse tão grande.

– Veja só – ela explicou sinceramente para a Sra. Carew, no dia seguinte à sua chegada. – Eu quero ver e conhecer *tudo*, e não posso. É como os jantares da tia Poli. Há tanta coisa para comer – ou melhor, para ver –, que você não come, ou melhor, não vê, nada, porque está sempre tentando decidir o que comer – ou melhor, ver.

"É claro que você pode ficar feliz por *ter* tantas coisas – resumiu Poliana, depois de respirar –, porque muito de alguma coisa é bom –, isto é, *boas* coisas, não coisas como remédios e funerais, é claro! –, mas, ao mesmo tempo, não poderia deixar de querer que os jantares da tia Poli se estendessem por alguns dias quando não houvesse bolo nem torta, e sinto o mesmo em relação a Boston. Eu gostaria de poder levar parte dela comigo até Beldingsville, então eu teria *algo* novo no próximo verão. Mas é claro que não posso. As cidades não são como bolos congelados e, de qualquer forma, até mesmo o bolo não ficaria muito bom. Eu experimentei e ele secou, principalmente a cobertura. Eu acho que a hora de aproveitar a cobertura e os bons momentos é enquanto eles estão fresquinhos, então eu quero ver tudo o que conseguir enquanto estiver aqui.

Poliana, ao contrário das pessoas que pensam que, para ver o mundo, é preciso começar no ponto mais distante, começou a "ver Boston" através de uma exploração completa dos arredores próximos – a bela residência da avenida Commonwealth que agora era sua casa. Isso, junto com as atividades da escola, ocupou completamente seu tempo e atenção por alguns dias.

Havia tanta coisa para ver e tanto a aprender. E tudo era tão maravilhoso e tão bonito, desde os minúsculos botões na parede que inundavam os cômodos com luz, até o grande e silencioso salão de baile, repleto de espelhos e quadros. Também havia tantas pessoas agradáveis para conhecer, pois, além da própria senhora Carew, havia Mary, que espanava os cômodos, atendia a campainha e acompanhava Poliana na ida e volta da escola todos os dias; Bridget, que estava sempre na cozinha; Jennie, que servia a mesa, e Perkins, que dirigia o carro. E eles eram todos tão encantadores, mas tão diferentes!

Poliana tinha chegado numa segunda-feira, então faltava ainda quase uma semana para o primeiro domingo. Ela desceu as escadas naquela manhã com um semblante radiante.

– Eu adoro domingo – suspirou feliz.

– Você gosta? – a voz da Sra. Carew tinha o cansaço de quem não gosta de nenhum dia.

– Sim, por causa da igreja, sabe, e da escola dominical. De qual a senhora mais gosta, da igreja ou da escola dominical?

– Bem, na verdade, eu... – começou a Sra. Carew, que raramente ia à igreja e nunca frequentava a escola dominical.

– É difícil saber, não é? – intrometeu-se Poliana, com olhos luminosos, mas sérios. – *Eu* gosto mais da igreja, por causa do meu pai. Ele era pastor, e, é claro, está no Céu com a mamãe e outras pessoas, mas eu tento imaginá-lo aqui, muitas vezes. E fica mais fácil na igreja, quando o pastor está falando. Eu fecho os olhos e imagino que seja o papai lá em cima, e isso ajuda muito. Fico tão feliz que podemos imaginar as coisas, a senhora não fica?

– Não tenho tanta certeza, Poliana.

– Ah, mas pense em como tudo o que *imaginamos* é mais legal do que as coisas reais. Quero dizer, é claro, as suas não, porque as suas coisas *verdadeiras* são muito legais. Já irritada, a Sra. Carew começou a falar, mas Poliana continuava, apressada.

E, é claro, as *minhas* coisas verdadeiras são muito mais legais do que costumavam ser. Mas quando eu estava machucada, quando minhas pernas não estavam boas, eu ficava imaginando o tempo todo, o máximo que eu podia. Claro, ainda faço isso muitas vezes, como no caso do papai e tudo o mais. Hoje simplesmente vou imaginar que é o papai lá no púlpito. Que horas nós vamos?

– *Vamos?*

– Quero dizer, à igreja.

– Mas, Poliana, eu não... quero dizer, eu prefiro não. – A Sra. Carew limpou a garganta e tentou novamente dizer que nunca ia à igreja, que ela quase havia ido. Mas, com o rostinho confiante de Poliana e os olhos felizes diante dela, não conseguiu. – Ora, suponho... são umas dez e quinze..., se caminharmos – ela disse então, quase zangada. – É rapidinho.

Assim, a Sra. Carew, naquela manhã ensolarada de setembro, ocupou, pela primeira vez em meses, o banco da igreja reservado à sua família, na moderna e elegante igreja à qual havia ido quando menina, e que ainda ajudava generosamente, com o dinheiro que fosse preciso.

Para Poliana, aquele culto no domingo de manhã foi uma grande surpresa e deleite. A música maravilhosa do poderoso coro, os raios de sol coloridos que entravam pelos vitrais, a voz apaixonada do ministro e o silêncio reverente da multidão em adoração a encheram de um êxtase que a deixou sem palavras por um momento. Apenas quando estavam quase chegando em casa ela respirou fervorosamente:

– Ah, Sra. Carew, fiquei pensando em como estou feliz porque podemos viver um dia de cada vez!

A Sra. Carew franziu a testa e olhou para baixo de forma penetrante. Ela não estava disposta a sermões. Tinha sido obrigada a suportar um vindo do púlpito, disse a si mesma com raiva, e agora não iria ouvi-lo de uma criança. Além disso, essa teoria de "viver um dia de cada vez" era, particularmente, a doutrina preferida de Della. Sua irmã sempre dizia: "Mas você só precisa viver um minuto de cada vez, Ruth, e qualquer pessoa pode suportar qualquer coisa por um minuto de cada vez!".

– Bem? – disse a Sra. Carew, agora sucintamente.

– Sim. Só pense no que eu faria se tivesse que viver ontem e hoje e amanhã de uma só vez – suspirou Poliana. – Um monte de coisas perfeitamente lindas, sabe. Mas eu tive ontem, e agora estou vivendo hoje, e ainda tenho amanhã, e o próximo domingo também. Honestamente, Sra. Carew, se não fosse pelo domingo e por esta rua tranquila e agradável, eu só deveria dançar, cantar e gritar. Eu não poderia evitar. Mas é domingo, então, terei que esperar até chegar em casa e então cantar um hino... o hino mais alegre que possa imaginar. Qual é o hino mais alegre? A senhora sabe, Sra. Carew?

– Não, nem imagino – respondeu a Sra. Carew, vagamente, como se procurasse algo que tivesse perdido.

Para uma mulher que sempre esperou ouviu que as coisas são ruins, é desconcertante, para dizer o mínimo, ouvir que se deveria viver um dia de cada vez justamente porque as coisas são tão boas, afinal, ela tem sorte de viver um dia de cada vez!

Na manhã do dia seguinte, segunda-feira, Poliana foi para a escola sozinha pela primeira vez. Ela já sabia o caminho, e era apenas uma curta caminhada. A garota gostava muito da escola. Era uma escola particular para meninas e para ela uma experiência bastante nova, e Poliana gostava de novas experiências.

A Sra. Carew, no entanto, não gostava de novas experiências, e estava tendo muitas delas nos últimos dias. Para quem está cansada de tudo, ter a companhia tão íntima de uma pessoa para quem tudo é uma alegria nova e fascinante deve gerar aborrecimento, para dizer o mínimo. E a Sra. Carew estava mais que aborrecida. Ela estava irritada. No entanto, tinha que admitir que, se alguém perguntasse por que ela estava irritada, seu único motivo seria "Porque Poliana é muito feliz"... e até mesmo a Sra. Carew dificilmente conseguiria dizer isso.

Para Della, no entanto, a Sra. Carew escreveu que a palavra "feliz" lhe dava nos nervos, e que às vezes ela desejava nunca mais ouvi-la. Ainda admitiu que Poliana não havia dado sermões, que sequer havia tentado fazê-la jogar o jogo uma única vez. O que fez, no entanto, foi encarar a "alegria" da Sra. Carew como algo natural, o que, para quem não *tinha* alegria, era ainda mais provocador.

Foi na segunda semana de estadia de Poliana que o aborrecimento da Sra. Carew transbordou em reclamações irritadas. A causa imediata foi a brilhante conclusão de Poliana a respeito de uma história sobre uma das mulheres da organização de caridade.

– Ela estava jogando o jogo, Sra. Carew. Mas talvez você não saiba o que é o jogo. Eu vou te contar. É um jogo adorável.

Mas a Sra. Carew levantou a mão.

– Não quero saber, Poliana – ela relutou. – Conheço tudo sobre o jogo. Minha irmã me contou e... e devo dizer que eu... eu não me importo com isso.

– Ora, claro que não, Sra. Carew! – exclamou Poliana, desculpando-se rapidamente. – Eu não quis dizer que o jogo era para a senhora. A senhora não poderia jogar, é claro.

– *Não poderia* jogar? – disparou a Sra. Carew, que, embora não *fosse* jogar esse jogo bobo, não estava disposta a ouvir que não *poderia* jogar.

– Ora, não, a senhora não entende? – riu Poliana, alegremente. – O jogo é encontrar algo para ser feliz em tudo, e a senhora não poderia nem começar a procurar, pois não há nenhum motivo pelo qual não *poderia* estar feliz. Não *existiria* nenhum sentido nesse jogo para a senhora! Entende?

A Sra. Carew ficou vermelha de raiva. Aborrecida, ela disse mais do que talvez quisesse.

– Bem, não, Poliana, não posso dizer que não tenho – discordou friamente. – Na verdade, veja você, eu não consigo achar nada que possa me deixar feliz.

Por um momento, Poliana olhou fixamente. Então, ela caiu para trás, espantada.

– Ora, *Sra. Carew*! – respirou.

– Bem, o que há de bom para mim? – desafiou a mulher, esquecendo-se, por um momento, que nunca permitiria que Poliana desse "sermões".

– Ora, há... há tudo – murmurou Poliana, ainda com aquela incredulidade aturdida. – Há... há esta bela casa.

– É apenas um lugar onde comer e dormir... e eu não quero comer e dormir.

– Mas há todas essas coisas perfeitamente lindas – hesitou Poliana.

– Estou cansada delas.

– E o seu carro que a leva a qualquer lugar.

– Não quero ir a nenhum lugar.

Poliana ficou nitidamente ofegante.

– Mas, pense nas pessoas e coisas que você pode ver, Sra. Carew.

– Elas não me interessariam, Poliana.

Mais uma vez Poliana olhou espantada. A expressão preocupada no rosto dela se intensificou.

– Mas, Sra. Carew, não entendo – insistiu ela. – Sempre, antes, aconteceram coisas *ruins* para que as pessoas jogassem o jogo, e, quanto piores fossem, mais engraçado seria se livrar delas, quer dizer, encontrar coisas pelas quais ser feliz. Mas onde *não houvesse* coisas ruins, eu sequer saberia jogar o jogo.

Por um momento, não houve resposta. A Sra. Carew estava sentada olhando pela janela. Aos poucos, a revolta de seu rosto mudou para um olhar de tristeza sem esperança. Muito vagarosamente, ela se virou e disse:

– Poliana, achei que não fosse lhe dizer isso, mas vou. Vou contar por que nada me deixa... feliz. – E ela começou a contar a história de Jamie, o garotinho de quatro anos que, há oito longos anos, havia entrado em outro mundo, deixando a porta fechada entre os dois.

– E a senhora nunca o viu desde então... em nenhum lugar? – hesitou Poliana, com os olhos cheios de lágrimas ao final da história.

– Nunca.

– Mas, nós vamos encontrá-lo, Sra. Carew, tenho certeza de que o encontraremos.

A Sra. Carew sacudiu a cabeça tristemente.

– Mas eu não consigo. Eu o procurei em todos os lugares, mesmo em terras estrangeiras.

– Mas ele deve estar em algum lugar.

– Ele pode estar... morto, Poliana.

Poliana deu um grito curto.

– Ah, não, Sra. Carew. Por favor, não diga isso! Vamos pensar que ele está vivo. Nós *podemos* fazer isso, e isso vai ajudar. E quando o *imaginamos* vivo, podemos imaginar que vamos encontrá-lo. E isso vai ajudar ainda mais.

– Mas eu receio que ele esteja... morto, Poliana – engasgou a Sra. Carew.

– A senhora não tem certeza, tem? – suplicou a garotinha, ansiosa.

– N-não.

– Bem, então, a senhora está apenas imaginando – sustentou Poliana, triunfante. – E se pode imaginá-lo morto, também pode imaginá-lo vivo, e será muito melhor enquanto estiver fazendo isso. Percebe? E, um dia, tenho certeza de que vai encontrá-lo. Ora, Sra. Carew, agora a senhora pode jogar o jogo! Pode jogar sobre o Jamie. A senhora pode ficar feliz todos os dias, pois cada dia está só um dia mais perto da hora em que vai encontrá-lo. Entendeu?

Mas a Sra. Carew não "entendeu". Ela se levantou triste e disse:

– Não, não, criança! Você não entende... você não entende. Agora saia, por favor, leia ou faça algo que tiver vontade. Estou com dor de cabeça. Vou me deitar.

ELEANOR H. PORTER

CAPÍTULO 5

O passeio de Poliana

No segundo sábado, à tarde, Poliana fez um passeio memorável. Até então, a garota não saíra sozinha, exceto para ir e voltar da escola. Nunca ocorreu à Sra. Carew que ela tentaria explorar por conta própria as ruas de Boston, por isso nunca a proibiu.

Em Beldingsville, no entanto, Poliana havia encontrado – especialmente na primeira vez – sua principal diversão caminhando pelas ruas do antigo vilarejo em busca de novos amigos e novas aventuras.

Naquela tarde de sábado, a Sra. Carew dissera, como de costume:

– Tá, tá, criança, saia daqui, por favor, vá. Vá aonde quiser e faça o que quiser, mas, por favor, não me faça mais perguntas por hoje!

Até então, sempre que estava sozinha, Poliana encontrava muita coisa que lhe interessava na casa, pois, se as coisas inanimadas não a entretivessem, ainda havia Mary, Jennie, Bridget e Perkins.

Hoje, porém, Mary estava com dor de cabeça, Jennie dava acabamento em um chapéu novo, Bridget fazia tortas de maçã e Perkins não estava em lugar algum.

Além disso, era um dia particularmente lindo de setembro, e nada dentro de casa era tão atraente quanto a luz do sol e o ar quente do lado de fora.

E Poliana, com o rosto sóbrio e perturbado, saiu devagar da sala. Então, Poliana saiu e desceu pelos degraus.

Por algum tempo, ela observou em silêncio os homens, as mulheres e as crianças bem vestidos que passavam rapidamente em frente à casa, ou passeavam com mais calma pela passarela arborizada que se estendia de uma ponta à outra da avenida. Então, ela se levantou, desceu os degraus e ficou olhando, primeiro para a direita, depois para a esquerda.

Poliana havia decidido que também daria uma volta. Era um belo dia para uma caminhada, e ela ainda não tinha feito isso – não uma caminhada *de verdade*. Ir e voltar da escola não contava. Então, ela faria uma caminhada hoje. A Sra. Carew não se importaria. Ela não lhe disse para fazer o que quisesse desde que não perguntasse mais nada? E ainda havia uma longa tarde pela frente. Pensou em quanta coisa alguém poderia ver em uma tarde inteira! E estava realmente um dia muito lindo. Ela iria – "para lá!". E com um pequeno giro e um pulinho de pura alegria, Poliana caminhou alegremente pela avenida.

Poliana sorria alegremente para todos, olhando em seus olhos. Ela ficou desapontada – mas não surpresa – por não receber outro sorriso em resposta. Ela já estava acostumada com isso – em Boston. No entanto, ainda sorriu, esperançosa: um dia, alguém poderia lhe sorrir de volta.

A casa da Sra. Carew estava muito perto do começo da avenida Commonwealth, assim logo Poliana se viu diante de uma rua transversal. Do outro lado, em toda a sua glória de outono, a garota viu o mais belo jardim – o Jardim Público de Boston.

Por um momento, Poliana hesitou, com os olhos ansiosamente fixos em tanta beleza. Ela não tinha dúvida de que era a propriedade de alguém bastante rico. Certa vez, quando ainda estava no hospital, ela foi com o Dr. Ames visitar uma senhora que morava em uma bela casa toda cercada por caminhos, árvores e canteiros de flores como esses.

Poliana queria muito atravessar a rua e andar por ali, mas não achou que poderia. Na verdade, outras pessoas estavam circulando por lá, ela podia ver, mas talvez tivessem sido convidadas, é claro. Depois de ver duas mulheres, um homem e uma menininha entrarem sem hesitar pelo portão e caminharem apressadamente pelo caminho, Poliana concluiu que também poderia ir.

Então, ela atravessou a rua e entrou no jardim.

Era ainda mais bonito de perto. Pássaros cantavam sobre a sua cabeça, e um esquilo saltou pelo caminho à sua frente. Nos bancos, aqui e ali, estavam homens, mulheres e crianças. O brilho do sol atravessa as árvores e reluzia na água e, de algum lugar, vinham os gritos das crianças e o som da música.

Mais uma vez, Poliana hesitou. Então, um pouco tímida, abordou uma jovem elegantemente vestida que vinha em sua direção.

– Por favor, isso é... uma festa? – ela perguntou.

A jovem mulher ficou olhando.

– Uma festa! – repetiu, aturdida.

– Sim, senhora. Quer dizer, tudo bem se eu... ficar aqui?

– Ficar aqui? Ora, claro. É... para todos! – exclamou a jovem.

– Ah, então tudo bem. Estou feliz por ter vindo – sorriu Poliana.

A jovem não disse nada, enquanto se afastava com pressa, virou-se e olhou, ainda confusa, para Poliana.

A garota, nem um pouco surpresa pelo fato de o proprietário daquele lindo lugar ser tão generosoa a ponto de dar uma festa para todos, continuou seu caminho.

Numa curva em seu caminho, ela encontrou uma menininha com um carrinho de boneca. Poliana parou com um grito de alegria, mas sequer teve tempo de dizer uma dúzia de palavras antes de aparecer, de repente, uma jovem apressada e com uma voz de desaprovação. A jovem estendeu a mão para a menininha e disse bruscamente:

– Aqui, Gladys, Gladys, venha comigo. A mamãe não disse para não falar com crianças estranhas?

– Mas não sou uma criança estranha – explicou Poliana, defendendo-se de forma ávida. – Eu moro bem aqui em Boston agora, e... – Mas a jovem e a garotinha arrastando o carrinho de boneca já estavam bem longe. Com um suspiro meio sufocado, Poliana recuou. Por um momento, ficou em silêncio, claramente desapontada. Então, decidida, ergueu a cabeça e seguiu em frente.

– Bem, de qualquer forma, posso ficar feliz com isso – pensou e assentiu com a cabeça. – Agora, talvez eu ache alguém mais simpático... talvez Susie Smith, ou até mesmo o Jamie da senhora Carew. De qualquer forma, posso *imaginar* que vou encontrar os dois e, se não conseguir, posso encontrar *outra pessoa!* – ela concluiu, com o olhar melancólico fixo naquelas pessoas frias ao redor dela.

Sem dúvida, Poliana estava solitária. Criada por seu pai e pelas senhoras da caridade em uma pequena cidade do oeste, para ela todas as casas da vizinhança eram um lar, e todos os homens, mulheres e crianças eram seus amigos. Quando chegou à casa de sua tia em Vermont aos onze anos de idade, ela logo pensou que tudo seria igual, apenas as casas e os amigos seriam novos e, portanto, ainda mais legais, possivelmente, porque seriam "diferentes"... e Poliana amava o "diferente"! Assim, sua primeira diversão, e a preferida, em Beldingsville eram os longos passeios pela cidade e as maravilhosas visitas a seus novos amigos. Naturalmente, quando viu Boston pela primeira vez, a cidade pareceu ainda oferecer à garota mais e melhores possibilidades.

Porém, até aquele momento, Poliana tinha que admitir que, em um aspecto, tinha ficado decepcionada: ela já estava na cidade havia quase duas semanas e ainda não conhecia as pessoas que moravam do outro lado da rua, ou mesmo na casa ao lado. Mais difícil de entender ainda era que a própria Sra. Carew não conhecia muitos deles, e nenhum deles conhecia bem. Ela parecia, de fato, indiferente aos vizinhos, o que era mais surpreendente ainda para Poliana, mas nada que ela dissesse parecia mudar a atitude da Sra. Carew sobre isso.

– Eles não me interessam, Poliana – era tudo o que dizia. E Poliana, que se interessava muito por eles, teve de se contentar.

Poliana tinha começado esse dia esperançosa, mas até aquele momento parecia destinada a se desapontar. Ali, todas as pessoas ao redor eram, sem dúvida, muito interessantes... se ela pelo menos as conhecesse. Mas ela não as conhecia. Pior ainda, não parecia que isso fosse acontecer, pois, aparentemente, elas não queriam conhecê-la. Ela ainda estava sofrendo com as palavras da babá que tinha encontrado no parque: "crianças estranhas".

– Bem, acho que vou ter que mostrar a essas pessoas que não sou uma criança estranha – pensou, finalmente, caminhando confiante.

Com essa ideia, Poliana sorriu docemente para os olhos da próxima pessoa que conheceu, e disse alegremente:

– O dia está ótimo, não é?

– Hã... o quê? Ah, sim, está – murmurou a senhora, enquanto se apressava um pouco mais.

Por mais duas vezes Poliana repetiu a experiência, mas se decepcionou de novo. Logo ela chegou ao pequeno lago onde tinha visto a luz do sol brilhar através das árvores. Era uma linda lagoa, e nela havia vários belos barquinhos cheios de crianças rindo. Enquanto as observava, Poliana sentiu-se cada vez mais insatisfeita por permanecer sozinha. Então, ela viu um homem sentado sozinho não muito longe. A garota caminhou lentamente em sua direção e sentou-se do outro lado do banco. Se fosse antes, ela teria dançado sem hesitar ao lado do homem e perguntado se gostaria de ser seu amigo, confiante de que seria bem recebida. Mas ter sido mal acolhida algumas vezes a deixou desconfortável. Discretamente, agora ela olhava para o homem.

Não era muito agradável observá-lo. Suas roupas, embora novas, estavam empoeiradas e mostravam falta de cuidado. Elas eram do mesmo modelo e estilo das roupas (embora Poliana não soubesse disso) que o Estado dá aos seus ex-presidiários. Seu rosto era branco e estava adornado com uma barba de uma semana. O chapéu estava puxado para baixo sobre os olhos. Com as mãos nos bolsos, sentou-se à toa, encarando o chão.

Por um longo minuto, Poliana não disse nada. Então, começou esperançosa:
– É um belo dia, não é?

O homem virou a cabeça com um sobressalto.

– Hã? Ah... Hã... o que você disse? – questionou o homem, olhando ao redor assustado, para ter certeza de que o comentário era para ele.

– Eu disse que é um belo dia – explicou Poliana rapidamente. – Mas eu não me importo com isso, na verdade. Quer dizer, é claro que estou feliz por ser um belo dia, mas disse isso apenas para começar as coisas, e eu também falaria sobre outra coisa... qualquer coisa. Eu só queria que você falasse... sobre alguma coisa, sabe.

O homem deu uma risadinha. Mesmo para Poliana, a risada soava um pouco esquisita, embora ela não soubesse (assim como o homem) que uma risada era algo raro havia muitos meses.

– Então, você quer que eu fale, não é? – ele disse, um pouco triste. – Bem, eu não vejo por que fazer isso. E acho que uma bela mocinha como você pode encontrar pessoas muito mais agradáveis para conversar do que um velho patife como eu.

– Ah, mas eu gosto de velhos patifes – exclamou Poliana rapidamente. – Quer dizer, eu gosto de pessoas mais *velhas*, e não sei o que é um patife, então não posso não gostar disso. E, se você é um patife, eu acho que gosto de patifes. De qualquer forma, eu gosto de você – ela terminou, com uma breve expressão de contentamento no modo de sentar que demonstrava convicção.

– Humpf! Bem, estou lisonjeado – sorriu o homem. Embora seu rosto e suas palavras expressassem um pouco de dúvida, ele se sentou um pouco mais ereto no banco. – E, diga, sobre o que vamos conversar?

– Sobre qualquer coisa, eu não me importo – disse Poliana, com um sorriso radiante. – Tia Poli diz que, seja qual for o assunto, eu sempre falo sobre as senhoras da caridade. Acho que é porque elas me criaram, não é? Podemos falar sobre a festa. Para mim, está perfeitamente linda... agora que conheço alguém.

– F-festa?

– Sim... isso, sabe... todas essas pessoas aqui hoje. É uma festa, não é? Uma senhora me disse que era para todo mundo, então eu fiquei... embora eu ainda não tenha chegado na casa de quem está dando a festa.

Os lábios do homem se contorceram.

– Bem, mocinha, de certa forma, talvez seja uma festa – ele sorriu. – Mas a "casa" que está dando esta festa é a cidade de Boston. Este é o Jardim Público... um parque público, você entende, para todo mundo.

– Ah, é? Sempre? E eu posso vir quando quiser? Ah, que maravilhoso! É ainda melhor do que eu pensava. Estava preocupada porque achei que nunca mais poderia voltar, depois de hoje, sabe? Agora fiquei feliz, não sabia disso, então ficou tudo mais legal agora. Coisas legais são mais legais quando você tem medo de que elas não sejam legais, não é mesmo?

– Talvez elas sejam... se algum dia se mostrarem legais – admitiu o homem, um pouco melancólico.

– Sim, acho que sim – concordou Poliana, sem notar a tristeza. – Mas não é lindo... aqui? – disse ela, gloriosa. – Eu me pergunto se a Sra. Carew sabe disso... que é para qualquer pessoa. Porque eu acho que todo mundo gostaria de vir aqui o tempo todo, e só ficar admirando as coisas ao redor.

O rosto do homem enrijeceu.

– Bem, existem algumas pessoas no mundo que trabalham... que têm algo a fazer além de apenas vir aqui e ficar olhando ao redor, mas eu não sou uma delas.

– Ah é? Então, você pode ficar feliz por isso, não pode? – suspirou Poliana, seguindo com os olhos um barco que passava.

Os lábios do homem se separaram indignados, mas não ele não falou nada. Poliana ainda estava falando.

– *Eu* gostaria de não ter que fazer mais nada. Mas eu preciso ir à escola. Ah, eu gosto da escola, mas há tantas coisas que gosto mais. Mesmo assim, estou feliz por poder ir à escola. Fico especialmente feliz quando me lembro de que no inverno passado achava que não poderia voltar à escola. Eu fiquei sem andar por um tempo... E só percebemos o valor das coisas quando não temos mais. E os olhos também. Você já pensou em tudo o que faz com os olhos? Eu não imaginava até ir para o hospital. Havia uma senhora lá que tinha acabado de ficar cega no ano anterior. Eu tentei jogar o jogo com ela... encontrar algo para ser feliz, sabe... mas ela disse que não podia, e se eu quisesse saber por que, era para eu amarrar meus olhos com um lenço por apenas uma hora. E eu fiz. Foi terrível. Você já tentou isso?

– N-não, nunca tentei. – Uma expressão meio desconcertada e confusa tomou conta do rosto do homem.

– Bem, não tente. É horrível. Você não pode fazer nada... nem nada que queira fazer. Eu fiquei com o lenço o tempo todo. Depois disso sempre fico muito feliz quando vejo algo perfeitamente adorável assim, sabe... Fico tão feliz que tenho vontade de chorar... porque eu *posso* ver, sabe. Agora ela está jogando o jogo... aquela moça cega. A senhorita Wetherby me disse.

– O... *jogo*?

– Sim, o jogo do contente. Eu não contei a você? Encontrar algo para ser feliz em tudo. Ela encontrou agora... os seus olhos, sabe. O marido dela é um daqueles homens que ajudam a fazer as leis, e ela pediu para ele uma lei que ajudasse as pessoas cegas, especialmente os bebês. Ela foi pessoalmente contar a esses homens como era ser cego. E eles criaram essa lei. Eles disseram que ela fez mais do que qualquer um, até mesmo seu marido, para ajudar nisso, e nem achavam que haveria uma lei se não fosse por ela. Agora ela diz que está feliz por não poder mais enxergar, porque conseguiu evitar que vários bebês crescessem cegos como ela. Ela está jogando... o jogo. Mas acho que você ainda não sabe sobre o jogo... Vou te contar. Começou assim. – E Poliana, com os olhos fixos na beleza cintilante ao redor, falou sobre o par de muletas que havia ganhado no lugar de uma boneca.

Quando a história terminou, houve um longo silêncio. Então, um pouco abruptamente, o homem ficou de pé.

– Ah, você está indo embora agora? – ela perguntou, nitidamente desapontada.

– Sim, estou. – Ele sorriu para ela com certa estranheza.

– Mas você volta algum dia desses?

Ele balançou a cabeça... mas novamente sorriu.

– Espero que não... e acho que não, garotinha. Veja, eu fiz uma grande descoberta hoje. Eu achei que estava desanimado. E achei que não havia mais espaço para mim em nenhum lugar... Mas descobri que tenho dois olhos, dois braços e duas pernas. Vou usá-los... e vou *fazer* alguém entender que eu sei usá-los!

Logo depois, ele se foi.

– Ora, que homem engraçado! – refletiu Poliana. – Mas ele era legal... e também diferente – ela terminou, levantando-se e voltando a andar.

Poliana mais uma vez voltava à sua alegria habitual, e caminhava confiante e segura. O homem não havia dito que aquele era um parque público e que ela tinha o direito de estar lá como qualquer pessoa? Ela se aproximou do lago, atravessou a ponte e chegou ao ponto de onde saíam os barquinhos. Por algum tempo, observou as crianças, alegre, mantendo o olhar atento em busca dos cachos negros de Susie Smith. Ela queria dar uma volta nos belos barcos, mas a placa dizia "Cinco centavos" por passeio, mas não tinha dinheiro. Poliana sorriu esperançosa para o rosto de várias mulheres e duas vezes iniciou uma conversa, hesitante. Mas ninguém se aproximou. As pessoas com quem tentou falar a olharam com frieza e deram respostas secas.

Um tempo depois, Poliana decidiu pegar outro caminho. Por ali ela encontrou um garoto de rosto pálido em uma cadeira de rodas. Ela teria conversado com ele, mas o menino estava tão absorvido em seu livro, que Poliana se afastou depois de observá-lo, melancolicamente, por alguns minutos. Logo depois ela encontrou uma menina linda, mas triste, sentada sozinha, com o olhar perdido, muito parecida com o senhor com que tinha conversado antes. Com um pequeno grito de satisfação, Poliana adiantou-se:

– Ah, como vai você? – ela sorriu. – Estou tão feliz por ter encontrado você! Eu te procurei por tanto tempo – afirmou, sentando-se na extremidade desocupada do banco.

A linda menina virou-se com um olhar ansioso:

– Ah! – ela exclamou, recuando, desapontada. – Eu achei que... por que, o que você quer dizer com isso? – ela questionou, ofendida. – Nunca te vi em toda a minha vida.

– Não, eu também não – sorriu Poliana. – Mas estava te procurando assim mesmo. Quero dizer, é claro que eu não sabia que você seria exatamente *você*. Só queria encontrar alguém que parecesse solitária e não tivesse ninguém com quem conversar. Como eu, sabe? Tem tanta gente aqui com companhia. Entendeu?

– Sim, entendi – concordou a menina, voltando a sua indiferença. – Mas, coitadinha, é uma pena que *você* precise descobrir... tão cedo.

– Descobrir o quê?

– Que o lugar mais solitário do mundo é em meio à multidão em uma cidade grande.

Poliana franziu a testa e ponderou.

– Ah é? Não sei como isso pode ser verdade. Não entendo como você pode ficar sozinha com tanta gente ao seu redor. Mesmo assim... – ela hesitou e franziu ainda mais a testa. – Eu *estava* solitária esta tarde, e *havia* pessoas ao meu redor, mas elas não pareciam... se importar... nem me notar.

A linda garota sorriu melancolicamente.

– É isso mesmo. Elas nunca se importam... nem percebem, as multidões não fazem isso.

– Mas algumas pessoas sim. Podemos ficar felizes porque algumas se importam – insistiu Poliana. – Agora quando eu...

– Ah, sim, alguns se importam – interrompeu a outra. Enquanto falava, ela estremeceu e olhou com medo para o caminho atrás de Poliana. – Alguns se importam... até demais.

Poliana recuou em desânimo. Tantas rejeições naquela tarde haviam mexido com sua autoconfiança.

– Você quer dizer... eu? – ela gaguejou. – Que você queria que eu... não a tivesse notado?

– Não, não, menina! Eu quis dizer... alguém bem diferente de você. Alguém que poderia não ter notado. Fiquei feliz de você ter conversado comigo... eu achei, no início, que fosse alguém de casa.

– Ah, então você não mora aqui também, assim como eu... quero dizer, para sempre.

– Ah, sim, agora eu vivo aqui – suspirou a menina. – Quer dizer, se você pode chamar isso de viver... isso que eu faço.

– O que você faz? – perguntou Poliana, interessada.

– Faço? Vou te contar o que eu faço – gritou a outra, com uma súbita amargura. – De manhã até a noite eu vendo laços fofos e tiaras alegres para garotas que riem e conversam e se *conhecem*. Depois eu vou para casa e subo três lances de escada até um pequeno quarto nos fundos, grande o bastante para acomodar uma pequena cama, um lavabo com um jarro lascado, uma cadeira bamba e eu. Parece um forno no verão e uma geladeira no inverno, mas é o lugar que eu tenho, e é onde fico quando não estou trabalhando. Mas hoje eu saí. Não vou ficar naquele quarto, e também não vou a nenhuma biblioteca velha para ler. É o nosso último feriado do ano... e na verdade é um extra, e eu vou me divertir... pelo menos uma vez. Sou muito jovem e gosto de rir e brincar tanto quanto as meninas para quem eu vendo tiaras o dia todo. Bem, hoje eu vou rir e me distrair.

Poliana sorriu e acenou com sua aprovação.

– Fico feliz de saber que se sente assim. Eu também. É muito mais divertido... ser feliz, não é? Além disso, a Bíblia nos diz para nos alegrarmos e sermos felizes. Ela diz isso umas oitocentas vezes. Provavelmente você conhece os textos que dizem para nos alegrarmos.

A linda garota balançou a cabeça. Um olhar estranho apareceu no rosto dela.

– Bem, não – ela disse de forma seca. – Eu não posso dizer que *estava* pensando... na Bíblia.

– Não estava? Bem, talvez não, mas *meu* pai era pastor, e ele...

– *Pastor*?

– Sim. O seu também? – gritou Poliana, como se respondesse a algo que havia visto no rosto da menina.

– S-sim... – a garota empalideceu.

– Ah, e ele já foi embora como o meu, para ficar com Deus e os anjos?

A garota virou a cabeça.

– Não. Ele ainda está vivo... em casa – respondeu, meio sem fôlego.

– Ah, como você deve ser feliz – suspirou Poliana, saudosa. – Às vezes eu começo a pensar, se eu pudesse apenas *ver* meu pai de novo... Você vê o seu pai, não é?

– Não sempre. Veja, estou aqui.

– Mas você *pode* ver seu pai... e eu não posso ver o meu. Ele foi com minha mãe e o resto de nós para o céu, e... e sua mãe... sua mãe está na terra?

– S-sim – a garota se inquietou e quase se virou para ir embora.

– Ah, então você pode ver os dois – respirou Poliana, com impronunciável saudade estampada no rosto. – Ah, como você deve estar feliz! Não há ninguém que realmente se importe e perceba as coisas tanto quanto os pais e as mães. Sei disso porque tive um pai até os onze anos de idade, mas, como mãe, eu tive a organização feminina de caridade por muito tempo, até que a tia Poli me levou. As senhoras da caridade são adoráveis, mas não são como mães, nem mesmo como a tia Poli e...

E assim Poliana falou. Ela estava da forma como mais gostava, pois adorava conversar. Para ela não havia nada de estranho, insensato ou até mesmo não recomendado em relatar seus pensamentos e sua história a uma pessoa estranha em um banco do parque de Boston.

Para Poliana, todos os homens, mulheres e crianças eram amigos, conhecidos ou desconhecidos. E, para ela, até aquele momento as pessoas desconhecidas eram tão interessantes quanto as conhecidas, pois com isso vinha a empolgação do mistério e da aventura enquanto passavam de desconhecidos para conhecidos.

Portanto, para sua nova amiga, Poliana falava sem reservas de seu pai, sua tia Poli, sua casa no oeste e de sua jornada rumo ao leste até Vermont. Ela contou sobre novos e velhos amigos e, claro, sobre o jogo. Poliana quase sempre contava a todos sobre o jogo, cedo ou tarde. Era, de fato, uma parte tão expressiva de si mesma que dificilmente não o fazia.

Quanto à garota, ela falava pouco. Mas já não estava tão desanimada, e já mostrava um pouco de mudança. As bochechas coradas, as sobrancelhas franzidas, os olhos preocupados e os dedos nervosos eram claramente sinais de alguma luta interior. De tempos em tempos, ela olhava, apreensiva, pelo caminho atrás de Poliana, e foi depois de um olhar que ela agarrou o braço da menina.

– Olhe aqui, menina, por apenas um minuto, não saia daqui. Você escutou? Fique aí onde está! Está chegando um homem que eu conheço... não importa o que ele diga, não preste atenção e *não saia*. Vou ficar com você. Entendeu?

Antes que Poliana pudesse ter qualquer reação, ela se pegou olhando para o rosto de um jovem cavalheiro muito bonito, que havia parado diante delas.

– Ah, eis você – sorriu agradavelmente, levantando o chapéu para a companheira de Poliana. – Receio que terei que começar com um pedido de desculpas... estou um pouco atrasado.

– Não importa, senhor – disse a jovem, falando apressadamente. – Eu... eu decidi não ir.

O jovem deu uma risada leve.

– Ora, vamos, querida, não seja tão exigente com o homem porque ele está um pouco atrasado!

– Não é isso, de verdade – defendeu a menina, com um brilho vermelho nas bochechas. – Quero dizer... eu não vou.

– Tolice! – O homem parou de sorrir. E falou rispidamente: – Ontem você disse que iria.

– Eu sei, mas mudei de ideia. Eu disse à minha amiga aqui... que ficaria com ela.

– Ah, mas se você quiser ir com esse jovem e gentil cavalheiro – começou Poliana, ansiosa, mas recuou em silêncio com o olhar que a garota lhe deu.

– Eu digo que eu prefiro *não* ir. Eu não vou.

– E por que não? – exigiu o jovem, com uma expressão que, para Poliana, já não o deixava tão bonito. – Ontem você disse...

– Eu sei que sim – interrompeu a menina, fervorosamente. – Mas depois percebi que não deveria. Vamos dizer que... agora tenho certeza. Isso é tudo. – E ela se virou resolutamente.

Não havia acabado. O homem falou novamente. Foi persuasivo e se mostrou furiosos. Por fim, disse algo baixinho e irritado, que Poliana não entendeu. No momento seguinte, ele se virou e se afastou.

A moça ficou olhando para ele de forma tensa até que sumisse de vista e, em seguida, relaxou e colocou a mão trêmula no braço de Poliana.

– Obrigado, menina. Eu acho que te devo... mais do que você imagina. Adeus.

– Mas você não vai embora *agora*! – lamentou Poliana.

A garota suspirou, cansada.

– Eu preciso ir. Ele pode voltar e talvez eu não consiga... – ela cortou a frase e levantou-se. Por um momento hesitou, depois engasgou amargamente: – Veja, ele é do tipo que... Nota demais, e que não deveria ter notado... A *mim*... de jeito nenhum! – Com isso, ela se foi.

– Ora, que moça engraçada – murmurou Poliana, olhando-a melancolicamente. – Ela é legal, mas meio diferente – comentou, levantando-se e continuando a caminhada.

ELEANOR H. PORTER

CAPÍTULO

6

Um pedido de socorro

Não demorou muito para que Poliana chegasse à extremidade do jardim, numa esquina onde duas ruas se cruzavam. Era uma esquina muito interessante, com seus carros, automóveis, carruagens e pedestres apressados. Uma enorme garrafa vermelha na vitrine de uma farmácia chamou sua atenção, e do fim da rua vinha o som de uma sanfona. Poliana hesitou por um instante, depois cruzou a esquina e saltitou pela rua em direção àquela fascinante música.

Havia muita coisa interessante ali. As vitrines das lojas tinham objetos maravilhosos e havia muitas crianças fascinadas dançando ao redor da sanfona. O cenário era tão deslumbrante para Poliana, que ela seguiu a sanfona a distância, apenas para poder ver aquelas crianças dançarem. Naquela esquina tão agitada, ela notou um homem muito grande vestindo um casaco azul com cinto que ajudava as pessoas a atravessar a rua. Ela o observou em silêncio, mas, depois, timidamente, ela mesma começou a atravessar.

Foi uma experiência ótima. O homem grande de casaco azul logo a viu e prontamente acenou para ela. Ele até andou para encontrá-la. Então, cruzando uma faixa larga com motores fumegantes e cavalos impacientes em ambas as mãos, ela caminhou incólume até o outro meio-fio. Foi uma sensação deliciosa, tão agradável que, depois de um minuto, ela retornou. Outras duas vezes, depois de curtos intervalos, ela percorreu aquele caminho fascinante, tão magicamente aberto ao levantar da mão do grande homem. Mas da última vez que seu condutor a deixou no meio-fio, ele franziu a testa.

– Veja, garotinha, você não é a mesma que atravessou há apenas um minuto? – ele questionou. – E mais uma vez antes disso?

– Sim, senhor – sorriu Poliana. – Eu já atravessei quatro vezes!

– Bem! – o policial começou a falar, mas Poliana ainda estava tagarelando.

– E tem sido cada vez mais legal!

– Ah-h, foi... foi? – resmungou o grande homem, desajeitado. Então, com mais firmeza, ele falou:

– Por que você acha que eu estou aqui... só para acompanhá-la pra lá e pra cá?

– Ah, não, senhor – gracejou Poliana. – Claro que o senhor não está aqui só por minha causa! Existem todas essas pessoas. Eu sei o que o senhor é. É um policial. Nós temos alguém igual ao senhor perto da casa da Sra. Carew onde eu moro, mas ele só anda pela calçada, sabe. Eu achava que vocês eram soldados, por causa de seus botões dourados e chapéus azuis, mas agora sei que não. Mas eu acho que o senhor é uma espécie de soldado, porque é tão corajoso aqui, bem no meio de todos esses grupos e automóveis, ajudando as pessoas.

– He... he...! Bem... – resmungou o grande homem, corando como um adolescente e jogando a cabeça para trás com uma risada calorosa. – He... he...! Como se... – ele se interrompeu levantando a mão. Logo em seguida, acompanhou uma senhora idosa, claramente assustada, de um meio-fio ao outro. Se o passo dele estava mais pomposo e se seu peito estava mais cheio, eram apenas um tributo inconsciente aos olhos observadores da garotinha que aguardava no meio-fio. Um momento depois, com um aceno vaidoso para os condutores, ele caminhou de volta até Poliana.

– Ah, isso foi esplêndido! – ela o cumprimentou, com olhos brilhantes. – Eu adoro ver o senhor fazer isso... é como os Filhos de Israel cruzando o Mar Vermelho, não é?... Como se o senhor segurasse as ondas para as pessoas atravessarem. E o senhor deve ser muito feliz o tempo todo fazendo isso! Eu pensava que os médicos eram as pessoas mais felizes que havia, mas acho que ser um policial ainda é mais feliz... ajudar pessoas com medo, como a senhora, sabe?

Mais uma vez envergonhado, o homem grande de casaco azul voltou para o meio da rua, e Poliana ficou sozinha no meio-fio.

Por mais um minuto, Poliana observou seu fascinante "Mar Vermelho" e depois virou-se, olhando saudosamente para trás.

– Acho que talvez seja melhor eu ir para casa agora – ela pensou. – Deve estar quase na hora do jantar. – E começou a andar rapidamente de volta pelo caminho que tinha vindo.

Depois de hesitar em várias esquinas e, sem querer, errar duas vezes o caminho, a garota percebeu que "voltar para casa" não seria tão fácil como pensava. Quando chegou a um edifício que sabia que nunca tinha visto antes, notou que estava perdida.

Ela estava em uma rua estreita, suja e mal pavimentada. Havia blocos de apartamentos mal cuidados e algumas lojas nada atraentes em ambos os lados. Homens e mulheres tagarelavam... mas Poliana não entendia nenhuma palavra do que diziam. Além disso, percebeu que as pessoas olhavam para ela com muita curiosidade, como se soubessem que não pertencia àquele lugar.

Poliana pediu informações várias vezes. Ninguém sabia onde a Sra. Carew morava e, nas últimas, responderam com gestos e palavras confusas que ela não entendeu. Pensou um pouco e concluiu que eles estavam falando holandês, a língua que os Haggermans – a única família estrangeira em Beldingsville – falavam.

Ela continuou, descendo uma rua e subindo outra. Ela se arrastava, assustada, com fome e cansada. Seus pés doíam e seus olhos ardiam com as lágrimas que tentava tanto segurar. Pior ainda, estava começando a escurecer.

– Bom... – ela falou, engasgada, para si mesma – ... ficarei feliz por estar perdida, porque vai ser muito bom quando eu me achar. Eu *posso* ficar feliz por isso!

Foi em uma esquina barulhenta, onde duas ruas mais largas se cruzavam, que Poliana finalmente parou e se desesperou. Dessa vez, as lágrimas transbordaram, e, sem um lenço, precisou usar as costas das mãos para enxugá-las.

– Olá, garota, por que está chorando? – perguntou uma voz alegre. – O que houve?

Com um gritinho aliviado, Poliana se virou para encarar um garotinho carregando um pacote de jornais debaixo do braço.

– Ah, estou tão feliz em ver você! – ela exclamou. – Eu queria muito ver alguém que não fosse holandês!

O garotinho sorriu.

– Holandês nada! – ele zombou. – Aposto que você quer dizer latino.

Poliana franziu levemente a testa.

– De qualquer forma, não falavam inglês – disse ela em dúvida. – Eles não conseguiram responder às minhas perguntas. Mas talvez você possa. Você sabe onde mora a Sra. Carew?

– Nem! Pode me revistar!

– O quê? – perguntou Poliana, ainda mais confusa.

O menino sorriu novamente.

– Digo, não sei. Acho que não conheço essa dona.

– Mas não há ninguém em nenhum lugar que conheça? – Poliana implorou. – Eu saí para passear e me perdi. Estou cada vez mais longe, não consigo encontrar o caminho de volta. E está na hora do lanche, quero dizer, jantar, e está ficando escuro. Eu quero voltar. Eu *preciso* voltar.

– Nossa! Isso me preocupa! – simpatizou o menino.

– A Sra. Carew pode estar aflita – suspirou Poliana.

– Caramba! Se você não tiver limite – riu o jovem, inesperadamente. – Não sabe o nome da rua?

– Não... só que é uma avenida – respondeu, desanimada.

– Uma *avenida*, é isso? Claro, alguma coisa parecida com isso! Estamos indo bem. Qual é o número da casa? Você sabe? Busque lá dentro da cabeça!

– Buscar... dentro... da minha cabeça? – Poliana franziu a testa interrogativamente e ergueu uma mão hesitante até o cabelo.

O garoto a olhou com desdém.

– Ah, vamos lá, decida-se. Você não pode ser tão boba assim. Não sabe o número da casa?

– N-não, tem um sete nele – respondeu Poliana, um pouco mais esperançosa.

– Você não ouviu? – zombou o garoto. – Tem um sete nele... e ela espera que eu saiba qual é!

– Ah, eu reconheceria a casa, se eu pudesse vê-la – declarou Poliana, ansiosa. – Acho que também reconheceria a rua, por causa do jardim ao longo dela.

Desta vez foi o garoto que franziu a testa.

– Jardim? – ele perguntou – No meio de uma rua?

– Sim... árvores e grama, sabe, com um passeio no meio dela, e bancos, e... – mas o menino a interrompeu com um grito de alegria.

– Ah táaaa! Avenida Commonwealth, certeza que é lá que você mora! Agora eu me liguei, né?

– Ah, você conhece... verdade? – Poliana implorou. – Pelo menos eu acho que sim... mas não entendi o que quis dizer com "liguei". Não há nada lá pra ligar. Não acho que tenha...

– Ligar nada! – zombou o menino. – Você pode apostar sua vidinha que eu sei onde é! Eu levo o Sr. James ao jardim todo dia. Vou levar *você* também. Mas me espera aqui, preciso voltar ao trabalho e vender todos os jornais. Depois vamos para lá rapidão.

– Você quer dizer que vai me levar para casa? – Poliana pediu, ainda claramente sem entender.

– Isso! É moleza... se você souber qual é a casa.

– Ah, sim, eu conheço a casa – respondeu Poliana, ansiosa. – Mas não sei se é uma... uma moleza, ou não. Se não for, você não consegue...

O garoto apenas lançou outro olhar desdenhoso e correu para o meio da multidão. Um momento depois, Poliana ouviu seu chamado estridente: "Jornal, jornal! *Herald*, *Globe*... jornal, senhor?".

Aliviada, ela aguardou em frente a uma porta. Ela estava cansada, mas feliz. Apesar de todos os contratempos que havia tido, ela confiava no garoto e acreditava que ele poderia levá-la para casa.

"Ele é legal, e eu gosto dele", disse para si mesma, acompanhando com os olhos a figura atenta e alerta do garoto. "Mas ele fala engraçado. Suas palavras *parecem* ser inglês, mas algumas delas não têm sentido. Mas estou feliz que ele me encontrou", ela terminou com um pequeno suspiro de satisfação.

Não demorou muito para que o menino voltasse, com as mãos vazias.

– Vamos lá, garota. Todos a bordo – ele chamou alegremente. – Agora vamos pegar o caminho para a avenida. – Se eu fosse *o cara*, eu levava você pra casa agora em grande estilo, em um carrão, mas, como eu não tenho grana, vamos a pé mesmo.

Na maior parte, foi uma caminhada silenciosa.

Poliana, pela primeira vez na vida, estava cansada demais para falar, até mesmo sobre a organização de caridade, e o garoto havia escolhido o caminho mais curto.

Quando chegaram ao Jardim Público, Poliana exclamou alegremente:

– Ah, agora estou quase lá! Eu lembro desse lugar. Eu me diverti muito aqui esta tarde. Agora está bem pertinho de casa.

– Falou e disse! Agora estamos quase lá – cantou o menino. – O que eu disse a você? Vamos por aqui até a avenida, depois você se vira pra encontrar a casa.

– Ah, eu consigo encontrar a casa – exultou Poliana, com a confiança de alguém que chegou a um terreno familiar.

Estava bastante escuro quando Poliana subiu os largos degraus da casa da Sra. Carew. A campainha atendida rapidamente, e Poliana se viu confrontada não só por Mary, mas também pela Sra. Carew, Bridget e Jennie. As quatro mulheres estavam pálidas e com olhos ansiosos.

– Criança, criança, onde você *esteve*? – questionou a Sra. Carew, saltando à frente.

– Ora, eu... eu só fui caminhar – começou Poliana. – Mas eu me perdi, e esse garoto...

– Onde você a encontrou? – cortou a Sra. Carew, voltando-se imperiosamente para o garoto, que estava, naquele momento, olhando com franca admiração para as maravilhas do salão brilhantemente iluminado. – Onde você a encontrou, garoto? – ela repetiu bruscamente.

Por um breve momento, o menino encontrou o olhar dela com firmeza. Então, algo como um brilho apareceu em seus olhos, embora sua voz, quando falou, fosse séria.

– Bem, eu a encontrei ao redor da Praça Bowdoin, mas acho que ela estava andando na Zona Norte, só que ela não entendia o jeito de falar dos latinos, então eu não acho que ela os cumprimentou do jeito certo, senhora.

– A Zona Norte... Essa criança... sozinha! Poliana! – estremeceu a Sra. Carew.

– Ah, eu não estava sozinha, Sra. Carew – defendeu-se Poliana. – Havia sempre tantas pessoas lá, não havia, garoto?

Mas o menino, com um sorriso travesso, estava desaparecendo pela porta.

Poliana aprendeu muitas coisas durante a meia hora seguinte. Ela aprendeu que lindas meninas não fazem longas caminhadas sozinhas em cidades desconhecidas, nem se sentam em bancos de parque e conversam com estranhos. Aprendeu também que foi apenas por um "milagre perfeitamente maravilhoso" que ela tinha chegado em casa à noite e escapado de sofrer muitas consequências desagradáveis por sua tolice. Ela aprendeu que Boston não era Beldingsville e que ela não deveria pensar que era.

– Mas, Sra. Carew – ela finalmente argumentou, desesperada. – Eu *estou* aqui, e não me perdi para sempre. Acho que devo ficar feliz por isso, e não pensar o tempo todo nas coisas que poderiam ter acontecido.

– Sim, sim, criança, suponho que sim, suponho que sim – suspirou a Sra. Carew. Mas você me assustou tanto, e eu quero que você prometa, mas *prometa* mesmo, que nunca vai fazer isso de novo. Agora venha, querida, você deve estar com fome.

Quando foi dormir naquela noite, Poliana murmurou sonolenta para si mesma: "Não perguntei ao menino o nome dele nem onde mora. Agora nem posso agradecer a ele!".

ELEANOR H. PORTER

CAPÍTULO 7

Um novo amigo

Depois de sua aventura, todos os movimentos de Poliana eram muito bem observados. A não ser quando ia à escola, ela não podia mais sair de casa sem a companhia de Mary ou da Sra. Carew. Mas a garota amava a Sra. Carew e Mary e adorava a presença das duas, então isso não era ruim para ela. Elas também foram bastante gentis em dedicar o tempo à Poliana. Até a Sra. Carew, mesmo depois do susto com o que poderia ter acontecido e o consequente alívio, esforçou-se para entretê-la.

E, dessa forma, na companhia da Sra. Carew, Poliana assistiu a concertos e matinês, visitou a Biblioteca Pública e o Museu de Arte. Com Mary, ela fez maravilhosos passeios para "conhecer Boston" e visitou o Palácio do Congresso e a Antiga Igreja do Sul.

Por mais que Poliana gostasse do carro, ela preferia os bondes, como a Sra. Carew, surpresa, descobriu um dia:

– Nós vamos de bonde? – Poliana perguntou, ansiosa.

– Não. Perkins nos levará – respondeu a Sra. Carew. Então, vendo a decepção inconfundível no rosto de Poliana, acrescentou, surpresa:

– Por quê? Pensei que você gostasse de carro!

– Ah, sim – concordou Poliana, apressadamente. – Não disse nada, de qualquer forma, porque sei que o carro é mais barato que o bonde, e...

– Mais barato que o bonde! – exclamou a Sra. Carew, interrompendo-a.

– Ah, sim – explicou Poliana, com os olhos arregalados. – O bonde custa cinco centavos por pessoa, e o carro não custa nada, porque é seu. E é claro que eu *amo* o carro – apressou-se, antes que a Sra. Carew pudesse falar. – Mas há muito mais pessoas no bonde, e é tão divertido vê-las! A senhora não acha?

– Bem, não, Poliana, não acho – respondeu a Sra. Carew, secamente, afastando-se.

Como se esperava, dois dias depois, a Sra. Carew ouviu algo mais sobre Poliana e os bondes... desta vez de Mary:

– Quero dizer, é esquisito, senhora – explicou Mary com sinceridade, respondendo a uma pergunta que a patroa lhe fizera. – A senhorita Poliana se dá bem com *todos*... e quase sem esforço. Não é que ela *faz* alguma coisa. Ela não faz. Ela só... Só parece feliz, eu acho, é isso. Eu a vi entrar em um bonde lotado cheio de homens e mulheres de expressão séria, crianças choramingando e, em cinco minutos, o lugar ficou irreconhecível. Todos desamarraram a cara e as crianças esqueceram por que estavam chorando. Talvez tenha sido algo que a senhoritaPoliana me disse, e eles ouviram. Ou seja a forma como ela agradece quando alguém insiste em nos ceder o lugar... e eles sempre fazem isso... quero dizer, ceder o lugar. Ou pode ser o modo como ela sorri para um bebê ou um cachorro. Os cães sempre abanam a cauda para ela, sempre, e os bebês, grandes e pequenos, lhe sorriem e estendem a mão. Se ficarmos presos, se torna uma piada, e se pegamos o carro errado, é a coisa mais engraçada que já aconteceu. E é assim com tudo. É impossível ficar mal-humorado com a senhorita Poliana por perto, mesmo que você seja apenas mais um num bonde lotado de pessoas que não a conhecem.

– É, muito provavelmente – murmurou a Sra. Carew, virando-se.

Naquele ano, outubro foi um mês particularmente quente e gostoso, e conforme os dias ensolarados iam e vinham, logo ficou evidente que acompanhar os pezinhos ansiosos de Poliana seria uma tarefa que consumiria muito tempo e paciência. Embora a Sra. Carew tivesse tempo de sobra, ela não tinha paciência, nem queria que Mary se dedicasse tanto (independente de sua paciência) aos caprichos e às fantasias de Poliana.

Mantê-la dentro de casa em todas aquelas tardes gloriosas de outubro estava, naturalmente, fora de questão. Assim, em pouco tempo, Poliana foi mais uma vez ao Jardim Público de Boston... e sozinha. Aparentemente, ela estava tão livre quanto antes, mas agora tinha diversas regras para seguir.

Ela não deveria falar com homens ou mulheres que não conhecesse, não poderia brincar com crianças desconhecidas e, sob nenhuma circunstância, deveria sair do jardim, exceto para voltar para casa. Além disso, Mary, que a levara e a deixara lá, assegurou-se de que Poliana sabia o caminho de casa, que começava no cruzamento da avenida Commonwealth com a rua Arlington, em frente ao jardim. A garota ainda deveria ir para casa sempre quando o relógio da torre da igreja indicasse quatro e meia.

Poliana foi muitas vezes ao jardim depois disso. Algumas vezes, foi com colegas da escola. Porém, mais frequentemente ia sozinha. Apesar das restrições um tanto cansativas, ela se divertia muito. Ela podia *observar* as pessoas, mesmo que não pudesse falar com elas. Podia conversar com os esquilos, pombos e pardais que tão ansiosamente procuravam as nozes e grãos que ela levava para eles.

Poliana procurou muitas vezes os seus velhos amigos naquele primeiro dia... o homem que estava tão feliz por ter os olhos, pernas e braços e a linda jovem que não queria ir embora com o homem bonito..., mas ela nunca mais os viu. Ela costumava ver o menino na cadeira de rodas e queria falar com ele. O menino também alimentava os pássaros e os esquilos – eles eram tão mansos, que as pombas se empoleiravam em sua cabeça e ombros, e os esquilos se enfiavam em seus bolsos em busca de nozes. No entanto, Poliana, de longe, sempre notava algo curioso: apesar da alegria do menino em alimentar as aves, seu suprimento de comida acabava muito rápido. Embora sempre se mostrasse desapontado com isso, assim como os esquilos depois de procurar em seus bolsos por mais uma noz, nunca procurou trazer mais comida no dia seguinte... o que era muito intrigante para Poliana.

Quando não estava brincando com os pássaros e esquilos, o menino lia. Ele sempre trazia em sua cadeira dois ou três livros velhos e, às vezes, uma ou duas revistas. Ele sempre parava no mesmo lugar, e Poliana se perguntava como chegava lá. Então, em um dia inesquecível, ela descobriu. Era feriado na escola e ela foi ao jardim mais cedo. Logo que chegou, viu o menino da cadeira de rodas sendo levado por outro garoto de nariz arrebitado e cabelos cor de areia. Ela olhou fixamente para o garoto e correu até ele com um grito de alegria.

– Ah, você... você! Eu conheço você... mesmo que eu não saiba seu nome. Você me encontrou! Não se lembra? Ah, estou tão feliz de te ver! Eu queria muito te agradecer!

– Olha, se não é a pequena garota perdida da avenida! – sorriu o menino. – Bem, o que tá rolando com você hoje? Perdida de novo?

– Ah, não! – exclamou Poliana, dançando, subindo e descendo nas pontas dos pés com alegria irreprimível. – Não vou me perder mais... não posso sair daqui. E não posso conversar com os outros também. Mas com você eu posso, porque eu te conheço, e com ele eu posso... se você me apresentar – ela terminou, com um olhar radiante para o garoto na cadeira, e esperançosa.

O jovem de cabelos cor de areia riu baixinho e bateu no ombro do menino na cadeira:

– Ouviu? Ela quer te conhecer! Não é demais? Espere enquanto eu te apreseeeento! – E ele tomou uma atitude pomposa. – Senhora, este é meu amigo, Sir James, Lorde do Beco Murphy, e...

Mas o menino na cadeira o interrompeu:

– Jerry, pare com essa bobagem! – disparou, aborrecido. Então, ele se voltou para Poliana com um olhar brilhante: – Eu já vi você aqui muitas vezes. Eu vi você alimentar os pássaros e os esquilos... você sempre traz muita comida para eles! E acho que *você* também gosta mais do Sir Lancelot. Claro, tem também a Lady Rowena... mas ela foi rude com a Guinevere ontem, não foi?... Roubando o jantar dela daquele jeito? Não acha?

Poliana piscou e franziu a testa, olhando alternadamente para os meninos. Jerry riu novamente. Então, com um empurrão final, ele colocou a cadeira em sua posição habitual e se virou para ir embora. Por cima do ombro, ele chamou Poliana:

– Ei, garota, vou dizer uma coisa pra você ficar esperta. Esse cara não está bêbado nem maluco. Entende? São só nomes muito engraçados que ele dá para os seus jovens amigos aqui... – Agitando os braços em direção aos bichos que se reuniam por todos os lados. – E nem são nomes de *pessoas*, mas dos livros que ele lê. Tá entendendo? E ele deixa de comer para alimentá-los. Ele não é o máximo? Divirta-se, Sir James – acrescentou, com uma careta. – Agora se segure... não tem nada para você aqui! Te vejo depois. – E foi embora.

Poliana ainda estava piscando os olhos e franzindo a testa quando o garoto da cadeira de rodas se virou com um sorriso:

– Não precisa se preocupar com o Jerry. É o jeito dele. Ele faz tudo por mim, mas também adora provocar. De onde você o conhece? Ele te conhece? Ele não me disse seu nome.

– Eu sou Poliana Whittier. Eu estava perdida e ele me encontrou e me levou para casa – respondeu Poliana, ainda um pouco aturdida.

– Entendi. Ele é assim... – acenou o menino com a cabeça. – Ele não me traz aqui todos os dias?

Uma simpatia tomou rapidamente os olhos de Poliana.

– Você não pode andar... nadinha... hummm... Sir J-James?

O menino riu alegremente.

– "Sir James"? É só mais uma bobagem do Jerry. Eu não sou um "Sir".

Poliana parecia claramente desapontada.

– Você não é? Nem um... um lorde, como ele disse?

– Certeza que não.

– Ah, achei que você fosse... como o Pequeno Lorde Fauntleroy, sabe – respondeu Poliana. – E...

O menino a interrompeu, ansioso:

– *Você* conhece o Pequeno Lorde Fauntleroy? E você conhece o Sir Lancelot, o Santo Graal, o Rei Artur e sua Távola Redonda, e a Lady Rowena, Ivanhoé e todos eles? Conhece?

Poliana sacudiu a cabeça com dúvida.

– Acho que talvez não conheça *todos* eles – admitiu ela. – Eles estão todos... nos livros?

O garoto concordou.

– Eu tenho alguns aqui – disse. – Eu sempre leio esses livros. Há *sempre* algo novo neles. Além disso, não tenho outros. Estes eram do meu pai. Ei, ladrãozinho... pare com isso! – ele interrompeu, rindo enquanto um esquilo de cauda espessa saltava no seu colo e colocava o focinho em seus bolsos. – Tome, acho melhor darmos o jantar ou vão tentar nos engolir – riu o menino. – Este é o Sir Lancelot. Ele é sempre o primeiro.

Então, o menino pegou uma pequena caixa de papelão que abriu com cautela, consciente dos inúmeros olhos brilhantes que observavam cada movimento seu. Tudo ao redor agora eram o zumbido e o bater de asas, o arrulho das pombas, o picante cantarolar dos pardais. Sir Lancelot, alerta e ansioso, ocupou um braço da cadeira de rodas. Outro rapazinho de cauda grossa, menos atrevido, sentou-se a um metro e meio de distância. Um terceiro esquilo, bastante barulhento, estava num galho de árvore vizinho.

De dentro da caixa, o menino pegou algumas nozes, um pãozinho e uma rosquinha.

Neste último, ele olhou ansiosamente e de forma hesitante.

– Você trouxe alguma coisa? – perguntou.

– Muita coisa... aqui – assentiu Poliana, batendo no saco de papel que carregava.

– Ah, então acho que hoje vou *comer* a rosquinha – suspirou o garoto, colocando a rosquinha de volta na caixa, aliviado.

Sem entender o gesto do garoto, Poliana enfiou a mão em sua sacola e o banquete começou.

Foi um momento ótimo. Para Poliana, foi, de certo modo, a hora mais maravilhosa que já tinha passado, pois encontrou alguém que falava mais rápido e ainda mais do que ela. Aquele jovem estranho parecia ter uma fonte inesgotável de histórias maravilhosas de cavaleiros corajosos e lindas damas, de torneios e batalhas. Além disso, descrevia tão vivamente as situações, que para Poliana parecia que via com os próprios olhos as ações de bravura, os cavaleiros vestido de armadura e as belas damas com vestidos cheios de joias e cabelos trançados – mas, na verdade, olhava para um bando de pombas e pardais em revoada e um grupo de esquilos revirando um monte de grama em uma área iluminada pelo sol.

Nesse momento, ela se esqueceu das senhoras da organização de caridade. Nem mesmo o jogo do contente lhe passou pela cabeça. Com as bochechas coradas e os olhos brilhantes, Poliana percorria as épocas de ouro contadas por um menino sonhador que – embora ela não soubesse disso – tentava compensar com aquele curto momento agradável incontáveis dias tristes de solidão e saudade.

Então, o badalar dos sinos ao meio-dia mandaram Poliana de volta para casa apressada. E ela nem sequer se lembrou de que ainda não sabia o nome do menino.

– Eu só sei que não é "Sir James" – suspirou para si mesma, franzindo a testa de irritação. – Mas não importa. Eu posso perguntar a ele amanhã.

CAPÍTULO 8

Jamie

Poliana não viu o menino no dia seguinte. Choveu e ela não pôde ir ao jardim. Choveu no outro dia também. Até mesmo no terceiro dia ela não o viu, pois, embora o sol brilhasse e estivesse quente, e embora ela tenha ido bem no início da tarde ao jardim, ele não apareceu. Mas no quarto dia, ele estava lá no mesmo lugar, e Poliana se adiantou com uma saudação alegre:

– Ah, estou tão feliz em ver você! Mas onde você estava? Você não veio ontem.

– Eu não consegui. Estava com muita dor ontem – explicou o rapaz, que parecia muito pálido.

– *Dor*? – gaguejou Poliana, simpática.

– Sim, sempre – assentiu o menino, com um ar prosaico. – Geralmente eu aguento e venho assim mesmo, mas quando fica *muito* ruim, como ontem, eu não consigo.

– Mas como você aguenta... Sentir dor... sempre? – Poliana ofegou.

– Tenho que aguentar – respondeu o menino, abrindo os olhos um pouco mais. – As coisas são assim e *pronto*, e não podem ser de outra forma. De que adianta pensar em como elas poderiam ser? Além disso, quanto mais doer um dia, mais agradável se torna o dia seguinte.

– Eu sei! É como o... – começou Poliana, mas o menino a interrompeu.

– Você trouxe bastante desta vez? – perguntou, ansioso. – Ah, eu espero que sim! Eu não consegui trazer nada hoje. Jerry não tinha nem um centavo para comprar amendoins e não tinha muita coisa na caixa para mim.

Poliana pareceu chocada.

– Quer dizer... que você não tem o que comer no almoço?

– Isso! – sorriu o menino. – Mas não se preocupe. Não é a primeira vez... e não será a última. Estou acostumado com isso. Olha! Aí vem Sir Lancelot.

Poliana, no entanto, não estava pensando nos esquilos.

– E não havia mais nada em casa?

– Ah, não, *nunca* tem comida em casa – riu o menino. – Mamãe trabalha fora... fazendo faxina e come nesses lugares, e Jerry arranja o que consegue onde pode, exceto à noite e pela manhã, daí ele come com a gente... se tivermos.

Poliana parecia ainda mais chocada.

– Mas o que você faz quando não tem nada para comer?

– Fico com fome, claro.

– Mas eu nunca *ouvi* falar de ninguém que não tivesse *nada* para comer – suspirou Poliana. – Eu e papai éramos pobres e tínhamos que comer feijão e bolo de peixe quando na verdade queríamos comer peru. Mas tínhamos o que comer. Por que você não conta para as pessoas... todas essas pessoas que moram nessas casas?

– Pra quê?

– Para que eles lhes deem comida, é claro!

O menino riu mais uma vez, agora de um jeito um pouco estranho:

– Ah, garota. Você precisa saber de uma coisa. Ninguém que eu conheço dá carne assada e bolos para quem pede. Além disso, se a gente não passa fome de vez em quando, não tem como saber como batatas e leite são gostosos e não temos o que colocar no Livro das Alegrias.

– No o quê?

O garoto deu uma risada envergonhado e ficou vermelho de repente.

– Esquece! Esqueci, por um minuto, que você não é a mamãe nem o Jerry.

– Mas o que é o Livro das Alegrias? – implorou Poliana. – Me conta.

Há cavaleiros e lordes e damas nele?

O garoto balançou a cabeça. Seus olhos perderam o riso e ficaram escuros e impenetráveis.

– Não, eu queria que tivesse – ele suspirou melancolicamente. – Mas quando você... não pode nem *andar*, não pode lutar batalhas e ganhar troféus, e ter belas damas lhe entregando sua espada e a grande recompensa. – Uma chama repentina tomou os olhos do garoto. Ele levantou a cabeça como se em resposta ao toque de uma corneta. Então, a chama se apagou com a mesma rapidez, e o menino voltou a sua antiga indiferença. – Você simplesmente não pode fazer nada – recomeçou, depois de um momento de silêncio. – Você só tem que se sentar e pensar; e em momentos assim seu *pensamento* chega a ser algo terrível. O meu é. Eu queria ir à escola e aprender coisas... mais coisas do que a mamãe consegue me ensinar; e penso nisso. Eu queria correr e jogar bola com os outros garotos; e eu penso nisso. Eu queria sair e vender jornais com o Jerry; e eu penso nisso. Eu não queria receber cuidados por toda a minha vida; e eu penso nisso.

– Eu sei, ah, eu sei – respirou Poliana, com os olhos brilhando. – Eu perdi as *minhas* pernas por um tempo.

– Perdeu? Então você sabe um pouco como é. Mas você as recuperou. Eu não – suspirou o menino, aumentando a sombra em seus olhos.

– Mas você ainda não me contou sobre o Livro das Alegrias – perguntou Poliana, depois de um minuto.

O menino se mexeu e riu, envergonhado.

– Bem, não é muita coisa, a não ser para mim. *Você* não acharia muita graça nele. Eu comecei faz um ano. Estava me sentindo muito mal quando comecei. Tudo estava errado. Por um tempo, me lamentei. Então, peguei um dos livros do papai e tentei ler. E as primeiras palavras que li foram estas – já decorei, então posso dizer agora:

"Os prazeres são mais maiores onde parece não haver prazeres;
Não há uma folha que caia no chão...
Que não contenha alguma alegria, de silêncio ou de som."[1]

1- No original:
"Pleasures lie thickest where no pleasures seem;
There's not a leaf that falls upon the ground
But holds some joy, of silence or of sound."
(BLANCHARD, S. L. Hidden joys. In: Lyric Offerings.)

– Eu estava com raiva. Eu queria que o cara que tinha escrito aquilo estivesse no meu lugar e visse que as alegrias que encontraria nas minhas "folhas". Eu estava tão bravo, que decidi provar que ele não sabia do que estava falando, então comecei a procurar as alegrias em minhas "folhas"... Peguei um caderninho velho que Jerry tinha me dado e disse a mim mesmo que as escreveria. Tudo o que eu gostasse eu colocaria no livro. Então veria quantas "alegrias" tinha tido.

– Sim, sim! – exclamou Poliana, absorta, quando o menino parou para respirar.

– Eu não esperava conseguir muitas, mas... Sabe de uma coisa?... consegui um monte. Em "quase tudo" tinha algo de que eu gostava um *pouco*, então tinha que ir para o livro. A primeira foi o livro... que eu conseguia, sabe, escrever nele. Depois, alguém me deu uma flor em um vaso, e Jerry encontrou um livro legal no metrô. Então ficou muito divertido procurar minhas alegrias... às vezes eu encontrava em lugares muito estranhos. Um dia Jerry pegou o caderninho e descobriu o que era, e ele deu um nome... o Livro das Alegrias. E... isso é tudo.

– Tudo... *Tudo*! – exclamou Poliana, o deleite e o assombro lutando para dominar o seu rostinho brilhante. – Esse é o jogo! – Você está jogando o Jogo do Contente, e não sabe... Só que você está jogando melhor do que eu jamais joguei! Eu não saberia jogá-lo, se eu... se eu não tivesse o suficiente para comer, e não pudesse andar, ou qualquer coisa – ela sufocou.

– O jogo? Que jogo? Eu não sei nada sobre nenhum jogo – o menino franziu a testa.

Poliana bateu palmas.

– Eu sei que não... eu sei que você não sabe, e é por isso que é tão adorável, e tão... tão maravilhoso! Mas ouça. Eu vou te dizer o que é o jogo.

E ela contou a ele.

– Nossa! – respirou o menino, agradecido, quando ela terminou. – Demais!

– E aqui está você, jogando o *meu* jogo melhor do que qualquer pessoa que eu já vi, e nem sei seu nome ainda, nem nada! – exclamou Poliana, quase tímida. – Mas eu quero... quero saber tudo.

– Não há nada para saber – retomou o menino, dando de ombros. – Além disso, o pobre Sir Lancelot e todo o resto estão esperando o jantar – ele terminou.

– Eles estão aqui – suspirou Poliana, olhando impaciente para as criaturas que se agitavam e voavam. Imprudentemente, ela virou a bolsa de cabeça para baixo e espalhou seus suprimentos aos quatro ventos. – Pronto, está feito, agora podemos conversar de novo – alegrou-se. – E há muita coisa que quero saber. Primeiro, por favor, qual é o seu nome? Eu só sei que não é "Sir James".

O menino sorriu.

– Não, não é. Mas é assim que o Jerry me chama a maior parte do tempo. Mamãe e os outros me chamam de "Jamie".

– *Jamie*! – Poliana recuperou o fôlego e prendeu a respiração. Uma esperança incontrolável tomou seus olhos. Mas foi seguida quase instantaneamente por uma dúvida temerosa. – "Mamãe" significa... mãe?

– Claro!

Poliana relaxou visivelmente. Seu rosto relaxou. Se esse Jamie tinha uma mãe, ele não poderia, é claro, ser o Jamie da Sra. Carew, cuja mãe havia morrido há muito tempo. Ainda assim, não importava quem fosse, ele era muito interessante.

– Mas onde você mora? – ela questionou avidamente. – Há mais alguém na sua família além da sua mãe e... e Jerry? Você vem aqui todos os dias? Onde está o seu Livro das Alegrias? Posso ver? Os médicos não acreditam que você possa andar de novo? E onde você conseguiu... essa cadeira de rodas?

O menino riu.

– Quantas perguntas você espera que eu responda de uma só vez? Vou começar do fim para o começo, se não me esquecer de nenhuma. Eu tenho essa cadeira há um ano. Jerry conheceu uma pessoa que escreve para os jornais, e ele escreveu sobre mim... que eu não poderia mais andar, e tudo isso, e... e sobre o Livro das Alegrias, entende? E aí um grupo de homens e mulheres trouxe essa cadeira e disse que era para mim. Falaram que tinham lido sobre mim e queriam me dar a cadeira.

– Minha nossa! Você deve ter ficado muito feliz!

– Fiquei. Dediquei uma página inteira do meu Livro das Alegrias para contar sobre essa cadeira.

– Mas você *nunca* mais vai andar de novo?

Os olhos de Poliana estavam borrados de lágrimas.

– Parece que não. Eles disseram que não posso.

– Ah, mas disseram isso sobre mim e depois me mandaram para o Dr. Ames e fiquei quase um ano lá, e *ele* me fez andar de novo. Talvez ele pudesse fazer isso por *você*!

O garoto balançou a cabeça.

– Ele não conseguiria... eu não posso ir até ele, de qualquer maneira. Seria caro demais. Preciso aceitar que não posso... andar novamente. Mas não importa. – O garoto jogou a cabeça para trás, impaciente. – Só tento não *pensar* nisso. Você sabe como é quando... quando seu *pensamento* começa a agir.

– Sim, sim, claro... e eu falando sobre isso! – exclamou Poliana, arrependida. – Eu *disse* que você sabia jogar o jogo melhor do que eu. Mas continue. Você não me contou nem a metade ainda. Onde você mora? E o Jerry é seu único irmão?

Houve uma mudança rápida no rosto do menino. Seus olhos brilhavam.

– Sim... e ele não é meu irmão, na verdade. Ele não é meu parente, nem a mamãe. Mas pense no quanto eles foram bons para mim!

– Como assim? – questionou Poliana, em alerta. – Então quando você fala "mamãe" não quer dizer que é sua mãe de verdade?

– Não... e é isso o que torna...

– E você não tem uma mãe? – interrompeu Poliana, em crescente empolgação.

– Não, não me lembro de nenhuma mãe, e o papai morreu há seis anos.

– Quantos anos você tem?

– Não sei! Eu era pequeno. Mamãe acha que talvez eu tivesse uns seis anos. Foi quando eles me receberam.

– E seu nome é Jamie?

Poliana estava prendendo a respiração.

– Ora, sim, eu lhe disse.

– E qual é seu sobrenome? – Esperançosa, mas com medo, Poliana fez essa pergunta.

– Não sei.

– *Você não sabe!*

– Não me lembro. Eu era muito pequeno, acho. Nem os Murphy sabem. Eles só me conhecem por Jamie.

Uma grande decepção veio ao rosto de Poliana, mas quase imediatamente um pensamento afastou essa sombra.

– Bem, se você não sabe qual é seu sobrenome, também não pode dizer que não é "Kent"! – ela exclamou.

– Kent? – intrigou-se o menino.

– Sim – começou Poliana, toda empolgada. – Veja, havia um menino chamado Jamie Kent que... – ela parou abruptamente e mordeu o lábio. Poliana percebeu que seria melhor, naquele momento, não dar esperança ao garoto de que pudesse ser o Jamie perdido. Era melhor ter certeza disso antes de criar qualquer expectativa, do contrário, poderia estar lhe trazendo tristeza ao invés de alegria. Ela não tinha se esquecido de como Jimmy Bean tinha ficado decepcionado quando ela teve de lhe dizer que as senhoras da caridade não poderiam acolhê-lo, e de novo quando, a princípio, o Sr. Pendleton também não o aceitou. Poliana estava determinada a não cometer o mesmo erro pela terceira vez; então, prontamente assumiu um ar de elaborada indiferença sobre o assunto, e disse: – Esqueça Jamie Kent. Conte-me sobre você. Estou *tão* interessada!

– Não há nada a dizer. Não sei nada que seja legal – hesitou o garoto. – Eles disseram que o papai era... era estranho e nunca falava. Eles nem sabiam o nome dele. Todos o chamavam de "O Professor". – Mamãe diz que eu e ele morávamos em um pequeno quarto no último andar da casa em Lowell, onde moravam. Eles eram pobres na época, mas não eram tão pobres como são agora. O pai de Jerry era vivo e tinha um emprego.

– Continue, continue – instigou Poliana.

– Bem, mamãe diz que meu pai era muito doente, e estava ficando cada vez mais esquisito, então eles acharam melhor eu morar lá embaixo com eles. Na época eu conseguia andar um pouco, mas minhas pernas não estavam boas. Eu brincava com o Jerry e a menininha que morreu. Bem, quando o papai morreu, não havia ninguém para ficar comigo, e iam me colocar em um orfanato; mas mamãe diz que eu e Jerry não quisemos, então ficaram comigo. A menina tinha acabado de morrer e disseram que eu poderia ficar no lugar dela. Então, eu caí e fiquei pior. Depois, quando o pai do Jerry morreu, eles ficaram mais pobres ainda. Mas ficaram comigo. Tem gente melhor do que eles?

– Sim, ah, sim – chorou Poliana. – Eles serão recompensados... sei que serão! – Poliana estava jubilosa. A última dúvida tinha desaparecido. Ela tinha encontrado o Jamie perdido. Estava certa disso. Mas ainda não podia contar a ele. A Sra. Carew tinha de vê-lo primeiro. Depois... *depois*...! Nem mesmo a imaginação de Poliana podia prever a felicidade da Sra. Carew e de Jamie quando se encontrassem.

Ela se levantou, em total desrespeito a Sir Lancelot, que tinha voltado e estava farejando o seu colo em busca de mais nozes.

– Eu tenho que ir agora, mas volto amanhã. Talvez eu traga uma senhora comigo que você vai gostar de conhecer. Vai estar aqui amanhã, não vai? – terminou, ansiosa.

– Claro, se o tempo estiver agradável. Jerry me deixa aqui quase todas as manhãs. Eles fazem o que podem, sabe; e eu trago o almoço e fico até as quatro horas. Jerry é muito bom para mim!

– Eu sei, eu sei – assentiu Poliana. – E talvez você encontre outra pessoa tão boa para você também – ela cantarolou.

Com essa declaração enigmática e um sorriso radiante, Poliana foi embora.

ELEANOR H. PORTER

CAPÍTULO

9

Planos e tramas

No caminho para casa, Poliana fez planos felizes. No outro dia, de uma forma ou de outra, ela convenceria a Sra. Carew de acompanhá-la em um passeio no Jardim Público. Como faria isso, ela não sabia; mas tinha de fazer.

Dizer à Sra. Carew claramente que tinha encontrado Jamie e queria que ela fosse encontrá-lo estava fora de questão. Havia, é claro, uma pequena chance de que não fosse o Jamie dela; e se não fosse, se ela criasse falsas esperanças na Sra. Carew, o resultado poderia ser desastroso. Poliana sabia, pelo que Mary dissera, que a Sra. Carew já tinha ficado muito doente duas vezes pela grande decepção de seguir pistas promissoras que a levaram a um menino muito diferente do filho de sua irmã falecida. Então, Poliana não podia contar à Sra. Carew por que realmente queria que ela fosse ao Jardim Público com ela no dia seguinte. Mas tinha de ter uma forma, falou para si mesma, enquanto corria alegremente para casa.

No entanto, uma forte tempestade mudou o destino novamente; e só de olhar para fora na manhã seguinte Poliana notou que não haveria passeio no Jardim Público. Pior ainda, as nuvens não se dissiparam nos dois dias seguintes. Assim, a garota passou essas três tardes vagando de janela em janela, olhando para o céu e, ansiosa, questionando a todos:

– Você não acha que o tempo vai clarear um *pouquinho*?

Esse comportamento era tão incomum da parte da alegre menina e o constante questionamento era tão irritante, que, por fim, a Sra. Carew perdeu a paciência:

– Tenha piedade, criança, qual é o problema? – gritou. – Não sabia que você se preocupava tanto com o clima. Onde está aquele seu maravilhoso Jogo do Contente hoje?

Poliana ficou vermelha e parecia envergonhada.

– Nossa, acho que esqueci do jogo desta vez – admitiu. – É claro que *há* algo nisso tudo pelo que eu possa ficar feliz, se eu começar a procurar por isso. Eu posso ficar feliz porque... uma hora a chuva *terá* de parar, porque Deus disse que não enviaria outro dilúvio. Mesmo assim, eu queria que o dia estivesse bom hoje.

– Por que hoje, especialmente?

– Ah, eu... eu só queria ir caminhar no Jardim Público. – Poliana estava se esforçando para falar despreocupadamente. – Eu... eu pensei que talvez a senhora pudesse ir comigo. – Externamente, Poliana soava indiferente. Internamente, no entanto, estava cheia de empolgação e suspense.

– ...Eu... caminhar no Jardim Público? – perguntou a Sra. Carew, com as sobrancelhas levemente erguidas. – Obrigada, mas acho que não – ela sorriu.

– Ah, mas a senhora... não *recusaria*! – Poliana vacilou, em um rápido pânico.

– Já recusei.

Poliana engoliu em seco, aflita. Ficou muito pálida.

– Mas, Sra. Carew, por favor, *por favor*, não diga que *não vai*, quando o tempo melhorar – ela implorou. – Veja, por uma... uma razão especial, eu queria que a senhora fosse... comigo... só uma vez.

A Sra. Carew franziu a testa. Ela abriu a boca para tornar o "não" mais incisivo, mas algo nos olhos suplicantes de Poliana deve ter mudado suas palavras, pois, quando vieram, tinham uma aquiescência relutante.

– Bem, bem, criança, você não tem jeito. Mas se eu prometer ir, *você* vai prometer não chegar perto da janela por uma hora, e não perguntar novamente se eu acho que o tempo vai clarear hoje.

– Sim, eu vou... quero dizer, não vou – disse Poliana, palpitante. Então, quando um pálido feixe de luz, que era quase um raio de sol, surgiu pela janela, ela gritou de alegria: – Mas a senhora acha que vai... Ah! – ela parou desanimada e saiu correndo da sala.

Sem dúvida, a manhã seguinte surgiu mais "clara". Mas, embora o sol brilhasse intensamente, havia um frio acentuado no ar e, à tarde, quando Poliana chegou da escola, ventava forte. Apesar dos protestos, ela insistiu que era um dia lindo, e que ficaria muito triste se a Sra. Carew não fosse passear no Jardim Público. E a Sra. Carew foi, ainda que protestando.

Como era de esperar, foi uma jornada infrutífera. Juntas, a mulher impaciente e a garotinha de olhos ansiosos apressaram-se a subir por um caminho e descer por outro. (Como não estava encontrando o menino no lugar habitual, Poliana estava fazendo uma busca frenética em todos os cantos do jardim. Para a garota, não estava certo. Ali estava ela no jardim, junto com a Sra. Carew, mas não via Jamie em nenhum lugar... e ainda não podia dizer nada para a Sra. Carew.) Por fim, completamente gelada e irritada, a Sra. Carew insistiu em ir embora; e Poliana, desesperada, foi.

Os próximos dias foram tristes para Poliana. O que para ela estava perigosamente próximo de um segundo dilúvio – mas, de acordo com a Sra. Carew, eram apenas "as chuvas usuais de outono" – trouxe uma série de dias úmidos, enevoados, frios e tristes, cheios de uma garoa sombria ou, ainda pior, um aguaceiro constante. Se eventualmente surgia um dia de sol, Poliana voava para o jardim; mas em vão. Jamie nunca estava lá. Já era meio de novembro e até o próprio jardim estava triste. As árvores estavam nuas, os bancos quase vazios, e nenhum barco flutuava na pequena lagoa. É verdade que os esquilos e pombos continuavam lá, e os pardais estavam mais atrevidos do que nunca, mas alimentá-los era mais uma tristeza do que uma alegria, pois cada movimento da cauda de Sir Lancelot trazia lembranças amargas do rapaz que tinha lhe dado esse nome... e não estava lá.

– E pensar que não descobri onde ele morava! – lamentou Poliana várias vezes nos dias seguinte. – E era o Jamie... eu sei que era o Jamie. E agora tenho que esperar e esperar até a primavera chegar e fazer calor o suficiente para ele vir aqui de novo. E então, talvez, ...eu... não esteja mais em Boston. Nossa, nossa... e ele *é* o Jamie, eu sei que é o Jamie!

Então, em uma tarde triste, aconteceu o inesperado. Poliana, atravessando o corredor superior, ouviu vozes alteradas no corredor de baixo. Uma delas ela reconheceu, era de Mary, enquanto a outra... a outra...

A outra voz estava dizendo:

– Nem pensar! Não é da sua conta. Entendeu? Eu quero ver a menina, a Poliana. Eu tenho uma mensagem para ela do... do Sir James. Agora corre, vai, e traga a menina, se não se importa.

Com um gritinho alegre, Poliana se virou e desceu a escada voando.

– Ah, estou aqui, estou aqui, estou bem aqui! – chegou ofegante e tropeçando. – O que houve? Jamie mandou você?

Em sua empolgação, quase se jogou de braços abertos sobre o menino, mas Mary, chocada, a interceptou com a mão.

– Senhorita Poliana, quer dizer que você conhece esse... esse mendigo?

O menino ficou vermelho de nervoso; mas, antes que pudesse falar, Poliana saiu em sua defesa de forma valente:

– Ele não é um mendigo. Ele é amigo de um dos meus melhores amigos. Além disso, foi ele que me encontrou e me trouxe para casa quando me perdi. – Então, ela se voltou para o menino e perguntou, impulsiva: – O que houve? Jamie mandou você?

– Claro que sim. Ele ficou de molho há um mês e não conseguiu mais sair.

– Ele ficou... o quê? – Poliana perguntou, intrigada.

– Ficou de molho... De cama. Ele está doente, quero dizer, e ele quer ver você. Você vem?

– Doente? Ah, sinto muito! – lamentou Poliana. – Claro que vou. Vou pegar meu chapéu e meu casaco agora mesmo.

– Senhorita Poliana! – disse Mary, ofegante, em severa desaprovação. – Até parece que a Sra. Carew vai deixar você ir *a algum lugar* com um garoto desconhecido!

– Mas ele não é um garoto desconhecido – argumentou Poliana. – Eu o conheço há muito tempo e *preciso* ir. Eu...

– O que significa isso? – perguntou a Sra. Carew friamente da porta da sala de visitas. – Poliana, quem é esse garoto e o que ele está fazendo aqui?

Poliana se virou com um grito rápido.

– Ah, Sra. Carew, a senhora vai me deixar ir, não vai?

– Ir aonde?

– Ver meu irmão, senhora – interrompeu o menino rapidamente, e esforçando-se para ser muito educado. – Ele não come, e não vai me deixar em paz até eu levá-la – apontando para Poliana com um gesto desajeitado. – Ele quer vê-la de qualquer jeito.

– Eu posso ir, não posso? – implorou Poliana.

A Sra. Carew franziu a testa.

– Ir com esse garoto... *você*? Certamente não, Poliana! Você está fora de si para pensar nisso por um só momento?

– Ah, mas eu quero que a senhora venha também – começou Poliana.

– Eu? Que absurdo, menina! É impossível. Você pode dar a esse menino um pouco de dinheiro, se quiser, mas...

– Obrigado, senhora, mas eu não vim atrás de dinheiro – ressentiu-se o menino, com os olhos brilhando. – Eu vim por... ela.

– Sim... e, Sra. Carew, ele é o Jerry... Jerry Murphy, o garoto que me encontrou quando eu estava perdida e me trouxe para casa – apelou Poliana. – *Agora* a senhora me deixa ir?

A Sra. Carew sacudiu a cabeça.

– Nem pensar, Poliana.

– Mas ele disse que o Ja... o outro garoto está doente e quer me ver! Não posso negar isso. Eu o conheço muito bem, Sra. Carew. De verdade. Ele lê livros... Livros adoráveis, todos cheios de cavaleiros, lordes e damas, e ele alimenta os pássaros, os esquilos e dá nomes a eles e tudo mais. Ele não consegue andar, e ele não tem o suficiente para comer muitas vezes – ofegou Poliana. – E ele está jogando meu Jogo do Contente há um ano e não sabia disso. Ele joga muito melhor do que eu. Eu estou procurando por ele faz tempo. Honesta e verdadeiramente, Sra. Carew, eu *preciso* vê-lo – disse Poliana, quase soluçando. – Não posso perdê-lo de novo!

Um rubor de raiva inflamava as bochechas da Sra. Carew.

– Poliana, isso é pura tolice. Estou surpresa. Estou espantada com você por insistir em fazer algo que sabe que eu desaprovo. Eu *não posso* permitir que você vá com esse garoto. Agora, por favor, não quero ouvir mais nada sobre isso.

Uma nova expressão tomou o rosto de Poliana. Com um olhar meio aterrorizado, meio exaltado, ela ergueu a cabeça e encarou a Sra. Carew. De forma trêmula, mas com determinação, ela falou:

– Então, vou ter que te contar. Eu não queria… até ter certeza. Eu queria que a senhora o visse primeiro. Mas agora tenho que contar. Eu não posso perdê-lo de novo! Eu acho, Sra. Carew, que ele é… o Jamie.

– Jamie! Não… meu… Jamie! – O rosto da Sra. Carew empalideceu.

– Sim.

– Impossível!

– Eu sei, mas, por favor, o nome dele *é* Jamie, e ele não sabe o sobrenome. O pai dele morreu quando ele tinha seis anos de idade, e ele não se lembra da mãe. Ele tem doze anos, ele acha. Essa família ficou com ele quando o pai morreu, e era um homem esquisito, que não dizia o nome dele a ninguém, e…

A Sra. Carew a interrompeu com um gesto. Ela estava ainda mais pálida do que antes, mas seus olhos ardiam com um fogo repentino.

– Nós vamos imediatamente – disse ela. – Mary, diga ao Perkins para preparar o carro o mais rápido possível. Poliana, pegue seu chapéu e casaco. Rapaz, espere aqui, por favor. Estaremos prontas para ir com você imediatamente. – No minuto seguinte, ela subiu correndo as escadas.

No corredor, o menino deu um longo suspiro.

– Caramba! – ele murmurou suavemente. – Vamos andar num carrão! Tenho que me comportar! Meu deus! O que Sir James vai dizer?

CAPÍTULO 10

No beco dos Murphy

Com o ronco característico das limusines luxuosas, o carro da Sra. Carew desceu pela avenida Commonwealth e seguiu pela rua Arlington até a Charles. Dentro estavam uma garotinha de olhos brilhantes e uma mulher tensa e de rosto pálido. Ao lado do motorista, para dar instruções ao chofer claramente desaprovador, estava sentado Jerry Murphy, extraordinariamente orgulhoso e insuportavelmente importante.

Quando a limusine parou diante da mal+cuidada entrada de um beco estreito e sujo, o menino saltou e, com uma desajeitada imitação dos pomposos empregados uniformizados a que tantas vezes assistiu, abriu a porta do carro e esperou que as senhoras descessem.

Poliana saltou imediatamente, com os olhos arregalados de espanto e angústia ao olhar em volta. Atrás dela veio a Sra. Carew, visivelmente trêmula, percorrendo com o olhar a imundície, a sordidez e as crianças esfarrapadas que se apinhavam gritando e tagarelando nos cortiços sombrios e rodeavam o carro.

Jerry acenou com os braços furiosamente.

– Ei, sumam daqui! – gritou para a multidão. – Isso aqui não é uma festa! Chega de bagunça e caiam fora daqui. A visita é para Jamie.

A Sra. Carew estremeceu de novo e pôs a mão no ombro de Jerry:

– Não... É *aqui*! – ela recuou.

Mas o menino não ouviu.

Com encontrões e empurrões de punhos e cotovelos, ele abria caminho para suas visitas, e antes que a Sra. Carew soubesse o que estava acontecendo, ela se viu, com o menino e Poliana, aos pés de um frágil lance de escadas num corredor escuro e malcheiroso.

Mais uma vez, ela estendeu a mão trêmula.

– Espere – ela ordenou com a voz rouca. – Lembre-se! Nenhum de vocês vai dizer uma palavra sobre... a possibilidade de ele ser o garoto que estou procurando. Preciso ver pessoalmente primeiro e... questioná-lo.

– Claro! – concordou Poliana.

– Isso! Também acho – assentiu o menino. – Não posso ficar, de qualquer jeito, então não vou incomodar ninguém. Continuem as escadas até lá em cima. Tem uns buracos, e geralmente uma criança ou duas dormindo em algum lugar. O elevador não está funcionando hoje – disse ele alegremente. – Precisamos ir a pé mesmo!

A Sra. Carew encontrou os "buracos"... tábuas quebradas que rangiam e dobravam assustadoramente sob os seus pés encolhidos. E ela encontrou um "garoto"... um bebê de dois anos brincando com uma lata vazia presa a uma corda que ele estava batendo no segundo lance de escadas. Por todos os lados, as portas se abriram, ora corajosamente, ora furtivamente, revelando mulheres com cabelos desgrenhados ou crianças de rostos sujos. Em algum lugar, um bebê choramingava dolorosamente. Em outro, um homem gritava palavrões. Todo o lugar cheirava a uísque ruim, repolho velho e humanidade suja. No topo do terceiro e último lance de escadas, o menino parou em frente a uma porta fechada.

– Eu só estou pensando no que Sir James vai dizer quando souber do grande prêmio que estou trazendo para ele – sussurrou com uma voz rouca. – Eu sei o que a mamãe vai fazer... ela vai cair em lágrimas rapidinho ao ver o Jamie tão feliz. – Logo em seguida, ele abriu a porta com um grito empolgado:

– Aqui estamos nós... e chegamos num carrão! Não é legal isso, Sir James?

Era um cômodo minúsculo, frio, sem graça e lamentavelmente vazio, mas muito arrumado. Não havia cabelos despenteados, nem crianças espreitando, nem cheiro de uísque, repolho e humanidade suja. Havia duas camas, três cadeiras quebradas, uma mesa feita de caixa de papelão e um fogão com um leve brilho de luz que indicava uma chama nem um pouco intensa o suficiente para aquecer sequer aquele pequeno cômodo. Em uma das camas estava um rapaz de rosto corado e olhos febris. Perto dele havia uma mulher magra, de rosto branco, curvada e retorcida de reumatismo.

A Sra. Carew entrou no cômodo e, como se quisesse se firmar, parou por um minuto, de costas para a parede. Poliana correu à frente com um gritinho, assim como Jerry, já se desculpando ao dizer:

– Tenho que ir agora, até mais! – e atravessou pela porta.

– Ah, Jamie, estou tão feliz por te ver – disse Poliana. – Você não sabe quanto te procurei todos os dias. Sinto muito por você estar doente!

Jamie sorriu radiante e estendeu sua mão branca e magra.

– Eu não sinto muito... eu estou *feliz* – enfatizou. – Porque trouxeram você até aqui. E estou melhor agora, de qualquer forma. Mamãe, esta é a garotinha que me contou do Jogo do Contente... mamãe também está jogando – ele triunfou, voltando-se para Poliana. – Antes ela chorava porque suas costas doíam demais e não a deixavam trabalhar. Quando eu fiquei pior, ela ficou feliz por não poder trabalhar, porque poderia ficar aqui para cuidar de mim.

Naquele momento, a Sra. Carew correu à frente, com os olhos meio assustados, meio ansiosos, no rosto do garoto na cama.

– Esta é a Sra. Carew. Eu a trouxe para te conhecer, Jamie... – apresentou Poliana, com voz trêmula.

A pequena mulher retorcida ao lado da cama se esforçou para ficar de pé nesse momento, e estava nervosamente oferecendo sua cadeira. A Sra. Carew aceitou com um mero olhar. Seus olhos ainda estavam no menino na cama.

– Seu nome é... Jamie? – ela perguntou, com visível dificuldade.

– Sim, senhora. – Os olhos brilhantes do menino olharam diretamente para os dela.

– Qual é o seu sobrenome?

– Não sei.

– Ele não é seu filho? – Pela primeira vez, a Sra. Carew virou-se para a pequena mulher retorcida que ainda estava de pé ao lado da cama.

– Não, senhora.

– E você não sabe o nome dele?

– Não, senhora. Eu nunca soube.

Com um gesto desesperado, a Sra. Carew voltou-se para o menino.

– Pense, pense... você não se lembra de *nada* do seu nome, apenas... Jamie?

O garoto balançou a cabeça. Nos seus olhos surgia um espanto intrigado.

– Não, nada.

– Você não tem nada que pertenceu ao seu pai, possivelmente com o nome dele?

– Não havia nada que valesse a pena guardar, exceto os livros – interpôs a Sra. Murphy. – São dele. Talvez a senhora queira dar uma olhada... – sugeriu ela, apontando para uma série de volumes desgastados em uma prateleira do outro lado do cômodo. Então, em uma curiosidade claramente incontrolável, ela perguntou: – A senhora está achando que o conhecia, senhora?

– Eu não sei – murmurou a Sra. Carew, com uma voz meio sufocada, enquanto se levantava e atravessava o cômodo até a prateleira de livros.

Não havia muitos... talvez dez ou uma dúzia. Havia um volume de peças de Shakespeare, um *Ivanhoé*, um *A Dama do Lago* muito manuseado, um livro de poemas diversos, um Tennyson sem capa, um *Pequeno Lorde* dilapidado e dois ou três livros de História Antiga e Medieval. Embora a Sra. Carew olhasse cuidadosamente cada um deles, não encontrou nada escrito. Com um suspiro desesperado, voltou-se para o menino e para a mulher, que agora a observavam com olhos assustados e interrogativos.

– Eu gostaria que me contasse tudo que sabem a respeito de vocês – disse ela com a voz entrecortada, sentando-se mais uma vez na cadeira ao lado da cama.

E eles contaram a ela. Era a mesma história que Jamie contara a Poliana no Jardim Público. Havia pouca coisa nova, nada que fosse significativo, apesar das sondagens da Sra. Carew. Então, Jamie virou os olhos ansiosos para o rosto da Sra. Carew.

– A senhora acha que conhecia... meu pai? – implorou.

A Sra. Carew fechou os olhos e pressionou a mão na cabeça.

– Eu... não sei – respondeu. – Mas eu acho que... não.

Poliana soltou um gritinho de decepção, mas logo o reprimiu em obediência ao olhar de advertência da Sra. Carew. Novamente em choque, no entanto, ela examinou o pequeno cômodo.

Jamie, tirando seus olhos intrigados do rosto da Sra. Carew, de repente acordou para suas obrigações como anfitrião.

– Foi bom você ter vindo! – disse ele a Poliana, agradecido. – Como está Sir Lancelot? Você já foi alimentá-lo? – Então, quando Poliana não respondeu de imediato, ele se apressou e virou-se em direção a uma flor em uma garrafa de gargalo quebrado na janela. – Você viu meu vasinho? Jerry que achou. Alguém deixou cair e ele pegou. Não é bonito? E tem um *cheirinho*.

Mas Poliana nem parecia ter ouvido. Ela ainda estava olhando com os olhos arregalados ao redor do cômodo, apertando e abrindo as mãos nervosamente.

– Eu não sei como você consegue jogar o jogo aqui, Jamie – ela vacilou. – Eu não imaginava que poderia haver algum lugar tão horrível para viver – ela estremeceu.

– Opa! – Jamie zombou, valentemente. – Você precisa ver o dos Pike, lá embaixo. É muito pior. Você não sabe quanta coisa boa tem aqui. Temos sol brilhando naquela janela mais de duas horas por dia, quando está brilhando. E, se você se aproximar bem, pode ver um monte do céu através dela. Se pelo menos a gente pudesse *continuar* aqui!... Mas talvez a gente tenha que sair. E isso está nos preocupando.

– Sair?

– Sim. Nós atrasamos o aluguel... mamãe está doente, não está ganhando nada. – Apesar de um sorriso corajosamente alegre, a voz de Jamie estremeceu. – A Sra. Dolan do andar de baixo... a mulher que cuida da minha cadeira de rodas... está nos ajudando esta semana. Mas é claro que ela não pode fazer isso sempre, então teremos que ir embora... se Jerry não ficar rico, ou algo assim.

– Ah, mas não podemos... – começou Poliana.

Ela parou de repente. A Sra. Carew levantou-se abruptamente, falando apressada:

– Vamos, Poliana, precisamos ir. – Então ela se virou para a mulher: – Vocês não precisam sair. Vou mandar dinheiro e comida, e vou mencionar o seu caso a uma das organizações de caridade em que estou interessada, e eles vão...

Surpresa, ela parou de falar. A figura pequena e curvada da mulher à sua frente se levantou quase ereta. As bochechas da senhora Murphy ficaram coradas. Seus olhos mostraram um brilho inflamado.

– Obrigada, mas não, Sra. Carew – ela disse trêmula, mas com orgulho. – Somos pobres... Só Deus sabe; mas nós não somos pessoas de receber caridade.

– Que absurdo! – gritou a Sra. Carew bruscamente. – Você está aceitando a ajuda da mulher do andar de baixo. O menino disse isso.

– Eu sei; mas não é caridade – insistiu a mulher, ainda trêmula. – A Sra. Dolan é minha *amiga*. Ela sabe que eu retribuiria sua ajuda, da mesma forma que já fiz em outros tempos. Ajuda de *amigos* não é caridade. Eles *se importa*m; e isso... isso faz a diferença. Nós não fomos sempre como somos agora, entende; e isso nos faz sofrer ainda mais... tudo isso. Obrigada, mas não podemos aceitar... seu dinheiro.

A Sra. Carew franziu a testa, irritada. Foi muito decepcionante, doloroso e desgastante para ela. Ela nunca foi uma mulher paciente, mas agora estava irritada, além de completamente cansada.

– Muito bem, como quiser – disse friamente. E ainda nervosa, acrescentou: – Mas por que você não procura seu senhorio e insiste para que ele deixe este lugar decentemente confortável? Certamente você tem direito a algo mais do que apenas janelas quebradas preenchidas com trapos e papéis! E essas escadas pelas quais eu subi são perigosas.

A Sra. Murphy suspirou, desanimada. Sua figura pequena e retorcida havia voltado para sua antiga desesperança.

– Tentamos fazer alguma coisa, mas nunca deu em nada. Só encontramos com o encarregado, é claro; e ele diz que os aluguéis são muito baixos para que o proprietário gaste mais dinheiro em reparos.

– Que absurdo! – exclamou a Sra. Carew, com toda a nitidez de uma mulher nervosa e perturbada que finalmente encontrou uma saída para sua irritação. – É vergonhoso! Além do mais, acho que é um caso claro de violação da lei... essas escadas certamente são. Eu vou fazer o que for preciso para que ele assuma a responsabilidade. Qual é o nome desse encarregado, e quem é o proprietário deste agradável estabelecimento?

– Eu não sei o nome do dono, madame; mas o encarregado é o Sr. Dodge.

– Dodge! – A Sra. Carew virou-se bruscamente, com uma expressão estranha no rosto. – Você quer dizer... Henry Dodge?

– Sim, madame. Seu nome é Henry, eu acho.

Um forte rubor varreu o rosto da Sra. Carew, depois recuou, deixando-a mais pálida do que antes.

– Muito bem, eu... eu vou cuidar disso – ela murmurou, com uma voz meio sufocada, virando-se. – Venha, Poliana, vamos embora agora.

Na cama, Poliana acenava um choroso adeus a Jamie.

– Eu volto. Volto em breve – ela prometeu brilhantemente, enquanto corria pela porta atrás da Sra. Carew.

Só depois de percorrerem os precários três longos lances de escada e de passarem pela multidão de homens, mulheres e crianças tagarelando que rodeavam o carrancudo Perkins e a limusine, Poliana voltou a falar. Mas ela mal esperou que o nervoso chofer batesse a porta para implorar:

– Querida Sra. Carew, por favor, por favor, diga que era o Jamie! Ah, seria tão bom para ele ser o Jamie.

– Mas ele não é o Jamie!

– Ah, minha nossa! Certeza?

Houve uma pausa, depois a Sra. Carew cobriu o rosto com as mãos.

– Não, não tenho certeza... e isso é o pior – lamentou. – Eu não acho que é ele, estou quase certa de que não é. Mas, claro, *há* uma chance... e é isso que está me matando.

– Então, a senhora não pode simplesmente *pensar* que ele é o Jamie – implorou Poliana – e brincar como se ele fosse? – Daí a senhora poderia levá-lo para casa e...

Mas a Sra. Carew virou-se, ainda mais brava:

– Levar esse menino para a minha casa sendo que *não é* o Jamie? Nunca, Poliana! Eu não poderia.

– Mas se a senhora não *pode* ajudar o Jamie, acho que ficaria feliz se houvesse alguém como ele que *pudesse* ajudar – insistiu Poliana, tremulamente. – E se o seu Jamie fosse como este Jamie, pobre e doente, a senhora não iria querer que alguém o levasse e o consolasse, e...

– Não... não, Poliana – lamentou a Sra. Carew, virando a cabeça de um lado para o outro, aflita. – Quando eu penso que talvez, em algum lugar, nosso Jamie está assim... – um soluço sufocante terminou a frase.

– É exatamente isso que eu quero dizer! – triunfou Poliana, animada. – A senhora não percebe? Se este *é* o seu Jamie, é claro que a senhora vai levá-lo consigo. Se não for, a senhora não estaria fazendo mal nenhum para o outro Jamie se acolhesse este, mas faria muito bem, pois o deixaria muito feliz... muito feliz! E, pouco a pouco, se a senhora encontrasse o verdadeiro Jamie, não teria perdido nada, mas teria deixado dois meninos felizes ao invés de um; e...

Mas novamente a Sra. Carew a interrompeu:

– Não, Poliana, não! Eu quero pensar... eu quero pensar.

Com lágrimas nos olhos, Poliana sentou-se. Com um esforço muito visível, ela ficou imóvel por um minuto inteiro. Então, como se as palavras fossem borbulhantes, disse:

– Ah, mas que lugar terrível! Só queria que o dono daquilo tivesse que morar lá... e depois ver o que ele teria que fazer para ficar feliz!

A Sra. Carew sentou-se ereta de repente. Seu rosto mostrava uma mudança curiosa. Quase como se fizesse um apelo, ela estendeu a mão para Poliana:

– Não! – gritou. – Talvez... ela não soubesse, Poliana. Talvez ela não soubesse. Tenho certeza de que ela não sabia... que era proprietária de um lugar como esse. Mas vamos corrigir isso agora... vamos sim.

– *Ela*! O proprietário é uma mulher e a senhora a conhece? E conhece o encarregado também?

– Sim. – A Sra. Carew mordeu os lábios. – Eu a conheço e conheço o encarregado.

– Ah, estou tão feliz – suspirou Poliana. – Então tudo ficará bem agora.

– Bem, certamente ficará bem melhor – declarou a Sra. Carew com ênfase, quando o carro parou diante de sua porta.

A Sra. Carew falou com propriedade. E talvez, de fato, soubesse do que estava falando... mais do que se preocupou em contar a Poliana. Antes mesmo de se deitar naquela noite, escreveu uma carta a um tal Henry Dodge, intimando-o para uma reunião imediata sobre certas mudanças e reparos nas propriedades que alugava. Havia, além disso, declarações contundentes a respeito de "janelas cheias de trapos" e "escadas frágeis", que fizeram com que Henry Dodge se irritasse e dissesse um palavrão por trás dos dentes... embora, ao mesmo tempo, empalidecesse de medo.

ELEANOR H. PORTER

CAPÍTULO

11

Uma surpresa para a Sra. Carew

Com a questão dos reparos e melhorias nos cômodos alugados atendida, a Sra. Carew admitiu para si mesma que tinha cumprido seu dever e que o assunto estava encerrado. Ela esqueceria isso. O menino não era Jamie... não poderia ser Jamie. Aquele menino ignorante, doente e sujo, filho de sua irmã morta? Impossível! Ela havia criado toda uma hipótese a partir de seus pensamentos.

No entanto, a Sra. Carew se viu contra uma barreira imóvel e intransponível: toda essa hipótese se recusava a sair de seus pensamentos. Diante de seus olhos estava sempre a foto daquele pequeno quarto e do menino de rosto melancólico. Em seus ouvidos sempre estava a comovente indagação: "E se *fosse* o Jamie?". E também havia a Poliana; pois, embora a Sra. Carew pudesse (como fazia) silenciar suas súplicas e seus questionamentos, não conseguia escapar dos sermões e censuras de seus olhos.

Mais uma vez em desespero, a Sra. Carew foi visitar o menino, e disse a si mesma que precisava de apenas mais uma visita para ter certeza de que o menino não era Jamie. Embora estivesse convencida de que não era ele na primeira vez que o vira, longe dali, o bom e velho questionamento voltava. Por fim, em desespero ainda maior, ela escreveu para a irmã e contou-lhe toda a história. Depois de contar à irmã o que estava acontecendo, ela continuou:

"*Eu não pretendia contar a você. Não queria atormentá-la ou levantar falsas esperanças. Tenho tanta certeza de que não é ele... e mesmo assim, enquanto escrevo estas palavras, não tenho certeza. Por isso quero que você venha... você precisa vir. Você precisa vê-lo.*

Eu me pergunto o que você vai dizer! Claro que não vemos o nosso Jamie desde os quatro anos de idade. Ele teria doze anos agora. Esse garoto tem doze anos, eu suponho. (Ele não sabe a própria idade.) Ele tem cabelos e olhos parecidos com os de Jamie. Ele usa uma cadeira de rodas em virtude de uma queda, seis anos atrás, o que piorou com outra queda quatro anos depois. Não consegui uma descrição completa do pai dele, mas o que me contaram sobre ele pode, ou não, se referir ao marido da nossa pobre Doris. Eles o chamavam de 'O Professor', era muito esquisito e parecia não ter posses a não ser alguns livros. Isso pode ou não significar algo. John Kent certamente foi sempre esquisito e tinha gostos bem incomuns. Se ele se importava com livros, não me lembro. Você se lembra? É claro que ele pode ter adotado o título 'O Professor', se quisesse, ou pode ter recebido o apelido de outros. Quanto a esse garoto... não sei, não sei... mas espero que você saiba!

Sua irmã angustiada,
Ruth."

Della veio imediatamente e logo foi visitar o menino; mas ela não "sabia". Como sua irmã, ela não achava que fosse o Jamie delas, mas havia a possibilidade... poderia ser ele, afinal. Como Poliana, no entanto, ela tinha o que achava ser uma solução muito satisfatória para o dilema.

– Mas, por que você não cuida dele, querida? – ela propôs à irmã. – Por que não o adota? Seria ótimo para ele... coitado... e... – mas a Sra. Carew estremeceu e nem sequer a deixou terminar.

– Não, não, não posso, não posso! – lamentou. – Eu quero o meu Jamie, meu próprio Jamie... ou ninguém. Com um suspiro, Della desistiu e voltou para o trabalho.

No entanto, se a Sra. Carew estava pensando que o assunto estava encerrado, havia se enganado. Seus dias ainda estavam agitados, e, à noite, tinha dificuldade para dormir ou sonhos repletos de "poderia ser ele", "talvez seja" e "é ele". Além disso, estava tendo dificuldades com Poliana.

Poliana ficou intrigada. Estava cheia de dúvidas e inquieta. Pela primeira vez na vida, tinha ficado cara a cara com a pobreza. Tinha conhecido pessoas que não tinham o suficiente para comer, usavam roupas esfarrapadas e viviam em quartos escuros, sujos e muito pequenos. Seu primeiro impulso, claro, foi "ajudar". Com a Sra. Carew, ela fez duas visitas a Jamie e ficou muito feliz com as mudanças que encontrou, depois que "aquele Dodge" tinha "tratado das coisas". Mas era apenas uma gota d'água. Havia ainda todos aqueles outros homens de aparência doentia, mulheres de olhar infeliz e crianças maltrapilhas na rua... vizinhos de Jamie. Confiante, ela procurou a Sra. Carew para ajudá-los.

– Claro! – exclamou a Sra. Carew, quando soube o que Poliana queria. – Então, você quer que toda a rua receba pintura nova e as escadas sejam arrumadas, certo? Diga, mais alguma coisa?

– Ah, sim, muitas coisas – suspirou Poliana, feliz. – Veja, eles precisam de muitas coisas... todos eles! Vai ser divertido fazer isso por eles! Como gostaria de ser rica para ajudar também. Mas fico feliz do mesmo jeito se a senhora puder ajudar.

A Sra. Carew quase ofegou em voz alta com sua surpresa. Não perdeu tempo, embora tenha perdido um pouco a paciência, para explicar que não tinha intenção de fazer mais nada no "Beco dos Murphy" e que não havia motivo para isso. Ninguém esperava que ela fizesse algo. Ela já havia feito o possível, e tinha sido realmente muito generosa, qualquer um diria, ao ajudar Jamie e os Murphy. (Que ela era proprietária das locações, não achava necessário declarar.) A certa altura, explicou à Poliana que havia numerosas e ótimas instituições de caridade para ajudar todos os pobres dignos e para as quais ela fazia grandes doações.

Mesmo assim, Poliana não estava convencida.

– Mas eu não entendo – ela argumentou. – Não vejo o que é melhor em um monte de gente se reunir e fazer o que todo mundo gostaria de fazer por conta própria. Tenho certeza de que preferiria dar a Jamie um... um bom livro agora a ver uma instituição fazer isso. E sei que ele gostaria que eu fizesse isso também.

– Muito provavelmente – retrucou a Sra. Carew, com algum cansaço e um pouco de irritação. – Mas talvez fosse melhor para Jamie se... se esse livro fosse doado por um grupo de pessoas que soubesse qual escolher.

Isso a levou a falar muito (nada que Poliana entendesse) sobre "incentivar a mendicância", os "males da generosidade indiscriminada" e o "efeito pernicioso da caridade desorganizada".

– Além disso – ela acrescentou, em resposta à expressão ainda perplexa de Poliana – muito provavelmente, se eu oferecesse ajuda a essas pessoas, elas não aceitariam. Você lembra que a Sra. Murphy se recusou a receber comida e roupas... embora tenha aceitado de seus vizinhos do primeiro andar?

– Sim, eu sei – suspirou Poliana, virando-se. – Mas tem uma coisa que não entendo. Não é certo que *nós* tenhamos tantas coisas boas, e que *eles* não tenham nada.

Com o passar dos dias, esse sentimento de Poliana só aumentou. Suas perguntas e seus comentários em nada ajudavam a aliviar o estado de espírito em que a própria Sra. Carew estava. Até mesmo o Jogo do Contente não estava ajudando, como expressou Poliana:

– Não tem nada nessa situação das pessoas pobres que possa nos deixar felizes. Claro, podemos nos alegrar por não sermos pobres como eles. Mas quando penso em como estou feliz por isso, fico triste por eles, e aí não posso mais ficar feliz. Poderíamos, também, estar felizes pelas pessoas pobres pois poderíamos ajudá-las. Mas, se nós não as ajudamos, onde está a alegria disso?

Para isso, Poliana não conseguiu encontrar ninguém que lhe desse uma boa resposta. Ela fez essas perguntas à Sra. Carew, que, ainda assombrada pela possibilidade de o garoto ser ou não ser o Jamie, ficou ainda mais inquieta, mais infeliz e mais desesperada. Tampouco ajudou a proximidade do Natal. Por toda a parte, o brilho do azevinho ou o lampejo das lantejoulas só lhe traziam dor. Para a Sra. Carew, essa época simbolizava a meia vazia de uma criança... uma meia que poderia ser... de Jamie.

Uma semana antes do Natal, a Sra. Carew lutou o que pensava ser a sua última batalha interna. Resolutamente, mas sem alegria verdadeira no rosto, ela deu ordens a Mary e chamou Poliana.

– Poliana – ela começou, quase duramente. – Eu decidi... adotar o Jamie. O carro logo estará à porta. Vou atrás dele agora e trazê-lo para casa. Você pode vir comigo se quiser.

Uma luz intensa surgiu no rosto de Poliana.

– Ah, ah, ah, como estou feliz! – ela respirou. – Estou tão feliz que eu... eu quero chorar! Sra. Carew, por que isso acontece, quando estamos mais felizes do que nunca, sempre queremos chorar?

– Certamente não sei, Poliana – respondeu, distraída. No rosto da Sra. Carew ainda não havia um olhar de alegria.

No pequeno cômodo dos Murphy, a Sra. Carew não demorou muito para contar a eles por que estava ali. Em poucas frases, ela falou do Jamie perdido e de suas esperanças de que esse Jamie pudesse ser ele. Ela não escondeu suas dúvidas, mas disse que decidiu adotá-lo para poder lhe dar tudo o que fosse possível. Então, um pouco cansada, contou quais eram seus planos para o garoto.

Ao pé da cama, a Sra. Murphy ouviu, chorando baixinho. Do outro lado da sala, Jerry Murphy, com os olhos dilatados, soltou um "Nossa! Dá pra acreditar nisso?". Já Jamie, na cama, ouviu com a sensação de quem, de repente, tivesse uma porta aberta para um paraíso desejado; mas aos poucos, conforme a Sra. Carew falava, uma nova expressão surgiu em seus olhos. Muito lentamente ele os fechou e virou o rosto.

Quando a Sra. Carew parou de falar, houve um longo silêncio antes que Jamie respondesse. Eles viram, então, que seu rosto estava muito pálido e os olhos cheios de lágrimas.

– Obrigado, Sra. Carew, mas... eu não posso ir – disse simplesmente.

– Você não pode... o quê? – exclamou a Sra. Carew, como se duvidasse dos próprios ouvidos.

– Jamie! – Poliana ofegou.

– Ah, vamos lá, garoto, o que tá pegando? – Jerry franziu a testa, apressando-se à frente. – Você não consegue ver uma coisa boa quando ela acontece?

– Sim, mas eu não posso ir – disse o menino novamente.

– Mas, Jamie, Jamie, pense, *pense bem* no que isso significaria para você! – a Sra. Murphy tremia, ao pé da cama.

– Já pensei – disse Jamie com a voz sufocada. – A senhora acha que eu não sei o que estou fazendo... do que estou desistindo? – Então, ele virou os olhos úmidos de lágrimas para a Sra. Carew. – Eu não posso – ele hesitou. – Eu não posso deixar a senhora fazer tudo isso por mim. Se a senhora *se importasse*, seria diferente. Mas a senhora não se importa... não realmente. Não me *quer...* não *eu*. Quer o verdadeiro Jamie, e eu não sou o verdadeiro Jamie. A senhora não acha que eu sou. Vejo no seu rosto.

– Eu sei. Mas... mas... – começou a Sra. Carew, desamparada.

– E não é como se... como se eu fosse como os outros garotos, e pudesse andar também – interrompeu febrilmente o garoto. – A senhora se cansaria de mim rapidamente. Eu vejo isso acontecer. Eu não aguentaria... ser um fardo. Claro, se a senhora *realmente* quisesse... como a mamãe aqui... – ele jogou a mão em direção a ela, segurou um soluço, depois virou a cabeça novamente. – Eu não sou o Jamie que a senhora quer. Eu... não posso... ir – disse ele. Com essas palavras, sua mão magra e jovem apertou o xale velho e esfarrapado que cobria a cama até os nós dos dedos ficarem brancos.

Houve um momento de silêncio, o ar estava escasso. Em seguida, calmamente, a Sra. Carew se pôs de pé. Seu rosto estava sem cor, mas algo nele silenciava o mesmo soluço que subia aos lábios de Poliana.

– Venha, Poliana – foi tudo o que disse.

– Você é um grande idiota! – murmurou Jerry Murphy para o menino na cama, logo depois de a porta se fechar.

Jamie chorava muito como se a porta se fechando fosse aquela que o levaria ao paraíso... mas agora se fechava para sempre.

ELEANOR H. PORTER

CAPÍTULO 12

Atrás do balcão

A Sra. Carew ficou muito zangada. Chegar ao ponto de querer adotar o garoto, mas ter sua oferta recusada era insuportável. Ela não estava acostumada a ter seus convites ignorados, ou seus desejos desprezados. Além disso, ela não teria mais o menino consigo. Estava consciente do terror pelo receio de que fosse ele, afinal de contas, o verdadeiro Jamie. Ela entendeu, então, a verdadeira razão para querer adotá-lo... não porque ela se importasse com ele, nem porque queria ajudá-lo e fazê-lo feliz... mas porque esperava, ao aceitá-lo, acalmar a própria mente e silenciar para sempre esse terrível questionamento: "E se ele *fosse* o seu Jamie?".

Certamente não havia ajudado o menino ter notado seu estado de espírito e usado isso como motivo para recusar sua oferta. Sem dúvida, a Sra. Carew dizia agora com orgulho a si mesma que não "se importava" que ele não fosse o filho de sua irmã e que "esqueceria tudo isso".

Mas ela não esqueceu tudo. Ela poderia insistentemente se eximir da responsabilidade pelo menino e da relação que poderiam ter, mas as suas dúvidas não desapareciam. Por mais resoluta que fosse tentando pensar em outras coisas, da mesma forma as visões de um menino de olhos melancólicos em um cômodo miserável sempre apareciam à sua frente.

E ainda havia Poliana. Claramente a garota tinha mudado. Com um espírito que nada lembrava a antiga Poliana, ela andava pela casa, aparentemente sem encontrar coisas interessantes em nenhum lugar.

– Não, não estou doente – ela respondia, quando abordada e questionada.

– Mas qual *é* o problema?

– Ora, nada. É que... eu só estava pensando no Jamie, sabe, como *ele* não tem todas essas coisas bonitas... tapetes, quadros e cortinas.

A mesma coisa acontecia em relação à comida. Poliana estava perdendo o apetite, mas, novamente, negou que estivesse doente.

– Ah, não – suspirou, pesarosa. – Não estou com fome. De alguma forma, assim que começo a comer, penso no Jamie e que *ele* só tem rosquinhas velhas e pãezinhos secos para comer. Então eu... eu não quero nada.

A Sra. Carew, estimulada por um sentimento que não entendia, e imprudentemente determinada a promover alguma mudança em Poliana, encomendou uma enorme árvore, duas dúzias de festões e vários enfeites de Natal. Pela primeira vez em muitos anos, a casa estava inflamada, com brilhos e lantejoulas. Houve até mesmo uma festa, pois a Sra. Carew disse a Poliana para convidar meia dúzia de amigas para se reunirem em torno da árvore na véspera de Natal.

Ainda assim, a Sra. Carew se decepcionou. Embora Poliana estivesse sempre grata e, às vezes, interessada e empolgada, ainda mostrava um rostinho sóbrio. E, afinal, a festa de Natal era mais um motivo de tristeza do que de alegria, pois o primeiro vislumbre da árvore cintilante a fez entrar em uma crise de soluços.

– Ora, Poliana! – disparou a Sra. Carew. – Qual é o problema agora?

– N-n-nada – chorou Poliana. – É que é tão perfeitamente linda, que eu acabei chorando. Eu estava pensando em como Jamie adoraria ver isso.

A Sra. Carew perdeu a paciência.

– Jamie, Jamie, Jamie! – exclamou. – Poliana, você *não* consegue parar de falar daquele garoto? Você sabe que não é minha culpa. Eu pedi a ele para vir morar aqui. Além disso, onde está aquele seu Jogo do Contente? Seria uma excelente ideia se você jogasse agora.

– Eu *estou* jogando – disse Poliana. – E é isso que eu não entendo. Eu nunca achei o jogo tão esquisito. Antes, quando me alegrava com as coisas, eu ficava feliz. Agora, com o Jamie... estou feliz por ter tapetes e quadros e coisas boas para comer, e de saber que posso andar e correr, ir à escola e tudo mais... mas quanto mais feliz estou, mais triste fico por ele. Eu nunca achei o jogo tão esquisito, e não sei por que. A senhora sabe?

A Sra. Carew, com um gesto desesperado, simplesmente se afastou sem dizer uma palavra.

No dia seguinte ao Natal algo maravilhoso aconteceu, que Poliana quase esqueceu Jamie por um breve tempo. A Sra. Carew a levou às compras. E enquanto tentava se decidir entre um lenço de seda e um colar de renda, Poliana viu atrás do balcão um rosto vagamente familiar. Por um momento, ela lançou um olhar franzido; depois, com um pequeno grito, correu pelo corredor.

– Ah, é você... é você! – exclamou alegremente para uma garota que estava colocando no mostruário uma bandeja de laços rosa. – Estou tão feliz em ver você!

A garota atrás do balcão levantou a cabeça e olhou espantada para Poliana. Quase imediatamente seu rosto escuro e sóbrio se iluminou com um sorriso alegre de reconhecimento.

– Ora, ora, se não é minha garotinha do Jardim Público! – disparou.

– Sim. Estou tão feliz por ter se lembrado – sorriu Poliana. – Mas você nunca mais voltou. Eu procurei você muitas vezes.

– Eu não consegui ir mais. Tenho que trabalhar. Aquele foi nosso último feriado e... Cinquenta centavos, madame – interrompeu ela, dirigindo-se a uma senhora idosa de rosto simpático que perguntara sobre o preço de um laço preto e branco no balcão.

– Cinquenta centavos? Humm! – A velha senhora tocou o laço, hesitou, depois o soltou com um suspiro. – Sim, é muito bonito, tenho certeza, minha querida – disse, enquanto entregava a ela.

Imediatamente depois dela vieram duas garotas de olhos brilhantes que, com muitos risos e brincadeiras, escolheram uma peça de veludo vermelho com joias e uma saia de tule e botões cor-de-rosa parecida com a de uma fada. Quando as garotas se afastaram, Poliana suspirou, extasiada.

– É isso que você faz o dia todo? Nossa, como você deve estar feliz por ter escolhido isso!

– *Feliz*!

– Sim. Deve ser tão divertido... tantas pessoas, sabe, e todas diferentes! E você pode falar com elas. Você *precisa* falar com elas... é o seu trabalho. Eu adoraria. Acho que vou fazer isso quando crescer. Deve ser divertido ver o que todos compram!

– Divertido! Feliz! – exclamou a garota atrás do balcão. – Bem, criança, eu acho que se você soubesse da metade... Custa um dólar, senhora – ela interrompeu apressadamente, em resposta a uma pergunta direta de uma jovem sobre o preço de um laço de veludo amarelo no mostruário.

– Bem, talvez seja hora de você me contar – rebateu a jovem. – Eu tive que perguntar duas vezes.

A garota atrás do balcão mordeu o lábio.

– Desculpe, não ouvi a senhora.

– Eu não acredito. É seu dever *ouvir*. Você é paga para isso, não é? Quanto é aquele preto?

– Cinquenta centavos.

– E aquele azul?

– Um dólar.

– Que atrevida, senhorita! Não seja tão ríspida, ou eu vou reclamar de você para a gerência. Deixe-me ver estes laços rosa.

Os lábios da vendedora se abriram e depois se fecharam em uma linha fina e reta. Obedientemente, ela foi até o mostruário e tirou a bandeja de laços cor-de-rosa; mas seus olhos brilhavam e suas mãos tremiam quando ela a colocou no balcão. A moça a quem ela atendeu pegou cinco laços, perguntou o preço de quatro deles e depois se virou com um breve comentário:

– Não gostei de nada.

– Bem – disse a garota atrás do balcão, com uma voz trêmula, para uma Poliana de olhos arregalados – , o que você acha do meu trabalho agora? Dá para ficar feliz com alguma coisa?

Poliana riu meio histericamente.

– Nossa, ela estava zangada? Mas também estava meio engraçada... você não acha? De qualquer forma, você pode ficar feliz porque... porque nem *todos* são todos como *ela*, não é?

– Acredito que sim – disse a garota, com um leve sorriso. – Mas, criança, aquele seu Jogo do Contente sobre o qual estava me contando aquele dia no Jardim pode ser muito bom para você, mas... – Mais uma vez ela se interrompeu com um cansado: – Cinquenta centavos, madame. – Em resposta a uma pergunta do outro lado do balcão.

– Você está tão solitária quanto antes? – perguntou Poliana melancolicamente, quando a vendedora teve liberdade de novo.

– Bem, não posso dizer que já fiz muitas festas, nem que fui a muitas outras, desde que encontrei você – respondeu a garota tão amargamente, que Poliana detectou o sarcasmo.

– Ah, mas você fez algo de bom no Natal, não fez?

– Ah, sim. Fiquei na cama o dia inteiro com os pés enrolados em trapos e li quatro jornais e uma revista. Então, à noite, corri para um restaurante onde tive que pagar 35 centavos por uma torta de frango em vez de 25.

– Mas o que aconteceu com os seus pés?

– Bolhas. Em pé... durante a loucura do Natal.

– Ah! – estremeceu Poliana, simpática. – E você não teve uma árvore, ceia ou nada? – ela choramingou, angustiada e chocada.

– Difícil!

– Ah, nossa! Queria muito que você tivesse visto a minha! – suspirou a menininha. – Foi simplesmente lindo, e... mas, ah, já sei! – ela exclamou, alegre. – Você ainda pode ver. Ainda não acabou. Você pode ir esta noite, ou amanhã à noite, e...

– Poliana! – interrompeu a Sra. Carew com um tom de voz mais frio. – O que significa isso? Onde você esteve? Procurei você por toda parte. Eu até voltei ao departamento de roupas.

Poliana se virou com um gritinho feliz.

– Ah, Sra. Carew, estou tão feliz que tenha vindo – alegrou-se. – Esta é... bem, não sei o nome dela ainda, mas eu *a* conheço, então está tudo bem. Eu a conheci no Jardim Público há muito tempo. Ela é solitária e não conhece ninguém. O pai dela era pastor como o meu, só que está vivo. Ela não tem uma árvore de Natal, só os pés cheios de bolhas e torta de frango. Quero que ela veja a minha, sabe... a árvore, quero dizer – precipitou-se Poliana, sem fôlego. – Eu a convidei para ir hoje à noite, ou amanhã à noite. E a senhora vai deixar tudo iluminado de novo, não vai?

– Ora, realmente, Poliana – começou a Sra. Carew, em fria desaprovação. Mas a garota atrás do balcão interrompeu com uma voz tão fria e ainda mais desaprovadora.

– Não se preocupe, madame. Eu não tenho intenção de ir.

– Ah, mas *por favor* – implorou Poliana. – Quero muito que você vá...

– A senhora não me convidou – interrompeu a vendedora, um pouco maliciosamente.

A Sra. Carew ficou vermelha de raiva e virou-se como se fosse embora; mas Poliana segurou-a pelo braço e a puxou, enquanto falava quase freneticamente com a garota atrás do balcão, que naquele momento estava livre de clientes.

– Ah, mas ela vai, ela vai – dizia Poliana. – Ela quer que você venha... eu sei que ela quer. Você não sabe o quanto ela é boa e quanto dinheiro ela dá para... para instituições de caridade e tudo o mais.

– Poliana! – protestou a Sra. Carew bruscamente. Mais uma vez ela teria ido embora, mas desta vez ficou zonza pelo sarcasmo na voz baixa e tensa da vendedora.

– Ah, sim, eu sei! Muitas pessoas doam para essas associações. Sempre há muitas mãos para ajudar quem deu errado. Mas tudo bem. Não vejo nada de ruim nisso. Mas, às vezes, me pergunto por que não pensam em ajudar as garotas *antes* de darem errado. Por que não dão às *boas* meninas lindas casas com livros e quadros, tapetes macios e música, e alguém por perto que se importe com elas? Talvez não houvesse tantas... Meu Deus, o que estou dizendo? – ela parou, respirando baixinho.

Então, com o cansaço de sempre, virou-se para uma jovem parada diante dela com um laço azul nas mãos.

– São cinquenta centavos, madame – a Sra. Carew a ouviu, enquanto apressava Poliana para ir embora.

CAPÍTULO 13

Uma espera e uma vitória

Era um plano encantador. Poliana formulou tudo em cinco minutos; então contou para a Sra. Carew, que não concordou com ela, e disse isso com muita clareza.

– Ah, mas tenho certeza que *eles* vão adorar – argumentou Poliana, em resposta às objeções da Sra. Carew. – E pense como é fácil! A árvore está exatamente como era... exceto pelos presentes, e podemos conseguir mais. A véspera de Ano Novo está perto e pense no quanto ela ficará feliz por vir! *Você* não ficaria, se não tivesse tido nada no Natal além de pés com bolhas e torta de frango?

– Querida, querida, você é uma criança impossível! – a Sra. Carew franziu a testa. – Mesmo assim, você não percebe que não conhecemos essa jovem?

– Então, não! E não é engraçado sentir que a conheço tão bem? – sorriu Poliana. – Veja, tivemos uma conversa tão boa no jardim naquele dia, e ela me contou sobre quão solitária era, e que achava que o lugar mais solitário do mundo era no meio de uma multidão em uma cidade grande, porque as pessoas não notam ninguém. Ah, mas houve um rapaz que a notou; mas ele notou demais, ela disse, e ele não deveria notá-la... o que é engraçado, não é, quando você pensa nisso. De qualquer forma, ele veio até ela lá no jardim para convidá-la a ir a algum lugar, e ela não quis, e ele era um cavalheiro muito bonito também... até que, no final, ele começou a ficar muito zangado. As pessoas não são tão bonitas quando estão zangadas, não é mesmo? Tinha uma dama hoje olhando os laços, e ela disse... bem, ela disse muitas coisas que não eram boas, sabe. E ela também não parecia bonita depois de... depois que começou a falar. A senhora deixará acender a árvore na véspera de Ano Novo, não vai, Sra. Carew?... e convidar essa garota e o Jamie? Ele está melhor, e *poderia* vir. Claro que Jerry teria que trazê-lo... mas nós queremos que Jerry venha também.

– Ah, claro, *Jerry*! – exclamou a Sra. Carew num irônico desdém. – Mas por que apenas Jerry? Tenho certeza de que ele tem muitos amigos que adorariam vir. E...

– Ah, Sra. Carew, podemos? – interrompeu Poliana, com alegria incontrolável. – Ah, que boa, *boa, boa* a senhora é! Eu queria tanto... – Mas a Sra. Carew ofegou quase em voz alta em surpresa e desânimo.

– Não, não, Poliana, eu... – ela protestou. Mas Poliana, sem entender sua interrupção, mergulhou novamente em forte defesa de seu plano.

– Na verdade, a senhora é boa... a melhor de todos os tempos; e eu não vou deixar a senhora dizer que não é. Acho que vou dar uma festa bem legal! Tem também o Tommy Dolan e sua irmã Jennie, e os dois filhos dos Macdonald, e três meninas que não sei o nome que vivem abaixo dos Murphy, e muitos outros, se tivermos espaço para eles. E pense só em como eles ficarão felizes quando eu contar a novidade! Sra. Carew, acho que nunca vi nada tão perfeitamente adorável em toda a minha vida... e tudo graças à senhora! Agora, posso começar a convidá-los para que eles *saibam* o que está acontecendo?

A Sra. Carew, que não teria acreditado nisso tudo, ouviu-se murmurando um leve "sim", que, ela sabia, a prendia a uma festa de Natal, na véspera de Ano Novo, para uma dúzia de crianças do Beco dos Murphy e uma jovem vendedora cujo nome ela não sabia.

Talvez, na memória da Sra. Carew, ainda estivesse ressoando a frase daquela jovem: "... às vezes, me pergunto por que não pensam em ajudar as garotas *antes* de darem errado". Talvez seus ouvidos ainda estivessem ouvindo a história de Poliana sobre a mesma garota que se sente solitária em meio a uma multidão numa cidade grande, mas que se recusara a ir com o homem bonito que a "notara demais". Talvez no coração da Sra. Carew estivesse a indefinida esperança de que, em algum lugar, houvesse a paz que tanto desejara. Talvez tudo isso, combinado com a ansiedade de Poliana, tenha transformado sua irritação e sua recusa à hospitalidade de uma anfitriã de boa vontade. O que quer que fosse, estava feito; e logo a Sra. Carew se viu presa a um turbilhão de planos, cujo centro eram sempre Poliana e a festa.

Para sua irmã, a Sra. Carew escreveu distraidamente sobre o assunto, encerrando com:

"Não sei o que vou fazer, mas suponho que terei que continuar com isso. Não há alternativa. Claro, se Poliana começar a me dar sermão... mas ela ainda não fez isso; então eu não posso, com a consciência limpa, mandá-la de volta para você."

Ao ler a carta no hospital, Della riu em voz alta.

– "Não me deu sermão ainda", de fato! – riu para si mesma. – Que o seu querido coração seja abençoado! No entanto, você, Ruth Carew, já se predispôs a dar duas festas de Natal em uma semana e, como eu já sei, sua casa, que costumava ficar envolta em sombras cadavéricas, está repleta de verde e vermelho de cima a baixo. Mas ela ainda não deu sermão... ah, não, ela ainda não deu sermão!

A festa foi um grande sucesso. Até a Sra. Carew admitiu. Jamie, na cadeira de rodas, Jerry com seu vocabulário surpreendente, mas expressivo, e a garota (que descobrimos que se chama Sadie Dean) disputavam entre si os convidados mais tímidos. Sadie, para surpresa dos demais... e talvez de si mesma... revelou conhecer alguns jogos fascinantes. Esses jogos, com as histórias de Jamie e as brincadeiras bem-humoradas de Jerry, mantiveram todos em gargalhadas até o jantar. A generosa distribuição de presentes da árvore devolveu para casa os convidados felizes com suspiros cansados de contentamento.

Se Jamie (que foi o último a sair com Jerry) olhou a sua volta um pouco melancolicamente, aparentemente ninguém notou. No entanto, a Sra. Carew, quando lhe disse boa noite, falou baixinho no ouvido, meio impaciente, meio envergonhada:

– Bem, Jamie, você mudou de ideia... sobre vir para cá?

O menino hesitou. Uma leve cor surgiu em suas bochechas. Ele se virou e olhou nos olhos dela melancolicamente, como se procurasse algo. Então, muito devagar, balançou a cabeça.

– Se fosse sempre assim... como esta noite, eu... poderia – ele suspirou. – Mas não seria sempre assim. Haveria amanhã e a próxima semana e o próximo mês e o próximo ano; e eu saberia antes da próxima semana que eu não deveria ter vindo.

Já se a Sra. Carew achava que a festa de Ano Novo encerraria os esforços de Poliana em nome de Sadie Dean, ela logo se desiludiu; pois, na manhã seguinte, Poliana começou a falar dela.

– Estou tão feliz de ter encontrado Sadie de novo – tagarelou, contente. – Mesmo que eu não tenha conseguido encontrar o verdadeiro Jamie para a senhora, encontrei alguém para a senhora amar... e é claro que a senhora vai adorar amá-la, porque é só outra forma de amar o Jamie.

A Sra. Carew prendeu a respiração e deu um pequeno suspiro nervoso. Essa fé incansável em sua bondade de coração e a crença inabalável em seu desejo de "ajudar a todos" eram desconcertantes e, às vezes, irritantes. Ao mesmo tempo, era algo muito difícil de negar... diante das circunstâncias, especialmente com os olhos felizes e confiantes de Poliana.

– Mas, Poliana – ela argumentou afinal, impotente, como se estivesse lutando contra cordas de seda invisíveis. – Eu... você... essa garota realmente não é o Jamie, sabe.

– Eu sei que ela não é – simpatizou Poliana rapidamente. – E é claro que me sinto triste por isso também. Mas ela é o Jamie de alguém... quer dizer, ela não tem ninguém aqui para amá-la e... se importar com ela. E sempre que a senhora se lembra do Jamie, acho que ficaria mais feliz se houvesse *alguém* que pudesse ajudar, assim como a senhora quer que outras pessoas ajudem o Jamie, onde quer que *ele* esteja.

A Sra. Carew estremeceu e deu um pequeno gemido.

– Mas eu quero o *meu* Jamie – lamentou.

Poliana concordou com olhos compreensivos.

– Eu sei... a "presença da criança". – O Sr. Pendleton me contou sobre isso... mas a senhora *tem* a "mão de mulher".

– "Mão de mulher"?

– Sim... para construir um lar, sabe. Ele disse que era preciso a mão de uma mulher ou a presença de uma criança para construir um lar. Foi quando ele quis que eu ficasse na casa dela, mas eu encontrei o Jimmy, e ele o adotou.

– *Jimmy*?

A Sra. Carew olhou assustada para cima com aquele brilho nos olhos que sempre aparecia com a menção de qualquer variante desse nome.

– Sim, Jimmy Bean.

– Ah... Bean – disse a Sra. Carew, relaxando.

– Sim. Ele era de um orfanato e fugiu. Eu o encontrei. Ele disse que queria outro tipo de casa, com uma mãe, em vez de uma governanta. Não consegui encontrar a mãe que ele queria, mas encontrei o Sr. Pendleton e ele o adotou. Seu nome agora é Jimmy Pendleton.

– Mas era... Bean?

– Sim, era Bean.

– Ah! – disse a Sra. Carew, desta vez com um longo suspiro.

A Sra. Carew viu Sadie Dean várias vezes nos dias que se seguiram à festa de Ano Novo. Ela também viu Jamie várias vezes. De uma forma ou de outra, Poliana planejou esses encontros. E a Sra. Carew, para sua surpresa e irritação, não parecia impedir. O consentimento dela e até o seu deleite eram interpretados por Poliana como algo tão óbvio, que ela se viu impotente em convencê-la de que não aprovava nem queria que esses encontros acontecessem.

Mas, consciente ou não, a Sra. Carew estava aprendendo muitas coisas... coisas que não teria aprendido antes, enclausurada em seus aposentos, com ordens para Mary não receber ninguém. Ela estava aprendendo algo sobre o que significa ser uma jovem solitária em uma cidade grande, com uma vida inteira pela frente e sem ninguém que se importasse... exceto alguém que se importa demais e tão pouco ao mesmo tempo.

– Mas o que você quis dizer? – ela perguntou nervosamente a Sadie Dean certa noite. – O que você quis dizer naquele primeiro dia na loja... o que você disse... sobre ajudar as meninas?

Sadie Dean enrubesceu, angustiada.

– Acho que fui rude – desculpou-se.

– Deixa isso pra lá. Me diga o que você quis dizer. Eu pensei nisso muitas vezes desde então.

Por um momento a garota ficou em silêncio; então, um pouco amargamente disse:

– Uma vez conheci uma garota e estava pensando nela. Ela veio da minha cidade e era bonita e bondosa, mas não era muito forte. Dividimos o mesmo quarto por um ano. Cozinhávamos ovos no mesmo fogareiro a gás e comíamos picadinho e bolinhos de peixe no jantar no mesmo restaurante barato. Nunca havia nada para fazer à noite, a não ser andar pelo bairro, ou ir ao cinema, se tivéssemos alguns centavos, ou apenas ficar em nosso quarto. Bem, nosso quarto não era muito agradável. Fazia muito calor no verão e frio no inverno, e o fogareiro a gás não ajudava em nada, assim não conseguíamos costurar nem ler, mesmo que não estivéssemos tão cansadas... o que normalmente acontecia. Além do mais, no quarto de cima alguém fazia muito barulho no assoalho velho e abaixo vivia um sujeito que estava aprendendo a tocar corneta. A senhora já ouviu alguém aprendendo a tocar corneta?

– N-não, acho que não – murmurou a Sra. Carew.

– Bem, não perdeu nada – disse a menina, secamente.

Então, depois de um momento, ela retomou sua história.

– Às vezes, especialmente no Natal e nos feriados, costumávamos caminhar até aqui pela avenida e outras ruas, procurando janelas com as cortinas abertas para podermos olhar dentro das casas. Éramos bem solitárias, especialmente nesses dias, e dizíamos que nos fazia bem ver casas com pessoas, velas nas mesas de centro e crianças brincando, mas sabíamos que isso realmente só nos fazia sentir pior do que nunca, porque tudo era tão desesperadamente fora da nossa realidade. Era ainda mais difícil ver os automóveis e os jovens bonitos dentro deles, rindo e conversando. Nós éramos jovens e acho que queríamos rir e conversar também. Queríamos fazer coisas legais; e, pouco a pouco... Minha amiga começou a fazer isso... Coisas legais. Para encurtar a história, nós nos separamos um dia, ela seguiu seu caminho e eu o meu. Eu não gostava das companhias dela, e disse isso. Ela não queria desistir deles, então nós nos separamos. Eu não a vi por quase dois anos, então recebi uma mensagem dela, e fui vê-la. Foi no mês passado. Ela estava em um abrigo. Era um lugar adorável; tapetes macios, belos quadros, plantas, flores e livros, um piano, uma bela sala e tudo a que se tem direito. Mulheres ricas vinham em seus automóveis e carruagens para levá-la passear e para shows e matinês. Ela estava aprendendo estenografia, e elas iriam ajudá-la a arrumar um emprego assim que tivesse condições. Todo mundo era maravilhosamente bom para ela, ela disse, e mostravam que queriam ajudá-la. Mas ela disse outra coisa também. Ela disse: "Sadie, se eles se importado e ajudado antes, quando eu ainda era uma garota saudável, honesta, respeitável e trabalhadora... eu não estaria aqui agora". E... bem, nunca me esqueci disso. Isso é tudo. Não estou implicando com o trabalho do abrigo... é uma coisa boa, e eles devem mesmo ajudar. Mas penso que não haveria tanto a ser feito... se eles mostrassem um pouco do interesse desde o início.

– Mas eu pensei... que havia lares de meninas trabalhadoras e... e abrigos... que faziam esse tipo de coisa – hesitou a Sra. Carew numa voz que poucas de suas amigas teriam reconhecido.

– Existem. Você já viu algum desses lugares por dentro?

– Ora, n-não. Embora eu... eu tenha doado dinheiro para eles. – Desta vez, a voz da Sra. Carew estava quase em tom de desculpas. Sadie Dean sorriu curiosamente.

– Sim, eu sei. Há muitas mulheres boas que doam dinheiro... e nunca viram o interior de um desses lugares. Por favor, não me entenda mal. Esses abrigos são bons. E essas pessoas são quase as únicas que fazem algo para ajudar, mas são apenas uma gota d'água no oceano do que é realmente necessário. Conheci um desses lares uma vez. Havia algo ali... de alguma forma eu senti que havia algo bom... Mas qual a finalidade disso? Provavelmente nem todos os lugares são iguais, e talvez a culpa seja minha. Se eu tentasse explicar, a senhora não entenderia. Teria que conhecer um abrigo desses... mas a senhora nunca nem viu o interior de um deles. Por isso às vezes me pergunto por que essas mulheres bondosas não se dedicam realmente e se importam de verdade para prevenir aquilo que tentam tratar. Mas olha só, eu não queria falar demais. A senhora me perguntou...

– Sim, eu perguntei – disse a Sra. Carew com a voz meio sufocada, quando se virou.

No entanto, não só Sadie Dean estava ensinando à Sra. Carew coisas que nunca havia aprendido, como Jamie também. O garoto passava muito tempo na casa dela. Poliana gostava de tê-lo por perto e ele gostava de ficar lá. A princípio, hesitou, mas logo deixou as dúvidas de lado e cedeu a suas vontades, dizendo a si mesmo (e a Poliana) que, afinal de contas, a visita não significava "ficar para sempre".

A Sra. Carew sempre encontrava Poliana e o menino felizes e acomodados no banco perto da janela da biblioteca, com a cadeira de rodas desocupada por perto. Às vezes, eles estavam debruçados sobre um livro. (Um dia, ela ouviu Jamie dizer a Poliana que ele aceitaria melhor a própria condição se tivesse tantos livros quanto a Sra. Carew, e que ficaria tão feliz que voaria para longe se tivesse livros e pernas). Às vezes, o garoto contava histórias e Poliana ouvia com os olhos arregalados e absorta.

A Sra. Carew se questionou sobre o interesse de Poliana... até que um dia ela mesma parou e ouviu. Depois disso, não duvidou mais... e começou a ouvir mais. Com uma linguagem um pouco rude e incorreta, o menino sempre era maravilhosamente vívido e pitoresco, de modo que a Sra. Carew se encontrou, de mãos dadas com Poliana, trilhando a Idade do Ouro na voz de um menino de olhos brilhantes.

Aos poucos, a Sra. Carew também começou a perceber o que deveria significar ser, em espírito e ambição, o centro de feitos corajosos e aventuras maravilhosas, quando, na realidade, era apenas um menino em uma cadeira de rodas. Mas o que a Sra. Carew não percebeu foi o papel que ele começava a desempenhar em sua própria vida. Ela não percebeu o quanto a presença do garoto estava se tornando uma rotina, nem quão interessada estava agora em encontrar algo novo "para Jamie ver". Tampouco percebeu como, dia após dia, ele se parecia cada vez mais com o Jamie perdido, filho de sua irmã falecida.

No entanto, passados fevereiro, março e abril e chegado maio, trazendo consigo a aproximação do retorno de Poliana ao lar, a Sra. Carew de repente se deu conta do que isso significaria para ela.

Ela ficou com medo. Até então, acreditava que ficaria bem com a partida de Poliana. Ela dissera que a casa voltaria a ser quieta, com o sol ofuscante do lado de fora. Ela ficaria em paz novamente e poderia se esconder do mundo chato e cansativo. Estaria livre de novo para puxar de sua dolorida consciência todas as queridas memórias do pequeno menino perdido que há muito tempo entrara num vasto desconhecido e fechara a porta atrás de si. Ela acreditava que tudo isso aconteceria quando Poliana voltasse para casa.

No entanto, agora que Poliana estava realmente indo embora, era tudo bem diferente. A "casa quieta fechada para o sol" havia se tornado uma casa que prometia ser "sombria e insuportável". A saudade da "paz" seria uma "solidão miserável". E quanto a ser capaz de "esconder-se do mundo chato e cansativo" e "livre para puxar de sua dolorida consciência todas as queridas memórias do pequeno menino perdido", ela sabia que nada poderia apagar as lembranças dolorosas do novo Jamie (que ainda poderia ser o antigo Jamie) com seus olhos tristes e suplicantes!

Então, agora a Sra. Carew sabia que, sem Poliana, a casa ficaria vazia, mas que sem Jamie, seria ainda pior. Para seu orgulho, saber disso não era agradável. Para o coração dela, era uma tortura... já que o menino dissera duas vezes que não moraria com ela. Por algum tempo, nos últimos dias da estadia de Poliana, a luta foi amarga, embora o orgulho sempre se mantivesse acima de tudo. Então, quando a Sra. Carew pensou que fosse a última visita de Jamie, seu coração triunfou, e mais uma vez pediu ao garoto que fosse morar com ela e assumisse o lugar de Jamie que estava perdido.

Ela nunca mais se lembrou do que disse nesse momento. Mas nunca esqueceu o que o menino disse. Afinal de contas, eram apenas sete pequenas palavras.

Durante um minuto aparentemente longo, seus olhos fitaram o rosto dela; então, surgiu em seus olhos uma luz própria, enquanto ele respirava:

– Ah, sim! A senhora... se importa agora!

CAPÍTULO 14

Jimmy e o monstro de olhos verdes

Desta vez, Beldingsville não recebeu Poliana com banda e faixas... talvez porque poucos soubessem que hora ela chegaria. Mas não faltaram saudações alegres de todos desde o momento em que desembarcou do trem com sua tia Poli e o Dr. Chilton. Poliana também não perdeu tempo para procurar todos os seus velhos amigos. Nos dias seguintes, de acordo com Nancy: "Não era possível procurar por Poliana em nenhum momento, pois quando a encontrávamos, ela já não estava mais lá".

E sempre, em todos os lugares a que ia, Poliana era questionada:

– O que você achou de Boston?

Talvez ela não tenha respondido para mais ninguém da forma como o fez para o Sr. Pendleton. Como geralmente acontecia quando lhe faziam essa pergunta, a garota começou sua resposta com uma expressão preocupada.

– Eu gostei... sim... um pouco.

– Mas não tudo? – sorriu o Sr. Pendleton.

– Não. Algumas coisas não... Ah, fiquei feliz por estar lá – explicou apressadamente. – Tive uma estadia perfeitamente agradável, e muitas coisas eram tão estranhas e diferentes, sabe... como jantar à noite em vez de no final da tarde, quando deveríamos comer. Mas todo mundo foi muito bom para mim, e eu vi tantas coisas maravilhosas... Bunker Hill, o Jardim Público e os ônibus de turismo de Boston, e milhares de quadros e estátuas e vitrines e ruas que não tinham fim. E pessoas. Nunca vi tanta gente.

– Tenho certeza de que achava que você gostava de gente – comentou o homem.

– Eu gosto – Poliana franziu a testa novamente e ponderou. – Mas para que tantas delas se a gente não as conhece? E a Sra. Carew não me deixava. Ela não as conhecia. Ela disse que as pessoas não se conhecem por lá. – Houve uma ligeira pausa, depois, com um suspiro, Poliana recomeçou. – Acho que essa é a parte de que menos gostei... que as pessoas não se conhecem. Seria muito melhor se elas se conhecessem! Pense, Sr. Pendleton, há muitas pessoas que vivem em ruas sujas e estreitas, e sequer têm feijões e bolo de peixe para comer, nem coisas tão boas quanto as doações dos missionários que eu recebia. Mas há outras pessoas... a Sra. Carew, e muitas outras parecidas com ela... que moram em casas perfeitamente bonitas e têm mais coisas para comer e vestir do que saberiam o que fazer com elas. Se *todas* essas pessoas se conhecessem...

– Mas o Sr. Pendleton interrompeu com uma risada.

– Minha querida, já lhe ocorreu que essas pessoas não *fazem questão* de se conhecer? – perguntou, intrigado.

– Ah, mas algumas sim – afirmou Poliana, defendendo-se. – A Sadie Dean, a moça que vende adoráveis laços em uma grande loja, ela *quer* conhecer pessoas. Eu a apresentei à Sra. Carew, e nós a levamos para a casa. Havia o Jamie e muitos outros também, e ela ficou *tão* feliz em conhecê-los! Foi isso que me fez pensar que pessoas como a Sra. Carew poderiam conhecer outras pessoas... Mas, claro, não poderia apresentá-las. Não conheço tantas pessoas assim. Mas se elas pudessem se conhecer, para que os ricos pudessem ajudar quem precisa... – Mas, novamente, o Sr. Pendleton interrompeu com uma risada.

– Ah, Poliana, Poliana – ele riu. – Receio que você esteja entrando em águas bem profundas. Assim, você se tornará uma pequena socialista perigosa.

– Uma... o quê? – questionou a menininha, duvidosa. – Acho que não sei o que é isso. Mas sei o que é *sociável*... e gosto de pessoas assim. Se for isso, não me importo em ser uma, um pouco. Gostaria de ser.

– Não duvido, Poliana – sorriu o homem. – Quando se trata de ajudar

os outros... você tem um problema em mãos que pode lhe trazer dificuldades.
Poliana deu um longo suspiro.
– Eu sei – ela concordou. – A Sra. Carew disse isso. – Ela diz que eu não entendo. Que isso... hummm... iria empobrecê-la e outras coisas, e... bem, foi *algo* assim – disse a menina, contrariada, quando o homem começou a rir. – E não entendo por que algumas pessoas têm tanto, e outras não têm nada, e eu *não* gosto disso. Se um dia eu tiver muito, vou dar um pouco para as pessoas que não têm, mesmo que eu fique pobre... – Mas o Sr. Pendleton estava rindo tanto, que Poliana, depois de certa resistência, rendeu-se e riu com ele. – De qualquer maneira – ela reiterou, quando recuperou o fôlego – , não entendo.
– Não, querida, acho que não – concordou o homem, que ficou repentinamente muito sério e com uma expressão delicada nos olhos. – Ninguém entende. – Mas me diga – ele acrescentou. – Quem é esse Jamie sobre o qual você tem falado tanto desde que chegou?
E Poliana disse a ele.
Ao falar de Jamie, a garota perdeu o olhar preocupado e desnorteado. Poliana adorava falar sobre Jamie. Era algo de que ela entendia. Não havia problema algum em lidar com palavras grandes e apavorantes. Além disso, nesse caso, o Sr. Pendleton não estaria especialmente interessado que a Sra. Carew levasse o menino para a casa dela, ele que entendia muito bem a necessidade da presença de uma criança?
Aliás, Poliana conversou com todo mundo sobre Jamie. Ela presumiu que todos estariam tão interessados nesse assunto quanto ela mesma. Na maioria das vezes, ela não ficou desapontada com o pouco interesse, mas um dia ela se deparou com uma surpresa. E ela veio de Jimmy Pendleton.
– Olha... – ele questionou uma tarde, irritado. – Não havia mais *ninguém* em Boston além de "Jamie"?
– Jimmy Bean, o que você quer dizer? – exclamou Poliana.
O menino levantou a cabeça um pouco.
– Eu não sou Jimmy Bean. Eu sou Jimmy Pendleton. E me parece que, pela sua conversa, que não havia mais *ninguém* em Boston além daquele garoto maluco que chama os pássaros e esquilos de "Lady Lancelot" e todas aquelas tolices.
– Ora, Jimmy Be... Pendleton! – Poliana ofegou. Então, com certa personalidade: – Jamie não é maluco! Ele é um garoto muito legal. E ele conhece muitos... livros e histórias! Ele consegue criar histórias da própria cabeça! Além

disso, não é "Lady Lancelot"... é "Sir Lancelot". Se você soubesse metade do que ele sabe, também saberia disso! – ela terminou, com os olhos faiscantes.

Jimmy Pendleton enrubesceu e parecia triste. Cada vez mais enciumado, ainda obstinado, ele se manteve firme.

– De qualquer forma – ele zombou – não ligo muito para o nome dele. "Jamie"! Humph!... parece nome de menininha! Não sou só eu que acho isso, conheço alguém que disse a mesma coisa.

– Quem foi?

Não houve resposta.

– *Quem foi?* – exigiu Poliana, mais incisiva.

– Papai – A voz do menino estava rabugenta.

– Seu... pai? – repetiu Poliana, surpresa. – Ele nem conhece.

– Ele não conhece. Não estava falando sobre aquele Jamie. Era sobre mim. – O menino ainda estava mal-humorado, com os olhos virados para o outro lado. No entanto, havia uma curiosa suavidade em sua voz sempre perceptível quando falava de seu pai.

– *Sobre você!*

– Sim. Foi um pouquinho antes de ele morrer. Ficamos quase uma semana em uma fazenda. Papai ajudou com o feno... e eu também ajudei um pouco. A esposa do fazendeiro era muito boa para mim, e logo ela estava me chamando de "Jamie". Eu não sei por que, mas ela me chamava assim. Um dia o papai ouviu. Ele ficou muito bravo... tão bravo, que eu me lembro até hoje do que ele disse. Ele disse que "Jamie" não era nome para um garoto, e que nenhum filho dele deveria se chamar assim. Ele disse que era nome de menininha e odiava. Acho que nunca o vi tão bravo como naquela noite. Ele nem ficou para terminar o trabalho, e voltamos para a estrada na mesma hora. Eu lamentei, porque gostava dela... a esposa do fazendeiro, quero dizer. Ela foi boa para mim.

Poliana concordou, cheia de simpatia e interesse. Jimmy não falava muito da sua vida misteriosa.

– E o que aconteceu depois? – ela perguntou. Poliana já havia esquecido o que os tinha levado àquele assunto... que "Jamie" parecia nome de menininha.

O menino suspirou.

– Nós continuamos até encontrar outro lugar. E foi lá que o papai... morreu. Então me colocaram no abrigo.

– Foi quando você fugiu e eu te encontrei aquele dia perto da casa da Sra. Snow – exultou Poliana, suavemente. – E eu conheço você desde então.

– Ah, sim... e você me conhece desde então – repetiu Jimmy... mas com uma voz bem diferente: de repente, o garoto voltou ao presente e a sua queixa. – Pois é, eu não sou *Jamie*, sabe – ele terminou com uma ênfase desdenhosa, enquanto se afastava arrogantemente, deixando uma Poliana desorientada e perplexa atrás dele.

– Bem, posso ficar feliz porque sei que ele não age sempre assim – suspirou a menininha, enquanto observava pesarosa o resoluto jovem de desagradável arrogância.

CAPÍTULO 15

O receio de tia Poli

Poliana já estava em casa há cerca de uma semana quando a carta de Della Wetherby chegou à Sra. Chilton.

"Gostaria que a senhora soubesse o que sua pequena sobrinha fez pela minha irmã. Mas receio que não consigo lhe mostrar isso. A senhora teria que tê-la visto antes. A senhora a conheceu, com certeza, deve ter percebido a solidão e a tristeza em que ela se escondeu por tantos anos. Mas não pode ter ideia da amargura de seu coração, sua falta de objetivo e interesse, sua insistência no eterno luto.

Então, Poliana chegou. Provavelmente não lhe contei, mas minha irmã se arrependeu da promessa de recebê-la quase no mesmo minuto em que ela chegou. Então, ela fez a rígida exigência de que, no momento em que Poliana começasse a lhe dar sermões, a garota iria embora. Bem, ela não deu sermões... pelo menos minha irmã diz que não, e acredito nela. Ainda assim... deixe-me dizer o que aconteceu. Nada poderia lhe dar uma ideia melhor do que aquilo que a maravilhosa Poliana fez.

Para começar, quando me aproximei da casa, vi que quase todas as cortinas estavam levantadas: elas costumavam ficar fechadas... até o peitoril. Logo que entrei no corredor, ouvi uma música... "Parsifal". As salas estavam abertas e o ar tinha o aroma adocicado de rosas.

'A Sra. Carew e seu Jamie estão na sala de música', disse a empregada. E lá os encontrei... minha irmã e o jovem que ela levou para casa, ouvindo um desses dispositivos modernos que conseguem armazenar uma companhia de ópera, incluindo a orquestra.

O menino estava em uma cadeira de rodas. Seu rosto estava pálido, mas claro e beatificamente feliz. Minha irmã parecia dez anos mais jovem. Suas bochechas geralmente sem cor mostravam um leve tom rosa, e seus olhos brilhavam e cintilavam. Um pouco mais tarde, depois de conversar alguns minutos com o garoto, minha irmã e eu subimos as escadas até seus aposentos. Lá ela falou comigo... sobre Jamie. Não sobre o velho Jamie, como costumava falar, com olhos lacrimejantes e suspiros sem esperança, mas do novo Jamie... e não havia suspiros nem lágrimas agora. Em vez disso, havia um interesse entusiasmado.

'Della, ele é maravilhoso', ela começou. 'Tudo o que há de melhor em música, arte e literatura parece atraí-lo de uma maneira perfeitamente maravilhosa, mas, é claro, ele precisa de desenvolvimento e treinamento. Eu vou providenciar isso. Um tutor está vindo amanhã. Claro que seu modo de falar é terrível; mas ele já leu tantos livros bons que seu vocabulário é bastante surpreendente... e você deveria ouvir as histórias que ele conta! Sua formação geral é muito deficiente, mas ele está ansioso para aprender. Como ele ama música, vou lhe oferecer um curso. Eu já fiz um estoque de discos muito bem selecionados. Queria que você tivesse visto o rosto dele quando ouviu pela primeira vez a música do Santo Graal. Ele sabe tudo sobre o Rei Arthur e a Távola Redonda, e tagarela sobre cavaleiros e lordes e damas como você e eu falamos sobre os membros de nossa família... Mas às vezes não sei se Sir Lancelot é o antigo cavaleiro ou um esquilo no Jardim Público. E, Della, acredito que ele possa andar. Vou pedir que o Dr. Ames o atenda...'

E ela falava, falava, enquanto eu ficava surpresa e com a voz embargada, mas, ah, tão feliz! Eu lhe conto tudo isso, querida Sra. Chilton, para que possa ver por si mesma como ela está interessada, quão ansiosamente ela acompanhará o crescimento e desenvolvimento desse menino, e como, apesar de tudo, isso irá mudar a atitude dela em relação à vida. É impossível ela fazer tudo isso por esse garoto, Jamie, e não fazer algo por si mesma também. Acredito que ela nunca mais será a mulher amarga e rabugenta de antes. E tudo por causa de Poliana.

Poliana! Querida criança... e a melhor parte é que ela não tem consciência de nada disso. Acho que nem mesmo minha irmã consegue perceber o que está acontecendo em seu coração e sua vida, e certamente Poliana também não... ela percebe menos ainda o papel que desempenhou nessa mudança.

Agora, querida Sra. Chilton, como posso te agradecer? Sei que não posso, então nem vou nem tentar. No entanto, em seu coração, acredito que saiba o quanto sou grata à senhora e a Poliana.

Della Wetherby"

– Bem, parece que a cura funcionou – sorriu o Dr. Chilton, quando sua esposa terminou de ler a carta para ele.

Para sua surpresa, ela ergueu rapidamente uma mão em advertência.

– Thomas, não, por favor! – ela implorou.

– Por quê, Poli, qual é o problema? Você não está feliz que... que o remédio funcionou?

A Sra. Chilton caiu desesperada de volta na cadeira.

– Lá vem você de novo, Thomas – ela suspirou. – É claro que estou feliz que essa mulher tenha ignorado seus próprios erros e descoberto que ela pode ser útil para alguém. E é claro que estou feliz que Poliana tenha feito isso. Mas não me agrada que todos falem da Poliana como se fosse um... um frasco de remédio ou uma "cura". Entende?

– Bobagem! Afinal, que mal há nisso? Chamo Poliana de tônico desde que a conheci.

– Que ofensa! Thomas Chilton, essa criança está crescendo. Você quer deixá-la mimada? Até agora ela está totalmente inconsciente de seu poder extraordinário. E esse é o segredo do seu sucesso. Quando ela *conscientemente* se propor a recuperar alguém, você sabe tão bem quanto eu que ela será simplesmente impossível. Que os céus não permitam que um dia ela perceba que é como uma cura para a pobre, doente e sofredora humanidade.

– Imagine! Eu não me preocuparia – riu o médico.

– Mas eu me preocupo, Thomas.

– Poli, pense no que ela fez – argumentou o médico. – Pense na Sra. Snow e em John Pendleton, e em vários outros... ora, não são as mesmas pessoas que costumavam ser, assim como a Sra. Carew. – E foi Poliana quem fez isso... que seja abençoada!

– Eu sei – assentiu a Sra. Poli Chilton, enfaticamente. – Mas não quero que ela saiba o poder que tem! De certa forma, ela sabe. Ela sabe que os ensinou a jogar o Jogo do Contente e que eles são muito mais felizes agora. Mas tudo bem. É um jogo... o jogo *dela*, e eles estão jogando juntos. Admito que Poliana nos deu um dos sermões mais poderosos que já ouvi, mas quando ela souber disso... bem não quero que ela saiba. Isso é tudo. E agora, deixe-me dizer que decidi ir para a Alemanha com você neste outono. No começo, pensei em não ir. Não queria deixar Poliana de novo... e não vou deixá-la. Vou levá-la comigo.

– Levá-la com a gente? Tudo bem! Por que não?

– Eu preciso. É isso. Além disso, ficaria feliz em morar lá alguns anos, como você disse que gostaria. Quero tirar Poliana daqui, levá-la para bem longe de Beldingsville por um tempo. Gostaria de mantê-la amável e sem mimos, se eu puder. Assim, ela não criará ideias tolas na cabeça. Afinal, Thomas Chilton, não queremos que essa criança seja uma pequena intragável, certo?

– Certamente não – riu o médico. Mas não acredito que isso poderia acontecer com ela. No entanto, essa ideia da Alemanha é ótima para mim. Você sabe que eu não queria voltar desta vez... se não fosse por Poliana. Então, quanto antes voltarmos para lá, mais satisfeito estarei. E gostaria de ficar por lá... para ganhar um pouco de prática, além de estudar.

– Então está resolvido. – E tia Poli deu um suspiro satisfeito.

CAPÍTULO 16

À espera de Poliana

Toda Beldingsville estava bastante agitada. Desde que Poliana Whittier havia chegado do hospital *andando* não aconteciam tantas conversas entre vizinhos e em todas as esquinas. Hoje o centro de atenção também era Poliana. Mais uma vez, a garota estava voltando para casa... mas agora uma Poliana muito diferente e também era um regresso diferente!

A moça tinha vinte anos agora. Ela passara seis anos nos invernos alemães, e seus verões viajando despreocupadamente com o Dr. Chilton e sua esposa. Só uma vez, durante esse período, estivera por apenas quatro semanas em Beldingsville em um verão, quando ainda tinha dezesseis anos. Agora ela estava voltando para casa... para ficar, diziam. Ela e sua tia Poli.

O médico não voltaria com elas. Seis meses antes, a cidade ficara chocada e triste com a notícia de que o médico morrera de repente. Beldingsville esperava, então, que a Sra. Chilton e Poliana voltassem imediatamente para a antiga casa. Mas não voltaram. Em vez disso, chegou a notícia de que a viúva e sua sobrinha permaneceriam no exterior por um tempo. Os relatos diziam que, em um ambiente inteiramente novo, a Sra. Chilton tentava buscar distração e alívio para sua grande tristeza.

Muito em breve, no entanto, alguns boatos vagos – e alguns não tão vagos assim – começaram a surgir pela cidade de que a Sra. Poli Chilton não estava muito bem financeiramente. Algumas ações ferroviárias nas quais se sabia que o casal havia investido tiveram grandes oscilações e depois quedas. Outros investimentos, segundo disseram, estavam em condição muito precária. Do espólio do médico, pouco poderia se esperar. Ele não era um homem rico e havia tido despesas pesadas nos últimos seis anos. Beldingsville não ficou surpresa, portanto, quando, seis meses depois da morte do médico, chegou a notícia de que a Sra. Chilton e Poliana estavam voltando para casa.

Mais uma vez, a antiga propriedade dos Harrington, fechada e silenciosa por tanto tempo, abria suas janelas e portas. Mais uma vez, Nancy, agora a Sra. Timothy Durgin, varreu, esfregou e limpou a poeira até que o velho lugar brilhasse de forma imaculada.

– Não, não posso permitir – explicou Nancy a amigos e vizinhos curiosos que paravam no portão ou chegavam às portas com mais ousadia. – Minha sogra estava com a chave, claro, e vinha regularmente arejar a casa e ver se estava tudo em ordem. A Sra. Chilton acabou de escrever e dizer que ela e a senhorita Poliana chegam sexta-feira, e pediu para que olhássemos os quartos e os lençóis, e depois deixássemos a chave embaixo do tapete da porta lateral.

"Debaixo do tapete!", pensou Nancy. "Como se eu fosse deixar as duas entrarem nesta casa sozinhas, totalmente abandonadas assim... e eu a apenas um quilômetro de distância, sentada em minha própria sala, como se eu fosse uma fina dama e não tivesse coração, afinal! Como se as pobres criaturas não tivessem o suficiente para suportar... ainda ter de entrar nesta casa sem a presença do doutor... abençoado seja seu coração bondoso!... que nunca mais voltaria. E sem dinheiro também. Imagine isso! Imagine a senhorita Poli... quero dizer, Sra. Chilton... pobre! Minha nossa, não consigo imaginar... não consigo, não consigo!"

Talvez Nancy nunca tenha tido tanto interesse em conversar com alguém quanto com aquele jovem alto e bonito, com olhos particularmente sinceros e um sorriso especialmente vitorioso, que galopou até a porta lateral em um puro-sangue, às dez horas da manhã daquela quinta-feira. Ao mesmo tempo, nunca ficara tão tímida de falar com alguém, já que sua língua tropeçava:

– Seu Jimmy... er... Sr. Bean... quero dizer, Sr. Pendleton, seu Jimmy! – falou Nancy, com uma precipitação nervosa que provocou no jovem uma agradável gargalhada.

– Não se preocupe, Nancy! Fale o que for mais fácil – ele riu. – Já descobri o que eu queria: a Sra. Chilton e sua sobrinha realmente chegam amanhã.

– Sim, senhor – disse Nancy de forma cortês. – Mas é uma pena! Não que eu não fique contente em vê-las, entende, mas é *o modo como* elas estão chegando.

– Sim, eu sei. Eu entendo – concordou o jovem, com semblante sério, os olhos percorrendo a bela e antiga casa diante dele. – Bem, não temos como evitar isso. Mas estou feliz por você estar ajudando – terminou ele com um sorriso brilhante, enquanto girava e descia rapidamente pela entrada da garagem.

De volta aos degraus, Nancy abanou a cabeça sabiamente.

"Eu não estou surpresa", pensou em voz alta, com os olhos cheios de admiração seguindo as belas figuras do cavalo e do homem. "Não estou surpresa de que ele está perguntando sobre a senhorita Poliana. Já sabia há muito tempo que isso aconteceria algum dia, é o destino... Ele cresceu um homem tão bonito e alto. E espero que dê certo. Assim espero, assim espero. Será como um livro, em que ela vai descobrir o seu Jimmy e entrar naquela grande casa. Nossa, mas quem imaginaria que aquele pequeno Jimmy Bean se tornaria esse moço de agora! Nunca vi tanta mudança em uma pessoa... nunca vi, nunca!", ela continuo, com um último olhar para as figuras desaparecendo rapidamente na estrada.

O mesmo pensamento deve ter invadido a mente de John Pendleton pouco depois naquela mesma manhã, pois, da varanda de sua grande casa cinza em Pendleton Hill, ele notou a rápida aproximação daquele mesmo cavalo e cavaleiro. Em seus olhos havia uma expressão muito parecida com a expressão da Sra. Nancy Durgin. Em seus lábios também estava um admirado "Minha nossa! Que lindo par!", quando os dois correram a caminho do estábulo. Cinco minutos depois, o jovem deu a volta na esquina da casa e subiu lentamente os degraus da varanda.

– Bem, meu garoto, é verdade? Elas estão vindo? – perguntou o homem, com visível ansiedade.

– Sim.

– Quando?

– Amanhã. – O jovem se jogou em uma cadeira.

Com a frieza da resposta, John Pendleton franziu a testa. Ele lançou um rápido olhar para o rosto do jovem. Por um momento ele hesitou, então, um pouco abruptamente, perguntou:

– Ora, filho, qual é o problema?

– Problema? Nenhum.

– Bobagem, eu te conheço. Você saiu daqui uma hora atrás, tão ansioso, que um cavalo selvagem não conseguiria acompanhá-lo. Agora se senta nessa cadeira e parece que os cavalos selvagens não conseguiriam arrastá-lo de cima dela. Se eu não te conhecesse, acharia que você não está feliz pela chegada das nossas amigas.

Ele fez uma pausa, evidentemente esperando uma resposta. Mas não teve nenhuma.

– Jim, *não* está feliz com a chegada delas?

O jovem riu e mexeu-se inquieto.

– Sim, claro.

– Humpf! Não parece.

O jovem riu novamente. Um rubor juvenil ardia em seu rosto.

– Bem, estava pensando... na Poliana.

– Poliana! A única coisa que você fez desde que chegou de Boston e descobriu que Poliana estava chegando foi tagarelar sobre ela. Achei que estava morrendo de saudade dela.

O jovem se inclinou para a frente com uma curiosa intenção.

– É exatamente isso! Entende? Você disse isso há um minuto. É como se ontem cavalos selvagens não conseguissem me impedir de ver a Poliana; e agora, hoje, quando eu sei que ela está vindo... eles não conseguem me arrastar para vê-la.

– *Jim!*

Com a incredulidade chocada no rosto de John Pendleton, o jovem caiu na cadeira novamente com uma risada embaraçosa.

– Sim, eu sei. Parece maluquice e não espero que entenda. Mas, de alguma forma, não sei se queria que Poliana crescesse. Ela era tão querida, tal como ela era. Gosto de pensar nela quando a vi pela última vez, seu rostinho sério e sardento, suas tranças louras, seu choroso: "Ah, sim, estou feliz por ir embora; mas acho que ficarei um pouco mais feliz quando voltar". Essa foi a última vez que a vi. O senhor lembra que estávamos no Egito quando ela veio há quatro anos.

– Eu sei. Sei exatamente o que você quer dizer também. Acho que me senti da mesma maneira... até que a vi no inverno passado em Roma.

O jovem se virou ansiosamente.

– Lógico, o senhor a viu! Conte-me sobre ela.

Um brilho astuto surgiu nos olhos de John Pendleton.

– Ah, mas achei que você não quisesse saber da Poliana... adulta.

Com uma careta, o jovem ignorou o comentário.

– Ela é bonita?

– Ah, vocês garotos! – John Pendleton encolheu os ombros, fingindo desespero. – Sempre a primeira pergunta... "Ela é bonita?"

– Bem, ela é? – insistiu o jovem.

– Vou deixar você descobrir sozinho. Se você... pensando bem, acho que não. Você pode ficar muito desapontado. Poliana não é bonita, se levarmos em conta só as características normais, feições e traços. Até onde sei, a grande cruz na vida de Poliana até agora é a certeza de que não é bonita. Há muito tempo ela me disse que uma das coisas que teria quando chegasse ao céu seriam cachos negros; e, no ano passado, em Roma, ela disse outra coisa. Não foi muito, talvez, se pensarmos só em suas palavras. Mas percebi o desejo por trás disso. Ela disse que queria que algum dia alguém escrevesse um romance com uma heroína que tivesse cabelos lisos e sardas no nariz. Mas supôs que deveria ficar feliz pelas garotas nos livros não precisarem tê-las.

– Parece a antiga Poliana.

– Ah, ela ainda existe – sorriu o homem, intrigado. – Além disso, eu acho Poliana bonita. – Seus olhos são adoráveis. Ela é a imagem da saúde. Carrega em si toda a alegria da juventude, e todo o seu rosto se ilumina tão maravilhosamente quando ela fala, que você esquece se suas características são comuns ou não.

– Ela ainda... joga o jogo?

John Pendleton sorriu com carinho.

– Imagino que sim, mas ela não fala muito sobre isso agora, eu acho. De qualquer forma, ela não o mencionou nas duas ou três vezes em que eu a vi.

Houve um curto silêncio; então, lentamente, o jovem Pendleton disse:

– Acho que essa era uma das coisas que me preocupavam. Esse jogo tem representado tanto para tantas pessoas. Significou tanta coisa em todos os lugares, por toda a cidade! Eu não suportaria pensar que ela desistiu e *parou de jogar*. Ao mesmo tempo, não posso imaginar uma Poliana adulta pedindo indefinidamente para as pessoas ficarem felizes por alguma coisa. Bem, como eu disse... não queria que a Poliana crescesse, de qualquer forma.

– Eu não me preocuparia com isso – o homem mais velho encolheu os ombros, com um sorriso peculiar. – Sempre, com Poliana era uma tempestade, tanto no sentido literal quanto figurado. Você vai ver que ela é a mesma garota da infância, embora talvez não exatamente da mesma maneira. Pobre criança, talvez ela precise de algum tipo de jogo para tornar a existência suportável, pelo menos por um tempo.

– O senhor está falando isso porque a Sra. Chilton perdeu dinheiro? Elas estão muito pobres, então?

– Acho que sim. Na verdade, elas estão muito mal financeiramente, pelo que sei. A fortuna da Sra. Chilton diminuiu muito, e a herança do pobre Tom é muito pequena. Além disso, ele deixou muitos de seus serviços profissionais sem receber e que provavelmente não serão pagos. Tom não sabia dizer não quando pediam sua ajuda. Todos os maus pagadores da cidade sabiam disso e se aproveitavam dele. Suas despesas eram altas ultimamente. Ele tinha grandes expectativas quando concluísse os estudos na Alemanha. Naturalmente, supunha que sua esposa e Poliana estariam mais do que supridas pela herança dos Harrington, então ele não se preocupou nesse sentido.

– Hum-m; entendo, entendo. Muito ruim, muito ruim!

– Mas não é tudo. Cerca de dois meses depois da morte de Tom, eu encontrei as duas em Roma, e a Sra. Chilton estava em um estado terrível. Além de sua tristeza, estava começando a perceber o problema com suas finanças e estava muito nervosa. Ela se recusava a voltar para casa. Ela disse que nunca mais queria ver Beldingsville ou qualquer outra pessoa daqui. Veja, ela sempre foi uma mulher peculiarmente orgulhosa, e tudo a estava afetando de uma forma bastante curiosa. Poliana disse que sua tia se incomodava com a ideia de que Beldingsville não tinha aprovado que ela se casasse com o Dr. Chilton de início por causa da idade dela. E agora com ele morto, ela acha que as pessoas não serão simpáticas com sua tristeza. Ela também se ressente muito com o fato de que agora todos sabem que ela está pobre e viúva. Em suma, ela se moldou em um estado absolutamente mórbido e infeliz, tão irracional quanto terrível. Pobre Poliana! Foi surpreendente para mim como ela resistiu. Acho que, se a Sra. Chilton persistisse, e continuasse a persistir, essa criança seria um desastre. É por isso que eu disse que Poliana precisaria de algum tipo de jogo, se conseguisse.

– Que triste!... pensar que isso tudo está acontecendo com a Poliana! – exclamou o jovem, com uma voz que não era muito firme.

– Sim, e perceba que as coisas não vão vem pela maneira como elas estão chegando... tão silenciosamente, sem nenhum aviso. Isso é coisa de Poli Chilton, eu garanto. Ela não *queria* encontrar ninguém. Entendo que ela não escreveu para ninguém além da Sra. Durgin, que estava com as chaves.

– Sim, foi isso que Nancy me contou... boa e velha alma! Ela abriu toda a casa e fez com que não parecesse uma tumba de esperanças mortas e prazeres perdidos. E toda a propriedade foi muito bem cuidada pelo velho Tom depois de todo esse tempo. Mas isso fez meu coração doer... tudo isso.

Houve um longo silêncio, então, secamente, John Pendleton sugeriu:

– Acho que alguém deve recebê-las.

– Sim, eu vou recebê-las.

– *Você* está indo para a estação?

– Sim.

– Então sabe em que trem elas estão vindo.

– Ah, não. Nem a Nancy sabe.

– Como vai fazer então?

– Vou começar de manhã e verificar cada trem até elas chegarem – riu o jovem, um pouco sombrio. – Timothy também vai com o carro da família. Afinal, não há muitos trens.

– Verdade – disse John Pendleton.

– Jim, admiro sua coragem, mas não o seu juízo. Mas fico feliz que siga sua coragem e não seu juízo... e desejo-lhe boa sorte.

– Obrigado, senhor – sorriu o jovem tristemente.

– Eu preciso delas... suas bênçãos... tudo bem, tudo bem, como Nancy diz.

ELEANOR H. PORTER

CAPÍTULO 17

A chegada de Poliana

Quando o trem se aproximou de Beldingsville, Poliana observou sua tia ansiosa. Com o passar dos dias a Sra. Chilton ficava cada vez mais inquieta, cada vez mais sombria; e Poliana tinha medo do momento em que chegassem à estação final.

Quando Poliana olhou para a tia, seu coração doeu. Ela não acreditava que alguém pudesse mudar e envelhecer tanto em apenas seis meses. Os olhos da Sra. Chilton não tinham brilho, suas bochechas estavam pálidas e magras e sua testa era cruzada e recortada por linhas inquietas. Sua boca se curvou nos cantos, e seu cabelo estava penteado firmemente como na época em Poliana a vira pela primeira vez. Toda a suavidade e doçura que pareciam ter vindo com o casamento caíram dela como um manto, trazendo de volta a dureza e amargura de quando era somente senhorita Poli Harrington, mal-amada e sem amor.

— Poliana! — A voz da Sra. Chilton era incisiva.

Poliana se prontificou com culpa. Ela tinha uma sensação desconfortável de que sua tia poderia ter lido seus pensamentos.

– Sim, tia.
– Onde está aquela bolsa preta... a pequena?
– Bem aqui.
– Poderia pegar o meu véu preto? Estamos chegando.
– Mas é tão quente e grosso, tia!
– Poliana, eu pedi o véu preto. Se você, por favor, aprender a fazer o que eu peço sem discutir, seria muito mais fácil para mim. Eu quero o véu. Você acha que eu vou dar a todos de Beldingsville o gosto de verem como estou?

– Ah, tia, eles não vão nos importunar – protestou Poliana, procurando apressadamente na bolsa preta o tão desejado véu. – Além disso, ninguém estará lá para nos receber. Nós não dissemos a ninguém que estávamos vindo.

– Sim, eu sei. Nós não *dissemos* a ninguém para nos encontrar. Mas instruímos a Sra. Durgin para que arejasse os quartos e deixasse a chave debaixo do tapete hoje. Você acha que Mary Durgin não contou pra ninguém? Nem pensar! Metade da cidade sabe que estamos chegando hoje, e uma dúzia ou mais estará lá na estação na hora em que o trem chegar. Eu os conheço! Eles querem ver como a *pobre* Poli Harrington está. Eles...

– Ah, tia, tia – implorou Poliana, com lágrimas nos olhos.

– Se eu não estivesse tão sozinha. Se... Thomas estivesse aqui, e... – ela parou de falar e virou a cabeça. Sua boca tremia convulsivamente. – Onde está o véu? – ela engasgou com voz rouca.

– Está aqui, querida. Aqui está... bem aqui – confortou Poliana, cujo único objetivo agora era colocar o véu nas mãos de sua tia o quanto antes. – Estamos quase chegando. Tia, queria que tivesse pedido ao velho Tom ou ao Timothy para nos encontrar na estação!

– Para nos levar para casa como se *pudéssemos* manter os cavalos e carruagens? Sabemos que teremos que vendê-los amanhã. Não, eu agradeço, Poliana. Eu prefiro usar o transporte público nessas circunstâncias.

– Eu sei, mas... O trem chegou com uma parada estridente e apenas um suspiro de alívio terminou a frase de Poliana.

Quando as duas mulheres se aproximaram da plataforma, a Sra. Chilton, com seu véu preto, não olhou para os lados. Poliana, no entanto, assentia e sorria para uma dúzia de direções antes mesmo de dar alguns passos. Então, de repente, reconheceu um rosto familiar, ainda que estranhamente desconhecido.

– Ora, não é... É... Jimmy! – ela sorriu, estendendo a mão cordialmente. – Quer dizer, suponho que devo dizer *Sr. Pendleton* – corrigiu-se com um sorriso tímido que dizia claramente: "Está tão alto e bonito!".

– Tenta – desafiou o jovem, com uma inclinação em seu queixo que lhe era muito peculiar. Ele se virou para falar com a Sra. Chilton, mas ela, com a cabeça um pouco escondida, já caminhava a sua frente.

Ele se voltou para Poliana, com os olhos perturbados e simpáticos.

– Se vocês pudessem vir por aqui, por favor... vocês duas – ele insistiu apressadamente. – Timothy está aqui com a carruagem.

– Ah, que bom – gritou Poliana, mas com um olhar ansioso para a sombria figura velada à frente. Timidamente ela tocou no braço da tia. – Tia, querida, Timothy está aqui. Ele veio com a carruagem. Ele está deste lado. E... este é Jimmy Bean, tia. Você se lembra de Jimmy Bean!

Em seu nervosismo e constrangimento, Poliana não percebeu que falado o nome de infância do rapaz. A Sra. Chilton, no entanto, percebeu isso. Com relutância palpável, ela se virou e inclinou a cabeça levemente.

– O *Sr. Pendleton* é muito gentil, sem dúvida... sinto muito que ele e Timothy tenham tido o trabalho de vir até aqui – ela disse friamente.

– Não é trabalho nenhum, eu lhe garanto – riu o jovem, tentando esconder seu constrangimento. – Agora, se me permitem, me deem os tíquetes que posso cuidar da bagagem.

– Obrigada – começou a Sra. Chilton – , mas podemos...

Mas Poliana, com um tímido "obrigada!", aliviada, já havia lhe entregado os tíquetes; e a dignidade exigiu que a Sra. Chilton não dissesse mais nada.

A viagem para casa foi silenciosa. Timothy, um pouco magoado com a recepção de sua ex-patroa, sentou-se na frente, rígido e ereto, com os lábios tensos. A Sra. Chilton, depois de murmurar "Certo, criança, como quiser, suponho que teremos de voltar para casa na carruagem agora!", tinha se reduzido a uma austera melancolia. Poliana, no entanto, não estava austera, nem tensa, nem melancólica. Com olhos ansiosos, embora lacrimosos, ela cumprimentou cada um dos seus amados locais conhecidos quando passaram por eles. Apenas uma vez ela falou:

– Jimmy não está bonito? Como ele está bonito! E que olhos e sorriso mais lindos!

Ela aguardou esperançosa, mas como não teve resposta, contentou-se com um feliz:

— Bem, eu acho.

Timothy ficou muito magoado e estava receoso em dizer à Sra. Chilton o que a esperava em casa. As portas abertas e os quartos adornados de flores e Nancy esperando na varanda foram uma surpresa total para a Sra. Chilton e Poliana.

— Nancy, que perfeitamente adorável! — exclamou Poliana, saltando levemente do chão. — Tia, Nancy veio nos receber. E olha como ela deixou tudo lindo!

A voz de Poliana era alegre, embora tremida. Essa volta para casa sem o querido médico a quem ela amara tanto não foi fácil. E se era difícil para ela, sabia o quanto deveria ser para sua tia. Sabia também que a única coisa que sua tia temia era um colapso diante de Nancy, pois nada poderia ser pior aos seus olhos. Por trás do pesado véu negro, os olhos estavam lacrimosos e os lábios tremiam, Poliana sabia. Sabia também que, para esconder esses fatos, sua tia provavelmente aproveitaria a primeira oportunidade para encontrar defeitos, e faria da raiva dela um manto para esconder que seu coração estava partido. Poliana não se surpreendeu, portanto, ao ouvir as frias palavras de saudação de sua tia a Nancy, seguidas de uma expressão aguda:

— Claro que tudo isso foi muito gentil, Nancy; mas, na verdade, eu preferiria que você não tivesse feito nada.

Toda a alegria fugiu do rosto de Nancy. Ela parecia magoada e assustada.

— Ah, mas senhorita Poli... quero dizer, Sra. Chilton — ela suplicou. — Não podia deixar você...

— Ora, ora, não importa, Nancy — interrompeu a Sra. Chilton. — Eu... eu não quero falar sobre isso. — E, com a cabeça orgulhosamente levantada, ela saiu. Um minuto depois, ouviram a porta do quarto dela se fechar no andar de cima.

Nancy se virou consternada.

— Ah, senhorita Poliana, o que é isso? O que eu fiz? Achei que ela fosse gostar. Eu queria que tudo desse certo!

— Claro que sim — chorou Poliana, procurando o lenço na bolsa. — E foi muito bom o que fez... simplesmente adorável.

— Mas *ela* não gostou.

— Sim ela gostou. Mas não quis mostrar que gostou. Ela estava com medo de demonstrar... outras coisas, e... Ah, Nancy, Nancy, estou tão feliz em apenas chorar! — E Poliana estava soluçando no ombro de Nancy.

— Ora, ora, querida; ela deve estar, ela deve estar — acalmou Nancy, acariciando os ombros de Poliana com uma mão e tentando, com a outra, transformar o canto de seu avental em um lenço para enxugar as próprias lágrimas.

— Veja, eu não posso... chorar... diante... dela — hesitou Poliana. — E *foi* difícil vir aqui... Eu *sei* como ela estava se sentindo.

— Claro, claro, pobre criança — murmurou Nancy. — E pensar que a única coisa em pensei fazer a deixou irritada, e...

— Ah, mas ela não ficou irritada com isso — corrigiu Poliana, agitadamente. — É só o jeito dela, Nancy. Ela não gosta de mostrar o quanto se sente mal... sobre o doutor. E ela está com tanto medo de *mostrar* que ela... só aceita alguma coisa para ter uma desculpa para... falar sobre isso. Ela faz isso comigo também, do mesmo jeito. Então eu sei como funciona isso. Entendeu?

— Ah, sim, eu entendo, entendo, entendo. — Os lábios de Nancy se contraíram um pouco severamente, e seus tapinhas simpáticos, por um minuto, eram ainda os mais amorosos possíveis. — Pobre criança! Estou feliz por ter vindo, de qualquer maneira, por sua causa.

— Sim, eu também — respirou Poliana, afastando-se suavemente e enxugando os olhos. — Assim, eu me sinto melhor. Agradeço muito a você, Nancy, aprecio muito o que fez. Agora não se prenda a nós se precisar ir embora.

— Ah! Eu estou pensando em ficar aqui por uns tempos — suspirou Nancy.

— Fique! Ora, Nancy, achei que fosse casada. Não está casada com Timothy?

— Isso! Mas ele não se importa... por você. Ele *queria* que eu ficasse... por você.

— Ah, mas, Nancy, não posso aceitar — rebateu Poliana. — Não podemos pagar ninguém... agora, sabe. Eu vou fazer o trabalho de casa. A tia Poli disse que, até sabermos como as coisas estão, teremos que fazer muitas economias.

— Como se eu fosse pedir dinheiro para... — começou Nancy, refreando a ira; mas, com a expressão no rosto dos demais, ela parou e deixou que suas palavras diminuíssem em meio a um protesto murmurante, enquanto se apressava a sair do quarto para cuidar de seu frango cremoso no fogão.

Quando a ceia acabou e tudo já estava em ordem, a Sra. Timothy Durgin consentiu em ir embora com o marido. Mas foi com evidente relutância e muitos pedidos de permissão para voltar "Só para ajudar um pouco" a qualquer momento.

Depois que Nancy saiu, Poliana entrou na sala de estar onde a Sra. Chilton estava sentada, sozinha, com a mão nos olhos.

– Bem, querida, posso acender a luz? – sugeriu Poliana, com vivacidade.

– Acho que sim.

– Nancy não foi uma querida em arrumar tudo tão bem?

Não houve resposta.

– Onde neste mundo ela encontrou todas essas flores, eu não consigo imaginar. Ela as colocou em todos os cômodos aqui, e nos dois quartos também.

Ainda sem resposta.

Poliana soltou um suspiro meio abafado e lançou um olhar melancólico no rosto desviado da tia. Depois de um momento, ela começou de novo, esperançosa.

– Vi o velho Tom no jardim. Pobre homem, seu reumatismo está pior do que nunca. Ele estava quase dobrado. Ele perguntou sobre você e...

A Sra. Chilton se virou com uma interrupção aguda.

– Poliana, o que vamos fazer?

– Como assim? O melhor que pudermos, claro, querida.

A Sra. Chilton fez um gesto impaciente.

– Vamos, vamos, Poliana, tenha juízo uma única vez. Você vai descobrir que a situação é séria logo, logo. *O que* nós vamos *fazer*? Você sabe, estou quase sem nenhum dinheiro. Tenho algumas coisas que podem render algum dinheiro, eu acho. Mas o Sr. Hart disse que teremos pouco retorno no momento. Ainda temos um pouco no banco e um pouco a receber. E temos esta casa. Mas qual a utilidade dessa? Não podemos comê-la, nem vesti-la. É grande demais para nós duas, já que teremos de viver com pouco. E não conseguiríamos vendê-la nem pela metade do preço, a menos que alguém realmente a queira.

– Vender! Ah, tia, você não faria isso... esta bela casa cheia de coisas adoráveis!

– Talvez eu precise, Poliana. Precisamos comer... infelizmente.

– Eu sei disso, e tenho *muita* fome – lamentou Poliana, com uma risada triste. – Ainda assim, acho que devo ficar feliz por ter um apetite tão bom.

– Muito provavelmente. Claro que encontraria algo com que se alegrar. Mas o que vamos fazer, menina? Fale sério por um minuto.

Uma mudança rápida ganhou o rosto de Poliana.

– Estou falando sério, tia Poli. Estava pensando. Acho que poderia trabalhar.

– Ah, criança, criança, nunca achei que fosse ouvir isso de você! – murmurou a mulher. – Uma Harrington tendo que trabalhar!

– A senhora não está encarando isso da forma certa – riu Poliana. – Deveria ficar contente por uma Harrington ser *inteligente* o suficiente para trabalhar! Não é nenhuma desgraça, tia Poli.

– Talvez não. Mas mexe com o orgulho de qualquer um, Poliana, ainda mais depois da posição que sempre tivemos aqui.

Poliana não parecia ter ouvido. Ela estava pensativa e com o olhar fixo.

– Se pelo menos eu soubesse fazer alguma coisa! Se soubesse fazer algo melhor do que qualquer outra pessoa no mundo – ela suspirou, enfim. – Eu sei cantar um pouco, tocar um pouco, bordar um pouco e costurar um pouco. Mas não tão bem... não o bastante para ser paga por isso. Acho que preferiria cozinhar – resumiu ela, após um minuto de silêncio – , e cuidar da casa. A senhora sabe que adorava fazer isso nos invernos na Alemanha, quando Gretchen nunca ia quando mais precisávamos. Mas não quero exatamente invadir a cozinha das outras pessoas.

– Até parece que eu deixaria você fazer isso! Poliana! – estremeceu a Sra. Chilton novamente.

– Claro, cuidar apenas de nossa cozinha não trará nenhum benefício – lamentou Poliana. – Nenhum dinheiro, quero dizer. – E é dinheiro que precisamos.

– Isso é fato – suspirou tia Poli.

Houve um longo silêncio, finalmente quebrado por Poliana.

– Depois de tudo o que a senhora fez por mim, tia... pensar que agora, se eu pudesse, teria uma chance tão esplêndida de ajudar! E ainda assim... não tem nada que eu saiba fazer. Por que não nasci com algo que vale dinheiro?

– Ora, ora, criança, não diga isso, não! Se o doutor... – as palavras sufocaram em silêncio.

Poliana olhou para cima rapidamente e ficou de pé.

– Querida, querida, não se preocupe! – ela exclamou, com uma mudança completa de atitude. – Um dia desses eu desenvolvo o talento mais maravilhoso de todos. Além disso, tudo isso é realmente emocionante. É tão incerto. E é tão bom querer as coisas... e depois vê-las chegarem. Apenas viver e *saber* que teremos tudo é tão... tão monótono, sabe – ela terminou, com uma risadinha alegre.

A Sra. Chilton, no entanto, não riu. Ela apenas suspirou e disse:

– Querida Poliana, que criança você é!

CAPÍTULO 18

Uma questão de adaptação

Os primeiros dias em Beldingsville não foram fáceis para a Sra. Chilton e para Poliana. Foram dias de adaptação, o que raramente é fácil.

Depois da viagem e da empolgação da chegada, não era fácil ter de analisar o preço da manteiga e as contas atrasadas do açougue. Não era fácil trocar o tempo de dedicação a si mesma para concluir a próxima tarefa da casa. Amigos e vizinhos também as procuravam e, embora Poliana os recebesse com satisfação e cordialidade, a Sra. Chilton, quando possível, pedia licença. Ela sempre dizia amargamente para Poliana:

– Curiosidade, suponho, para ver a aparência de Poli Harrington agora que está pobre.

A Sra. Chilton raramente falava do doutor, mas Poliana sabia muito bem que ele nunca saía de seus pensamentos e que sua taciturnidade era uma máscara para uma emoção mais profunda que ela não queria mostrar.

Poliana viu Jimmy Pendleton várias vezes no primeiro mês depois que chegou. No começo, ele foi com John Pendleton para uma conversa cerimoniosa... ou um tanto dura e cerimoniosa depois que tia Poli entrou na sala. Por alguma razão, ela não se desculpou nessa ocasião. Depois disso, Jimmy vinha sozinho, uma vez com flores, outra vez com um livro para tia Poli, duas vezes sem nenhuma desculpa. Poliana o acolheu sempre com verdadeiro prazer. Já tia Poli, depois da primeira vez, não o viu mais.

Para a maioria de seus amigos e conhecidos, Poliana falou pouco sobre sua atual situação. Para Jimmy, porém, ela falava livremente e seu choro era constante:

– Se eu pudesse trabalhar para trazer algum dinheiro pra casa! Eu estou começando a me tornar a criatura mais interesseira que você já viu – riu tristemente. – Sempre calculava o preço de tudo em notas de dólares, agora conto as moedinhas. Tia Poli se sente muito pobre!

– É uma pena! – disse Jimmy.

– Eu sei. Mas, honestamente, acho que ela se sente mais pobre do que deveria... ela está muito preocupada com isso. Mas eu gostaria de poder ajudar!

Jimmy voltou seus olhos luminosos para o rosto melancólico e ansioso de Poliana, e seus próprios olhos se suavizaram.

– O que *gostaria* de fazer... se você pudesse fazer algo? – ele perguntou.

– Queria cozinhar e cuidar da casa – sorriu Poliana, com um suspiro pensativo. – Adoro bater ovos com açúcar, e ouvir o bicarbonato borbulhar sua pequena melodia na xícara de leite azedo. Fico feliz de passar o dia na cozinha. Mas não ganho dinheiro com isso... a não ser que trabalhasse na cozinha de outra pessoa, é claro. E eu... eu não adoro isso o suficiente para fazê-lo!

– Acho que não – disparou o jovem.

Mais uma vez ele olhou para o expressivo rosto de Poliana. Desta vez, os cantos de sua boca tomaram uma forma estranha. Ele franziu os lábios, depois falou, com um lento rubor subindo em sua testa.

– Você poderia... se casar. Já pensou nisso... senhorita Poliana?

Poliana deu uma risada alegre. A voz e a atitude eram inconfundivelmente as de uma garota praticamente intocada até mesmo pelas flechas de maior alcance de um cupido.

– Ah, não, nunca vou me casar – ela disse alegremente. – Em primeiro lugar, não sou bonita; e em segundo lugar, vou morar com a tia Poli e cuidar dela.

– Não é bonita, né? – sorriu Pendleton, intrigado. – Já pensou que alguém pode discordar disso?

Poliana sacudiu a cabeça.

– Imagina. Eu tenho espelho – objetou, com um olhar alegre.

Ela parecia meio coquete. Em qualquer outra garota, teria sido um flerte, decidiu Pendleton. Mas, olhando para o rosto diante dele agora, ele sabia que não era. Ele também sabia por que Poliana parecia tão diferente de qualquer garota que ele já conhecera. Algo de sua antiga maneira literal de ver as coisas ainda se agarrava a ela.

– Por que você não é bonita? – ele perguntou.

Depois da pergunta, com a certeza que tinha do caráter de Poliana, Pendleton prendeu a respiração com sua temeridade. Ele não pôde deixar de pensar na rapidez com que qualquer outra garota teria se magoado depois de sua aceitação implícita de que ela não era bela. Mas as primeiras palavras de Poliana lhe mostraram que esse receio não tinha razão de existir.

– Porque não sou – ela riu, um pouco pesarosa. – Não nasci assim. Talvez você não se lembre, mas há muito tempo, quando eu era uma garotinha, eu achava que uma das coisas mais legais que eu poderia ganhar quando chegasse ao céu seriam cachos negros.

– É o seu desejo agora também?

– N-não, talvez não – hesitou Poliana. – Mas ainda gostaria. Além disso, meus cílios não são longos o suficiente, e meu nariz não é grego, ou romano, ou qualquer um daqueles estilos desejáveis. É só um *nariz*. E meu rosto é muito longo, ou muito curto, me esqueci. Uma vez medi para saber se me encaixava nos padrões de beleza, mas não deu certo. Segundo esses padrões, a largura do rosto deve ser igual a cinco olhos, e a largura dos olhos igual a... a outra coisa. Me esqueci disso também... e os meus não são.

– Que cena triste! – riu Pendleton. – Então, admirando o rosto animado e os olhos expressivos da garota, ele perguntou: – Já se olhou no espelho quando está falando, Poliana?

– Não, claro que não!

– Tente, qualquer dia.

– Que ideia boba! Imagine eu fazendo isso – riu a menina. – O que devo dizer? Assim? "Você, Poliana, se os seus cílios não são longos, e seu nariz é só um nariz, fique feliz por ter *alguns* cílios e *um* nariz!"

Pendleton se juntou em sua risada, mas uma expressão estranha veio ao seu rosto.

– Então você ainda joga... o jogo – ele disse, um pouco timidamente.

Poliana voltou os olhos suaves de admiração para ele.

– Claro! Não teria passado pelos últimos seis meses se não fosse esse abençoado jogo. – Sua voz tremeu um pouco.

– Não ouvi você falar muito sobre isso – comentou.

Ela mudou de cor.

– Eu sei. Acho que estou com medo de falar demais para pessoas de fora, que não se importam, sabe. Não seria o mesmo agora, aos vinte anos, como quando eu tinha dez anos. Entendi isso. As pessoas não gostam de receber sermão – ela terminou com um sorriso caprichoso.

– Eu sei – concordou solenemente o jovem rapaz. – Mas me pergunto às vezes, Poliana, se você realmente entende o que é esse jogo, e o que ele fez para aqueles que jogam.

– Eu sei o que ele fez por mim.

Sua voz era baixa e seus olhos viraram para o outro lado.

– Você percebe, realmente *funciona*, se você jogar – ele meditou em voz alta, após um breve silêncio. – Alguém disse uma vez que isso revolucionaria o mundo se todos realmente o jogassem. Eu acredito nisso.

– Sim, mas algumas pessoas não querem – sorriu Poliana. – Encontrei um homem na Alemanha ano passado. Ele havia perdido dinheiro e, em geral, tinha muito azar. Ele estava tão triste! Alguém tentou animá-lo um dia dizendo: "Ora, ora, as coisas poderiam ser piores!". Você tinha que ter ouvido aquele homem depois! "Se há algo no mundo que me deixa completamente maluco", ele rosnou, "é me dizerem que as coisas podem ficar piores, e para eu ser grato pelo que ainda resta. Essas pessoas que andam por aí com um sorriso eterno no rosto dizendo que estão agradecidas por poderem respirar, comer, caminhar, ou dormir não têm utilidade. Eu não *quero* respirar, comer, andar ou dormir... se as coisas continuarem assim. Quando me dizem que eu deveria ser grato por alguma tolice dessas, tenho vontade de dar tiro nessa pessoa!" Imagine se eu tivesse apresentado o Jogo do Contente para esse homem! – riu Poliana.

– Não importa. Ele precisava – respondeu Jimmy.

– Claro que precisava... mas ele não teria me agradecido por isso.

– Acho que não. Mas, ouça! Do jeito que ele era, com aquela filosofia e esquema de vida, ele e todos em volta dele ficaram infelizes, não? Bem, suponha que ele jogasse o jogo. Enquanto estivesse tentando encontrar algo com que se alegrar, *não poderia* resmungar e rosnar a respeito de como as coisas são ruins e teria, assim, muito a ganhar. Seria muito mais fácil para ele e os amigos conviver com isso. Veja só, você pode pensar em uma rosquinha como uma coisa boa, em vez de pensar no buraco dela como um defeito. Afinal, ela pode ser o suficiente para matar a sua fome, mas sem fazer você passar mal. Não é fácil abraçar os problemas. Eles têm muitos espinhos.

Poliana sorriu apreciando o que escutava.

– Isso me faz lembrar do que eu disse a uma pobre senhora uma vez. Ela era da caridade lá no oeste e parecia realmente *gostar* de ser infeliz e contar sobre seus infortúnios. Acho que eu tinha uns dez anos e estava tentando ensinar o jogo para ela. Mas não estava dando certo, mas percebi, afinal, o motivo e disse, triunfante, para ela: "Bem, de qualquer forma, a senhora pode ficar feliz por ter tantas coisas que a deixam infeliz, já que ama tanto ser infeliz!".

– E o que ela achou? – riu Jimmy.

Poliana levantou as sobrancelhas.

– Acho que não gostou muito mais do que o homem na Alemanha se eu tivesse feito a mesma coisa com ele.

– Mas eles precisam aprender... – Pendleton parou de repente com uma expressão tão estranha no rosto, que Poliana olhou para ele surpresa.

– Como assim, Jimmy?

– Esquece, eu só estava pensando alto – respondeu, franzindo os lábios. – Estou te pedindo para fazer exatamente o que eu temia que você *faria* antes de te reencontrar. Estava com medo de que... que... – ele se atrapalhou em uma pausa indefesa, muito enrubescido.

– Bem, Jimmy Pendleton – refreou a garota – , nem pense em parar por aí, senhor. O que você quer dizer?

– Ah, er... n... nada demais.

– Estou esperando – murmurou Poliana. Sua voz e atitude eram calmas e confiantes, embora seus olhos brilhassem curiosos.

O jovem hesitou, olhou para o rosto sorridente de Poliana e rendeu-se:

– Ah, bem, faça do seu jeito – ele deu de ombros. – Só estava preocu-

pado... um pouco... com o jogo, com medo de que você fizesse como antes e...
– Mas uma risada alegre o interrompeu.

– Mas o que eu te disse? Até você estava preocupado, com medo de que eu fosse aos vinte anos exatamente o que eu era aos dez!

– N-não, eu não quis dizer... Poliana, honestamente, eu pensei... é claro que eu sabia... – Mas Poliana apenas colocou as mãos nos ouvidos e começou a rir novamente.

ELEANOR H. PORTER

CAPÍTULO 19

Duas cartas

Foi no final de junho que a carta de Della Wetherby chegou a Poliana.

"Estou escrevendo para lhe pedir um favor – escreveu a senhorita Wetherby. – Espero que você possa me indicar alguma família particular tranquila em Beldingsville que esteja disposta a ficar com a minha irmã no verão. Seriam três pessoas, a Sra. Carew, sua secretária, e seu filho adotivo, Jamie. (Você se lembra do Jamie, não é?) Eles não querem ficar em um hotel ou pensão. Minha irmã está muito cansada e o médico a aconselhou a ir ao interior para um descanso completo e mudança de ares. Ele sugeriu Vermont ou New Hampshire. Na hora, pensamos em Beldingsville e em você. Então, nos perguntamos se não poderia recomendar o lugar certo para nós. Eu disse a Ruth que te escreveria. Eles gostariam de ir logo, no início de julho, se possível. Seria pedir demais que nos avisasse se souber de algum lugar? Por favor, me escreva neste endereço. Minha irmã está conosco aqui no hospital por algumas semanas em tratamento.

Na esperança de uma resposta favorável,
Cordialmente,
Della Wetherby."

Nos minutos após ler a carta, Poliana se sentou com a testa franzida, procurando mentalmente algum lugar em Beldingsville que pudesse hospedar seus velhos amigos. Então, de repente, algo lhe deu um novo rumo e, com uma alegre exclamação, correu até sua tia na sala de estar.

– Tia, tia – ela ofegou. – Eu acabei de ter a ideia mais adorável de todas. Eu lhe disse que algo aconteceria, e que eu desenvolveria um talento maravilhoso algum dia. Bem, eu desenvolvi. E foi agora mesmo. Ouça! Recebi uma carta da senhorita Wetherby, irmã da Sra. Carew. Lembra da senhora que me hospedou naquele inverno em Boston? Bem, eles querem vir para o interior no verão, e a senhorita Wetherby escreveu para perguntar se conheço algum lugar para eles. Eles não querem um hotel ou uma pensão. Achei que não soubesse de nenhum lugar, mas eu sei. Eu sei, tia Poli! Adivinhe onde é.

– Minha querida criança – disparou a Sra. Chilton – , você é incontrolável! – Parece que você ainda tem doze anos e não uma mulher adulta. Do que está falando agora?

– Sobre um lugar para a Sra. Carew e Jamie ficarem. Eu encontrei – balbuciou Poliana.

– Não duvido. Bem, e daí? No que isso me afeta? – murmurou a Sra. Chilton, tristemente.

– Porque é *aqui*. Vamos recebê-los aqui, tia.

– Poliana! – A Sra. Chilton estava sentada, ereta e horrorizada.

– Tia, por favor, não diga não... por favor, não – implorou Poliana, ansiosa. – Não vê nossa chance? É a chance pela qual tenho esperado, e acabou de cair em minhas mãos. Nós podemos fazer isso de forma adorável. Temos muito espaço e eu *posso* cozinhar e cuidar da casa. Assim, teríamos dinheiro, pois eles pagariam bem, eu sei. E tenho certeza de que adorariam a ideia. São três pessoas... vem uma secretária com eles.

– Não posso, Poliana! Transformar essa casa em uma pensão... a propriedade dos Harrington se tornar uma pensão comum? Ah, Poliana, não, não!

– Mas não seria uma pensão comum, querida. Seria incomum. Além disso, eles são nossos amigos. Seria como se nossos amigos viessem nos visitar, mas eles *pagariam* como hóspedes, então ganharíamos dinheiro enquanto isso... dinheiro de que *precisamos*, tia, dinheiro de que precisamos – enfatizou ela.

Um espasmo de orgulho ferido cruzou o rosto de Poli Chilton. Com um murmúrio sutil, ela se jogou na cadeira.

– Mas como poderia fazer isso? – ela perguntou, afinal, fracamente. – Você não daria conta de tudo sozinha, criança!

– Ah, não, claro que não – brincou Poliana. (Poliana pisava em terreno seguro agora. Ela sabia que já tinha vencido.) – Mas poderia cozinhar e supervisionar, e tenho certeza de que conseguiria a ajuda de uma das irmãs mais novas de Nancy. A Sra. Durgin cuidaria da lavanderia, como já faz.

– Mas, Poliana, eu não estou muito bem... você sabe que não. Não poderia fazer muito.

– Claro que não. Mas não será preciso – menosprezou Poliana, com um certo ar de arrogância. – Ah, tia, não seria esplêndido? Parece bom demais para ser verdade... dinheiro caindo em minhas mãos assim!

– Caindo em suas mãos, de fato! Você ainda tem algumas coisas para aprender neste mundo, Poliana, e uma delas é que os veranistas não jogam dinheiro nas mãos de ninguém sem analisar muito bem o retorno que terão. Quando estiver cheia de trabalho e extremamente cansada ou quando estiver se matando para atender a todos os pedidos, desde ovos frescos até a temperatura, vai acreditar em mim.

– Tudo bem, vou me lembrar disso – riu Poliana. – Mas não vou me preocupar agora. Vou escrever à senhorita Wetherby imediatamente e entregar a carta a Jimmy Bean para que ele a leve ao correio, quando vier aqui esta tarde.

A Sra. Chilton se mexeu inquieta.

– Poliana, eu realmente gostaria que usasse o nome correto desse rapaz. Esse "Bean" me dá arrepios. Seu nome é "Pendleton" agora, pelo que sei.

– Está bem – concordou Poliana. – Mas eu esqueço disso o tempo todo e falo o nome errado, o que é terrível. Sei que ele foi adotado e tudo mais. Ah, estou tão animada – ela terminou, enquanto dançava na sala.

Quando Jimmy chegou às quatro horas a carta estava pronta. Ela ainda estava tremendo de entusiasmo, e não perdeu tempo em contar-lhe a novidade.

– Estou louca para vê-los – ela chorou, quando lhe contou sobre seus planos. – Nunca mais os vi desde aquele inverno. Contei a você sobre o Jamie, não?

– Ah, sim, você contou. – Havia um toque de restrição na voz do jovem.

– Não é esplêndido se vierem mesmo?

– Não sei se chamaria isso exatamente de esplêndido.

– Não é maravilhoso ter a chance de ajudar a tia Poli em tão pouco tempo? Ah, Jimmy, claro que é.

— Mas acho que vai ser bastante *difícil*... para você — reprimiu Jimmy, um pouco irritado.

— Acho que sim. Mas ficarei muito feliz pelo dinheiro. Veja — ela suspirou — como sou interesseira, Jimmy.

Por um longo minuto não houve resposta; então, um pouco abruptamente, o jovem perguntou:

— Quantos anos tem esse Jamie agora?

Poliana olhou para cima com um sorriso alegre.

— Ah, lembrei... você nunca gostou do nome dele, "Jamie" — ela piscou. — Não importa, ele foi adotado legalmente, acredito eu, e recebeu o nome de Carew. Então você pode chamá-lo assim.

— Ainda não me disse quantos anos ele tem — lembrou Jimmy, rigidamente.

— Ninguém sabe exatamente, eu acho. Quer dizer, ele não sabia, mas imagino que ele tenha a sua idade. Fico pensando em como ele deve estar agora. Eu perguntei tudo a respeito nesta carta.

— Ah, você perguntou! — Pendleton olhou para a carta na mão e virou-a, um pouco rancoroso. Ele quis jogá-la fora, rasgá-la, entregá-la a alguém para jogá-la fora, fazer qualquer coisa com ela... Menos enviá-la pelo correio.

Jimmy sabia muito bem que estava com ciúmes, que sempre tivera inveja daquele jovem com o nome tão parecido com o dele. Não que ele estivesse apaixonado por Poliana, assegurou-se com ironia. Ele não estava, claro. Só se importava que esse jovem desconhecido com nome de menininha fosse para Beldingsville e estivesse sempre por perto para estragar todos os seus bons momentos. Ele quase disse isso para Poliana, mas alguma coisa o segurou. Ele se despediu e levou a carta com ele.

O fato é Jimmy não se desfez da carta, já que, alguns dias depois Poliana recebeu uma pronta resposta da senhorita Wetherby. Na visita seguinte de Jimmy, ele ouviu da carta que Poliana leu para ele:

— No começo da carta diz que estão muito felizes por vir, e tudo mais. Eu não vou ler isso. Mas acho que você gostaria de ouvir o resto, porque você me ouviu falar muito sobre eles. Além disso, você mesmo os conhecerá logo, é claro. Depende muito de você, Jimmy, para que tudo dê certo.

— É mesmo?

— Não seja sarcástico, só porque você não gosta do nome do Jamie — reprovou Poliana, com uma severidade fingida. – Você vai gostar dele quando o conhecer, tenho certeza. E vai amar a Sra. Carew.

– Vou? – retrucou Jimmy, asperamente. – Bem, é uma perspectiva bem séria. Espero que, se eu conseguir, essa senhora seja bastante bondosa em retribuir.

– Claro que sim – sorriu Poliana. – Agora ouça, vou ler a carta. É da irmã dela, a senhorita Della... do hospital.

– Tudo bem. Vá em frente! – orientou Jimmy, com uma tentativa um tanto evidente de interesse educado. E Poliana, ainda sorrindo maliciosamente, começou a ler.

"Você me pediu para contar sobre todos. Essa é uma grande tarefa, mas farei o meu melhor. Para começar, você vai ver que minha irmã mudou bastante. Os novos interesses que entraram na vida dela nos últimos seis anos fizeram maravilhas. Agora ela está um pouco magra e cansada por causa do excesso de trabalho, mas um bom descanso ajudará. E você verá como ela está jovem, florescente e feliz. Observe que eu disse feliz. Isso não deve significar tanto para você como para mim, é claro, pois você era jovem demais para perceber quão infeliz ela estava durante aquele inverno em Boston. A vida era algo tão triste e sem esperança para ela. E agora é tão cheia de interesse e alegria.

Primeiro que ela tem o Jamie. Quando você os vir juntos, não terá dúvida do que ele representa para ela. Ainda não sabemos se ele é o verdadeiro Jamie ou não, mas minha irmã o ama como um filho e o adotou legalmente, mas acho que já sabia disso.

E tem as meninas também. Você se lembra de Sadie Dean, a vendedora? Bem, ao se interessar por ela e tentar ajudá-la a ter uma vida mais feliz, minha irmã ampliou seus esforços pouco a pouco, e acabou acolhendo diversas garotas que a consideram agora um bondoso anjo. Ela fundou um lar para essas meninas com base em novos princípios e conta com a ajuda de algumas pessoas ricas e influentes, mas é ela quem lidera e gerencia tudo. Ela nunca hesita em se doar a cada uma das garotas. Você não pode imaginar como isso tudo é trabalhoso. Seu braço direito é sua secretária, a própria Sadie Dean. Você vai ver que ela também mudou, mas sua essência continua a mesma.

Quanto a Jamie... pobre Jamie! A grande tristeza de sua vida é que ele tem certeza agora de nunca mais poderá andar. Nós tivemos esperanças no início. Ele foi atendido no hospital com o Dr. Ames por um ano, e melhorou a ponto de andar de muletas. Mas nunca poderá andar sozinho... mas isso não o impede de *fazer nada. De algum modo, depois de conhecer Jamie, não conseguimos pensar nele como um rapaz com restrições, pois sua alma é tão livre. Não consigo explicar, mas você vai entender quando o vir. Ele ainda mantém aquele antigo entusiasmo juvenil e alegria de viver. Tem só uma coisa... e apenas uma, acho... que acabaria completamente com esse espírito brilhante e o levaria ao desespero: descobrir que ele não é Jamie Kent, nosso sobrinho. Ele pensa nisso há tanto tempo, e tão ardentemente, que chegou a acreditar que é o verdadeiro Jamie. Se ele não for, espero que nunca descubra."*

– Enfim, é isso o que ela diz sobre eles – anunciou Poliana, dobrando a carta em suas mãos. – Não é interessante?

– Sem dúvida! – Havia um tom de genuinidade na voz de Jimmy agora. Começou a pensar, de repente, no que suas próprias pernas significavam para ele. Chegou até a desejar que esse pobre rapaz fizesse *parte* dos pensamentos e atenções de Poliana, desde que não fosse em exagero, é claro! – Por Deus! É difícil para o pobre rapaz, não há dúvida.

– Difícil! Você não tem ideia, Jimmy Bean – sufocou Poliana. – Mas eu tenho. Já fiquei sem poder andar uma época.

– *Eu sei*! Sim, claro, claro – o jovem franziu a testa, inquieto em sua cadeira. Olhando para o rosto terno de Poliana e os olhos cheios de lágrimas, de repente Jimmy já não estava mais tão certo de que realmente *gostaria* que Jamie viesse... pois só de *pensar* nele, Poliana ficava mexida!

ELEANOR H. PORTER

CAPÍTULO 20

Os hóspedes pagantes

Os dias antes da chegada "daquelas pessoas terríveis", como tia Poli chamava os convidados pagantes de sua sobrinha foram realmente agitados para Poliana... Mas eram felizes, pois ela se recusava a ficar cansada, ou desanimada, ou apreensiva, não importava quais problemas diários tivesse que enfrentar.

Com a ajuda de Nancy e sua irmã mais nova Betty, Poliana inspecionou sistematicamente a casa, cômodo por cômodo, para que seus futuros hóspedes tivessem todo conforto e comodidade. A Sra. Chilton não podia ajudar muito. Primeiro porque não estava bem. E também porque não via com bons olhos a ideia da sobrinha, já que o orgulho pelo nome dos Harrington se sobrepunha a qualquer coisa. Ela sempre murmurava:

– Ah, Poliana, Poliana, nunca pensei que a propriedade dos Harrington chegaria a esse ponto!

– Não é bem assim, querida – Poliana finalmente a acalmou, rindo. – São os Carew que estão *chegando à propriedade dos Harrington*!

Mas a Sra. Chilton não dava o braço a torcer, e respondia apenas com um olhar desdenhoso e um suspiro profundo. Assim, Poliana achou melhor deixá-la trilhar sozinha a sua estrada de decidida tristeza.

No dia marcado, Poliana e Timothy (que agora era o dono dos cavalos dos Harrington) foram à estação para esperar o trem da tarde. Até esse momento Poliana se mostrou confiante e feliz. Mas ao ouvir o apito do trem, foi tomada por um verdadeiro pânico, dúvida, timidez e desânimo. Ela percebeu de repente o que estava prestes a fazer, quase sem ajuda. Ela se lembrava da riqueza, da posição e do gosto peculiar da Sra. Carew. Lembrou-se também que Jamie estaria diferente do garoto que conhecera, agora já seria um homem. Por um momento pensou apenas em fugir – para algum lugar, qualquer lugar.

– Timothy, eu... não me sinto bem. Não estou bem. Eu... diga a eles para não irem... – ela hesitou, empinada como se fosse voar.

– Senhora! – exclamou o assustado Timothy.

Um olhar para o rosto espantado de Timothy foi o suficiente. Poliana riu e jogou os ombros para trás, alerta.

– Nada. Deixa pra lá! Eu não quis dizer isso, claro, Timothy. Veja! Eles estão chegando – ofegou. E correu até eles, como sempre.

Ela os reconheceu imediatamente. Mesmo que tivesse alguma dúvida, as muletas nas mãos do jovem alto de olhos castanhos teriam lhe dado a certeza de que eram realmente eles.

Houve alguns breves minutos de ansiosos apertos de mãos e exclamações incoerentes, e então, de alguma forma, ela se viu na carruagem com a Sra. Carew a seu lado, e Jamie e Sadie Dean na frente. Ela teve a chance, então, pela primeira vez, de realmente observar seus amigos e notar as mudanças que os seis anos lhes haviam promovido.

Em relação à Sra. Carew, seu primeiro sentimento foi de surpresa. Ela havia esquecido quão adorável ela era. Havia esquecido quão longos eram os cílios que protegiam olhos expressivos. Surpreendeu-se, com certa inveja, ao pensar em como aquele rosto perfeito atendia, detalhe a detalhe, aos padrões de beleza que conhecia. Mais do que qualquer outra coisa, ficou feliz por não notar os antigos aspectos de melancolia e amargura.

Então, ela se voltou para Jamie. Mais uma vez se surpreendeu, e pelo mesmo motivo. Jamie também ficara bonito. Poliana assumiu que realmente tinha uma aparência distinta. Seus olhos escuros, rosto pálido e cabelos negros e ondulados eram atraentes. Então, viu as muletas ao seu lado, e um espasmo de simpatia sentida apertou sua garganta.

De Jamie, Poliana se voltou para Sadie Dean.

Sadie, pelo que tinha notado até o momento, ainda se parecia muito com a moça que conhecera no Jardim Público naquele inverno. Mas não precisou de um segundo olhar para saber que seus cabelos, roupas, temperamento, fala e disposição eram de fato muito diferentes.

Então Jamie falou.

– Foi muito bom você ter nos deixado vir – disse ele a Poliana. – Sabe o que pensei quando disse que poderíamos vir?

– Não, n-não sei – gaguejou Poliana. Poliana ainda estava olhando para as muletas ao lado de Jamie, e sua garganta continuava apertada por aquele sentimento.

– Bem, pensei na mocinha no Jardim Público com seu saco de amendoins para Sir Lancelot e Lady Guinevere, e sabia que você só estava nos colocando no lugar deles. Porque se tivesse um saco de amendoins e nós não, ficaria feliz em compartilhar conosco.

– Um saco de amendoins, sim! – riu Poliana.

– Mas, claro que, neste caso, seu saco de amendoins são quartos arejados no campo, leite de vaca e ovos caipiras – retrucou Jamie caprichosamente. – Mas a ideia é mesma. E talvez seja melhor avisá-la... você se lembra como Sir Lancelot era guloso... bem... – ele fez uma pausa significativa.

– Tudo bem, assumo o risco – sorriu Poliana, pensando em como ela estava feliz por tia Poli não estar ali para ouvir suas piores previsões quase se concretizando. – Pobre Sir Lancelot! Será que alguém o alimenta agora, ou será que ainda está lá?

– Se ele estiver lá, está sendo alimentado – interpôs a Sra. Carew, alegremente. – Esse menino bobo ainda vai lá pelo menos uma vez por semana com os bolsos cheios de amendoins e mais não sei o quê. Qualquer um pode achá-lo se seguir o rastro de pequenos grãos que deixa para trás. E geralmente, quando eu peço meu cereal no café da manhã, já acabou, porque "Seu Jamie usou para alimentar os pombos, senhora!".

– Sim, deixa eu lhe contar – intrometeu-se Jamie, entusiasmado. E no minuto seguinte Poliana se pegou ouvindo com todo o antigo fascínio a história de um casal de esquilos em um jardim ensolarado. Mais tarde, ela entendeu o que Della Wetherby disse em sua carta, pois, quando chegaram a casa, foi um choque ver Jamie pegar as muletas e sair da carruagem com a ajuda delas. Ela percebeu, então, que por breves minutos ele a fizera esquecer de que tinha restrições físicas.

Para seu grande alívio, aquele primeiro temido encontro entre a tia Poli e a família Carew foi bem melhor do que ela esperava. Os recém-chegados estavam tão encantados com a antiga casa e tudo o que havia nela, que era impossível para a senhora proprietária daquele lugar continuar com sua resignação desaprovadora na presença deles. Além disso, como ficou evidente logo na primeira hora, o encanto pessoal e o magnetismo de Jamie haviam perfurado a armadura de desconfiança de tia Poli. Poliana já não precisava se preocupar com pelo menos um de seus problemas mais temidos. Sua tia já havia se transformado numa amável anfitriã.

Apesar de seu alívio com a mudança de atitude de sua tia, Poliana não achou que tudo estivesse tranquilo, de qualquer maneira. Havia muito trabalho a ser feito. A irmã de Nancy, Betty, era agradável e disposta, mas não era Nancy, como Poliana logo descobriu. Ela precisava aprender algumas coisas, o que tomava tempo. Poliana temia que tudo não estivesse plenamente bom. Para ela, naqueles dias, uma cadeira empoeirada era um crime, e um bolo solado, uma tragédia.

Aos poucos, depois de incessantes argumentos e pedidos da Sra. Carew e de Jamie, Poliana começou a relaxar e perceber que, para seus amigos, crime e tragédia mesmo não seria uma cadeira empoeirada ou um bolo solado, mas a preocupação e ansiedade no rosto da garota.

– Como se não fosse bastasse ter nos recebido aqui – declarou Jamie – , está se matando de trabalhar para que a gente possa comer.

– Além do mais, não precisamos comer tanto – riu a Sra. Carew. – Ou teremos uma indigestão, como uma das minhas garotas diz quando a comida não lhe cai bem.

Foi maravilhosa a facilidade com que os três novos membros da família se encaixaram na rotina diária. Logo no primeiro dia, a Sra. Chilton fez perguntas realmente interessadas sobre o lar para meninas da Sra. Carew. E Sadie Dean e Jamie discutiam sobre a possibilidade de ajudar a descascar ervilhas ou colher flores.

Os Carew estava há uma semana na casa dos Harrington quando, uma noite, John Pendleton e Jimmy chegaram. Poliana já os esperava, tanto que os havia convidado bem antes de os Carew chegarem. Ela fez as apresentações com orgulho visível.

– Vocês são tão bons amigos, que quero que se conheçam e sejam bons amigos também – explicou ela.

A surpresa de Jimmy e do Sr. Pendleton com o charme e a beleza da Sra. Carew não espantou Poliana nem um pouco. Mas a expressão que tomou conta do rosto da Sra. Carew ao ver Jimmy sim. Parecia que ela o estava reconhecendo.

– Sr. Pendleton, já nos conhecemos? – a Sra. Carew disparou.

Os olhos francos de Jimmy encontraram o olhar da Sra. Carew de maneira direta e admirada.

– Acho que não – sorriu de volta para ela. – Tenho certeza de que nunca a vi. Eu me lembraria se eu a tivesse conhecido... – ele se curvou.

Sua ênfase era tão inconfundível que todos riram e John Pendleton sorriu:

– Muito bem, filho... para um jovem em sua tenra idade. Eu não teria feito melhor.

A Sra. Carew enrubesceu ligeiramente e se juntou ao riso.

– Não, mas... – ela insistiu. – Brincadeiras à parte, certamente há algo muito familiar em seu rosto. Acho que já devo ter visto você em algum lugar, mesmo que não nos conheçamos.

– Talvez sim – gritou Poliana. – Em Boston. Jimmy estuda na escola técnica durante os invernos. Ele vai construir pontes e represas quando estiver mais velho – ela terminou com um olhar alegre para o grande sujeito de um metro e oitenta ainda parado diante da Sra. Carew.

Todos riram novamente... Todo mundo menos Jamie. E só Sadie Dean notou que, em vez de rir, ele fechou os olhos como se algo o tivesse machucado. E só Sadie Dean sabia como e por que o assunto mudara tão rapidamente, pois foi ela mesmo que o fez. Também foi Sadie que, na primeira oportunidade, mencionou livros, flores, bichos e pássaros, que Jamie conhecia e compreendia, e não represas e pontes que – como ela sabia – Jamie nunca poderia construir. No entanto, ninguém percebeu o que ela fez, nem mesmo Jamie, o mais preocupado com esse assunto.

Quando o Pendleton foram embora, a Sra. Carew referiu-se novamente à sensação curiosa de que já havia visto o jovem Pendleton em algum lugar.

– Já, eu sei que já o vi em algum lugar – declarou, pensativa. – Pode ter sido em Boston, mas... – ela deixou a frase inacabada. E, depois de um minuto, acrescentou: – Ele é um bom rapaz, de qualquer forma. Gostei dele.

– Estou tão feliz! Gosto dele também – concordou Poliana. – Sempre gostei do Jimmy.

– Você o conhece há algum tempo, então? – perguntou Jamie, um pouco melancólico.

– Ah, sim. Eu o conheci anos atrás quando eu era pequena. Ele era Jimmy Bean na época.

– Jimmy *Bean*? Ele não é filho do senhor Pendleton? – perguntou a Sra. Carew, surpresa.

– Não, ele foi adotado.

– Adotado! – exclamou Jamie. – Então, *ele* não é filho de verdade, assim como eu. – o rapaz quase transparecia alegria na voz.

– Não. O Sr. Pendleton não tem filhos. Nunca foi casado. Ele... ele ia, certa vez, mas não se casou. – Poliana enrubesceu e falou com súbito acanhamento. Ela não tinha esquecido que sua mãe, há muito tempo, dissera não a esse mesmo John Pendleton e fora, assim, responsável pelos seus longos e solitários anos.

Sem saber disso, a Sra. Carew e Jamie, ao ver o rubor nas bochechas de Poliana e a reserva em suas atitudes, chegaram à mesma conclusão: "Seria possível", eles se perguntaram, "que esse homem, John Pendleton, já foi apaixonado por Poliana, nova desse jeito?". Mas, naturalmente, não disseram isso em voz alta, de modo que ficaram sem resposta. Da mesma forma, mesmo que não tenham dito, guardaram a dúvida para o futuro... se fosse necessário.

ELEANOR H. PORTER

CAPÍTULO 21

Dias de verão

Antes de os Carew aparecerem, Poliana disse a Jimmy que dependia dele para ajudá-la a entretê-los. Jimmy não se mostrou muito disposto a isso na época, mas, antes que os Carew chegassem, mostrou não apenas disposto, mas também ansioso... a julgar pela frequência e duração de suas visitas e pelo número de vezes que ofereceu seus cavalos e carro.

Logo surgiu uma bela amizade entre ele e a Sra. Carew como se existisse uma forte atração entre os dois. Eles andaram juntos e conversaram muito, e até fizeram diversos planos para o lar de meninas da Sra. Carew, que implementariam no inverno seguinte, quando Jimmy estivesse em Boston. Jamie também recebia atenção, e Sadie Dean não foi esquecida. Sadie, como a Sra. Carew claramente mostrava, devia ser considerada um membro da família. A Sra. Carew teve, inclusive, o cuidado de observar se ela estava participando plenamente de quaisquer planos de entretenimento.

Não era só Jimmy que aparecia para entreter as visitas. John Pendleton vinha cada vez com mais frequência também. Eles planejaram cavalgadas, passeios e piqueniques, e passaram longas tardes agradáveis lendo livros e realizando trabalhos artísticos na varanda dos Harrington.

Poliana ficou encantada. Não só seus hóspedes pagantes estavam livres de qualquer possibilidade de tédio e saudade de casa, como também seus bons amigos, os Carew, estavam se familiarizando muito bem com seus outros bons amigos, os Pendleton. Como uma mãezona, Poliana perambulava pelas reuniões da varanda e fazia de tudo para manter o grupo unido e feliz.

Mas tanto os Carew, quanto os Pendleton não queriam que Poliana atuasse meramente como espectadora de seus passatempos, e insistiram tenazmente para que se juntasse a eles. Eles não aceitariam um não como resposta, e Poliana frequentemente encontrava o caminho aberto para ela.

– Até parece que vamos permitir que você fique lidando com cobertura de bolo nesta cozinha quente! – Jamie repreendeu um dia, depois de adentrar as fortalezas de seu domínio. – Está uma manhã maravilhosa e vamos ao cânion e depois almoçar. E *você* virá conosco.

– Mas, Jamie, não posso... de verdade, não posso – recusou Poliana.

– Por que não? Você não precisa preparar o jantar, pois não vamos comer aqui.

– Mas tem o... o almoço.

– Errada de novo. Você vai almoçar conosco, então não precisa ficar em casa para isso. O que está impedindo você de vir, hein?

– Ora, Jamie, eu... eu não posso. Preciso terminar a cobertura do bolo...

– Não quero cobertura.

– E tirar o pó da casa...

– A casa está limpa.

– E arrumar as coisas para amanhã.

– Podemos comer bolachas com leite. Preferimos que venha conosco e bolachas com leite a um jantar de peru sem você.

– Mas nem consigo contar tudo o que tenho para fazer hoje.

– Nem quero que comece – retrucou Jamie, alegremente. – Quero que pare de contar. Venha, coloque seu chapéu. Eu vi a Betty na sala de jantar, e ela disse que vai preparar nosso almoço. Agora se apresse.

– Ora, Jamie, seu bobo, não posso ir – riu Poliana, afastando-se debilmente, enquanto ele puxava sua manga. – Não posso sair agora!

Mas ela foi. E não só dessa vez, mas de novo e de novo. Ela não conseguia negar, na verdade, pois achava que não apenas Jamie, mas Jimmy e o Sr. Pendleton, para não falar da Sra. Carew e Sadie Dean, e até a própria tia Poli, armaram para que ela fosse.

– É claro que *estou* feliz em ir – ela suspirou, quando algum trabalho triste era tirado de suas mãos, apesar dos protestos. – Mas certamente não existem hóspedes como os meus... pedindo bolachas e leite e nunca houve uma anfitriã como eu... passeando por aí desta maneira!

O clímax aconteceu quando, certo dia, John Pendleton (e tia Poli nunca deixava de exclamar que *tinha sito* John Pendleton) sugeriu que todos fossem acampar por duas semanas em um pequeno lago entre as montanhas, a mais de sessenta quilômetros de Beldingsville.

Todos ficaram entusiasmados com a ideia, exceto tia Poli. Ela disse à sobrinha, em particular, que era muito bom e aconselhável que John Pendleton saísse daquela vida desinteressada e amarga que teve por tantos anos, mas não que tentasse se transformar em um garoto de vinte anos de novo, o que, na opinião dela, parecia que estava fazendo! Para os outros, ela se limitou a dizer friamente que sem dúvida não faria uma viagem insana para dormir no chão úmido e comer insetos e aranhas, sob o disfarce de "diversão". Ela nem mesmo achava sensato que qualquer pessoa com mais de quarenta anos fizesse isso.

Se John Pendleton se sentiu ofendido com o comentário, não demonstrou. Na verdade, nem mesmo diminuiu seu visível interesse e entusiasmo. E logo vieram os planos para essa aventura. Afinal, todos decidiram que, mesmo que tia Poli não fosse, a viagem aconteceria.

– A Sra. Carew será a companhia de que precisamos – declarou Jimmy, alegremente.

Durante uma semana, só se falou em barracas, suprimentos de comida, câmeras e equipamentos de pesca. Pouco foi feito que não envolvesse a viagem.

– E vamos fazer tudo direito – propôs Jimmy, ansioso. – Inclusive com os insetos e aranhas da Sra. Chilton – acrescentou, com um sorriso alegre olhando nos olhos severamente desaprovadores da senhora. – Nada de chalé de madeira com sala de jantar! Queremos fogueiras de verdade com batatas assadas na brasa, todos sentados para contarmos histórias e assar milho no espeto.

– Queremos nadar, remar e pescar – concordou Poliana. – E... – ela parou de repente, olhando para o rosto de Jamie. – Mas, claro – corrigiu rapidamente – , não faremos isso o tempo todo. Teremos atividades mais *tranquilas*, como ler e conversar.

Os olhos de Jamie escureceram. Seu rosto ficou um pouco pálido. Seus lábios se separaram, mas, antes que qualquer palavra viesse, Sadie Dean começou a falar.

– Mas em acampamentos e piqueniques, *temos de* fazer acrobacias ao ar livre – ela interpôs febrilmente. – E *faremos*. No verão passado fomos ao Maine. Você precisava ter visto o peixe que o Sr. Carew pescou. Conte você – ela implorou, virando-se para Jamie.

Jamie riu e sacudiu a cabeça.

– Eles nunca acreditariam – objetou ele. – Uma história de pescador dessas!

– Conte! – desafiou Poliana.

Jamie balançou a cabeça novamente – a cor voltou ao seu rosto e seus olhos já não estavam mais sombrios como se estivessem tristes. Olhando para Sadie Dean, Poliana imaginou vagamente por que havia se recostado em seu assento com um ar tão evidente de alívio.

Chegou o dia da viagem, e todos foram no carro novo de John Pendleton com Jimmy ao volante. Um zumbido, um estrondo pulsante, um coro de despedidas, e eles foram embora, com um longo soar da buzina sob os dedos travessos de Jimmy.

Mais tarde, Poliana sempre voltaria a pensar naquela primeira noite no acampamento. A experiência tinha sido muito nova e maravilhosa para ela.

Eram quatro horas quando a viagem de mais de sessenta quilômetros chegou ao fim. Desde as três e meia, o carro vinha percorrendo uma velha estrada que não era projetada para automóveis de seis cilindros. Para o carro e para quem estava dirigindo, era cansativo. Mas para os felizes passageiros, que não se preocupavam com buracos ocultos e curvas enlameadas, não passava de um prazer cada vez mais maior. A todo momento era uma nova vista através dos arcos verdes e uma risada ecoante ao desviar dos galhos baixos.

John Pendleton já conhecia o lugar onde iriam acampar, e ele o saudou agora com um prazer satisfeito que se misturava com alívio.

– Ah, que maravilho – entoaram os demais.

– Estou feliz por terem gostado! – Achei que seria uma boa opção – John Pendleton assentiu com a cabeça. – Ainda assim, estava um pouco receoso, afinal, esses lugares mudam, às vezes de forma notável. Os arbustos cresceram um pouco... mas nem tanto, podemos limpar facilmente.

Todos começaram a trabalhar, limpando o chão, erguendo as duas pequenas barracas, descarregando o carro, montando a fogueira e arrumando a "cozinha e a despensa".

Foi então que Poliana começou a notar Jamie e a temer por ele. Percebeu, de repente, que os montes, os buracos e as colinas cheias de pinheiros não eram como um chão acarpetado para um par de muletas. Jamie também havia notado isso. Apesar de sua condição, ele estava tentando fazer sua parte no trabalho, mas isso a incomodou. Duas vezes ela se adiantou e foi ajudá-lo, tirando de seus braços a caixa que estava tentando carregar.

– Deixa que eu carrego – pediu. – Você já fez o bastante. – E na segunda vez acrescentou: – Sente um pouco para descansar, Jamie. Você parece muito cansado!

Se pudesse se ver, teria notado um rápido rubor invadir sua testa. Mas não viu. No entanto, para sua grande surpresa, viu Sadie Dean um momento depois, com os braços cheios de caixas, pedir:

– Sr. Carew, por favor, *poderia* me dar uma ajuda com estas....

Mais tarde, Jamie, mais uma vez lutando para gerenciar um monte de caixas e duas muletas, aproximou-se das barracas.

Com uma palavra rápida de protesto entre os lábios, Poliana se virou para Sadie Dean. Mas não disse nada, pois Sadie, com o dedo nos lábios, correu até ela.

– Sei no que estava pensando – ela gaguejou em voz baixa, quando chegou perto de Poliana. – Você não vê?... isso machuca ele... achar que ele não pode fazer as coisas como as outras pessoas. Olhe para ele! Veja como está feliz agora.

Poliana olhou e percebeu. Ela viu Jamie, todo alerta, equilibrar habilmente seu peso em uma muleta e abaixando para colocar a caixa no chão. Ela viu a felicidade em seu rosto e o ouviu dizer com indiferença:

– Eis outra contribuição da senhorita Dean. Ela me pediu para trazer isso.

– Sim, percebi – respirou Poliana, voltando-se para Sadie Dean. Mas Sadie Dean tinha ido embora.

Depois disso, Poliana começou a observar mais Jamie, embora tivesse o cuidado para que nem ele nem qualquer outra pessoa a visse. Enquanto observava, seu coração sofria. Duas vezes ela o viu ensaiar uma tarefa e fracassar: uma vez com uma caixa pesada demais; outra, com uma mesa dobrável, também muito pesada para carregar usando as muletas. E percebeu também seu rápido olhar ao redor para ver se os outros tinham notado algo. Ele estava ficando muito cansado e seu rosto, apesar do sorriso alegre, parecia pálido e exausto, como se estivesse com dor.

"Devíamos ter pensado melhor nisso", atacou a si mesma, com os olhos cegos de lágrimas. "Deveríamos ter pensado mais antes de trazê-lo a um lugar como este. Um acampamento! E com um par de muletas! Por que não pensamos nisso antes?".

Uma hora depois, em volta da fogueira depois do jantar, Poliana teve a resposta. Com o fogo crepitando diante de si e a suave e perfumada escuridão à sua volta, ela mais uma vez caiu perante a magia da feitiçaria que saía dos lábios de Jamie. E mais uma vez esqueceu das muletas dele.

ELEANOR H. PORTER

CAPÍTULO 22

Companheirismo

Os seis formavam uma turma alegre e amiga. Parecia não haver fim para os novos prazeres que vinham a cada dia, como o encantador companheirismo que surgia.

Certa noite Jamie disse, quando todos estavam sentados à fogueira: "Veja, nós nos conhecemos muito melhor aqui no meio do mato. Bem melhor do que se ficássemos uma semana na cidade".

– Eu sei. Eu me pergunto por que – murmurou a Sra. Carew, com os olhos seguindo a chama tremulante.

– Acho que é algo no ar – suspirou Poliana, feliz. – Há algo no céu e nos bosques e no lago tão... tão... bem, simplesmente está lá, é isso.

– Acho que você quis dizer que é porque o mundo nos pressiona muito – disparou Sadie Dean, com uma pequena pausa na voz. (Sadie não se juntou ao riso depois da conclusão hesitante de Poliana.) – Aqui tudo é tão real e verdadeiro, que também podemos ser verdadeiros. Não precisamos ser o que o mundo *diz* que devemos, só porque somos ricos, pobres, importantes, ou humildes. Assim, somos o que realmente somos, *nós mesmos*.

– Ah! – Jimmy zombou, despreocupado. – Acho que sim, mas a verdadeira razão é porque não temos nenhuma Sra. Tom, Sr. Dick ou Sr. Harry sentados na varanda e comentando a cada vez que nos mexemos. Não há ninguém nos perguntando aonde vamos, por quê e por quanto tempo!

– Ah, Jimmy, você tira a poesia das coisas – reprovou Poliana, rindo.

– Esse é meu trabalho – relampejou Jimmy. – Como acha que vou construir represas e pontes se não enxergar algo além da poesia na cachoeira?

– Você não pode, Pendleton! É a ponte que importa sempre – declarou Jamie em uma voz que trouxe um súbito silêncio ao grupo ao redor da fogueira. Mas quase imediatamente Sadie Dean quebrou o silêncio com um gracejo:

– Ahh! Prefiro a cachoeira sempre, sem *nenhuma* ponte ao redor para estragar a vista!

Todos riram – e a tensão se desfez. Então a Sra. Carew levantou-se.

– Venham, venham, crianças, como adulto responsável, digo que é hora de dormir! – E com um alegre coro de boas-noites o grupo se desfez.

Os dias se passaram. Para Poliana, foram dias maravilhosos. Mas a melhor parte era o encanto do companheirismo... um companheirismo que, mesmo com as peculiaridades de cada um, era encantador para todos.

Ela conversou com Sadie Dean sobre o lar para meninas e o trabalho maravilhoso que a Sra. Carew estava fazendo. Falaram também dos velhos tempos em que Sadie vendia laços atrás do balcão e sobre o que a Sra. Carew fizera por ela. Poliana também ouviu sobre o pai e a mãe de Sadie, que estavam em sua cidade natal, e sobre como ela pode agora ajudá-los com sua nova vida.

– Afinal de contas, foi *você* que começou isso – ela disse um dia para Poliana. Mas Poliana apenas balançou a cabeça reagindo com um enfático:

– Imagina! Foi a Sra. Carew.

Poliana conversou também com a Sra. Carew sobre o lar e seus planos para as meninas. Uma vez, no silêncio do cair da tarde, a Sra. Carew falou de si mesma e de como sua visão de vida havia mudado. Como Sadie Dean, disse em voz baixa:

– Foi você quem começou isso, Poliana. – Mas ela novamente negou e começou a falar de Jamie e do que *ele* havia feito. – Jamie é um querido – a Sra. Carew respondeu com carinho. – Eu o amo como se fosse meu filho. Não poderia gostar mais dele, mesmo se fosse realmente o filho da minha irmã.

– Então, a senhora acha que não é?

– Não sei! Nunca tivemos certeza. Às vezes acredito que sim. Depois tenho dúvidas. Mas acho que ele realmente acredita... Deus o abençoe! Uma coisa é certa: ele tem juízo. Jamie não é uma criança comum das ruas. Seus talentos e a maneira como ele respondeu ao ensino e ao treinamento provam isso.

– Claro – concordou Poliana. – E, contanto que a senhora o ame bastante, realmente não importa se ele é o verdadeiro Jamie ou não.

A Sra. Carew hesitou. Em seus olhos surgiu uma antiga tristeza.

– Para mim não – ela suspirou, finalmente. – Mas às vezes penso: se ele não é o nosso Jamie, onde está Jamie Kent? Ele está bem? Ele está feliz? Ele tem alguém para amá-lo? Quando começo a pensar, quase enlouqueço. Eu daria tudo o que tenho no mundo para realmente *saber* se esse garoto é Jamie Kent.

Depois, nas vezes que conversou com Jamie, Poliana costumava pensar nessa conversa com a Sra. Carew. Jamie era confiante:

– De alguma forma, eu *sinto* isso – ele disse uma vez para Poliana. – Acredito que sou Jamie Kent. Sempre acreditei. Mas acho que acredito há tanto tempo, que simplesmente não suportaria descobrir que não sou ele. A Sra. Carew fez tanto por mim. Imagine se eu fosse apenas um estranho!

– Mas ela ama você, Jamie.

– Eu sei que ela ama. E isso só machucaria ainda mais, entende? Isso a machucaria. Ela quer que eu seja o verdadeiro Jamie. Eu sei que ela quer. Se eu pudesse fazer alguma coisa por ela. Se pudesse fazê-la sentir orgulho de mim de alguma forma! Se pudesse fazer algo para me sustentar, como um homem! Mas o que posso fazer com isso? – Ele falou amargamente e colocou a mão nas muletas ao seu lado.

Poliana ficou chocada e angustiada. Era a primeira vez que ouvia Jamie falar de sua condição desde os tempos de infância. Aflita, procurou o que dizer, mas, antes de conseguir pensar em algo, o rosto de Jamie mudou completamente.

– Mas, olha, esqueça! Eu não quis dizer isso – exclamou alegremente. – Seria uma heresia para o jogo, não é? Tenho certeza de que estou *feliz* por ter muletas. Elas são muito mais legais do que a cadeira de rodas!

– E o Livro das Alegrias? Você ainda tem? – perguntou Poliana, com a voz um pouco trêmida.

– Claro! Tenho uma biblioteca de Livros das Alegrias agora – replicou. – Todos têm capa de couro vermelho-escuro, exceto o primeiro. Esse é o mesmo caderno velho que Jerry me deu.

— Jerry! Pensei o tempo todo em perguntar por ele — disparou Poliana. — Onde ele está?

— Em Boston, e seu vocabulário está mais pitoresco do que nunca, mas ele precisa moderar às vezes. Jerry ainda está no negócio de jornais. Mas agora ele *vai atrás* das notícias, não as vende. Reportagem, sabe. Eu consegui ajudar a mamãe e ele. Fiquei muito feliz. Mamãe está tratando o reumatismo em um hospital.

— E ela está melhor?

— Muito. Logo ela terá alta e voltará para cuidar da casa com Jerry. Ele está estudando para recuperar o que perdeu nos últimos anos. Ele me deixou ajudar... mas apenas como um empréstimo. Jerry foi muito específico quanto a isso.

— Claro — concordou Poliana, em aprovação. — Ele iria querer assim, tenho certeza. Não é legal ter obrigações que você não pode pagar. Sei como é. Por isso que queria ajudar a tia Poli... depois de tudo o que ela fez por mim!

— Mas você está ajudando.

Poliana levantou as sobrancelhas.

— Estou cuidando de alguns hóspedes no verão. Parece que estou, não é? — ela desafiou, com um floreio das mãos em direção ao entorno. — Sem dúvida, nunca vi uma anfitriã como eu! E você tinha que ter ouvido as terríveis previsões de tia Poli sobre como seria — ela riu.

— Quais foram?

Poliana sacudiu a cabeça, decidida.

— Não posso te dizer. É segredo. Mas... — ela parou e suspirou, com o rosto ansioso de novo. — Isso não vai durar, sabe. Não tem como. Veranistas só vêm no verão. Eu tenho que fazer algo durante o inverno. Estive pensando. Acho que vou escrever histórias.

Jamie virou-se com um sobressalto.

— Você... o quê? — questionou.

— Escrever histórias... para vender. Por que está tão surpreso? Muitas pessoas fazem isso. Conheci duas garotas na Alemanha que escreviam.

— Já tentou? — Jamie ainda falava de forma meio esquisita.

— N-não... ainda não — admitiu Poliana. Então, na defensiva, em resposta à expressão de seu rosto, ela se refreou: — Eu *disse* que estava cuidando de pensionistas de verão agora. Não posso fazer as duas coisas ao mesmo tempo.

— Claro que não!

Ela lançou um olhar reprovador.

– Não acha que eu conseguiria?

– Não disse isso.

– Mas parece. Não vejo por que não poderia. Não é como cantar. Você não precisa ter voz para isso. E não é como um instrumento que você precisa aprender a tocar.

– Eu acho que é... parecido... com isso. – A voz de Jamie ficou baixa. Ele olhou para o lado.

– Como? O que você quer dizer? Jamie, é só ter um lápis e papel, não é como aprender a tocar piano ou violino!

Houve um momento de silêncio. Então veio a resposta, ainda naquela voz baixa e difusa. Ainda com os olhos virados para o outro lado:

– O instrumento que você toca, Poliana, será o grande coração do mundo, e para mim parece ser o instrumento mais maravilhoso de todos... para aprender a tocar. Sob seu toque, se você for habilidosa, o mundo responderá com sorrisos ou lágrimas, como você desejar.

Poliana deu um suspiro trêmulo. Seus olhos ficaram marejados.

– Ah, Jamie, você se expressa tão bem... sempre! Eu nunca pensei dessa maneira. Mas é assim, não é? Adoraria fazer isso! Talvez não conseguisse fazer... tudo isso. Mas li histórias nas revistas, muitas delas. Talvez eu possa escrever essas histórias também. Eu amo contar histórias. Sempre estou repetindo aquelas que você conta, e sempre rio e choro como quando *você* as conta.

Jamie virou-se rapidamente.

– Elas realmente te fazem rir e chorar, Poliana... de verdade? – Havia uma curiosa ansiedade em sua voz.

– Claro que sim, e você sabe disso, Jamie. Isso acontecia também na época do Jardim Público. Ninguém conta histórias como você, Jamie. *Você* deveria escrever histórias, não eu. Por que não faz isso? Você escreveria maravilhosamente bem!

Não houve resposta. Jamie, aparentemente, não ouviu. Talvez porque estivesse entretido, naquele instante, com um esquilo nos arbustos por ali.

Nem sempre foi com Jamie, a Sra. Carew ou Sadie Dean que Poliana teve deliciosas caminhadas e conversas. Muitas vezes foi com Jimmy ou John Pendleton.

Poliana agora tinha certeza de que não conhecia John Pendleton até então. Seu antigo silêncio e tristeza pareciam ter desaparecido completamente desde que chegaram ao acampamento. Ele remou e nadou, pescou e caminhou com tanto entusiasmo quanto o próprio Jimmy, e com quase tanto vigor. Ao redor da fogueira do acampamento à noite, ele rivalizava com Jamie contando histórias de aventuras, engraçadas e emocionantes, que haviam ocorrido com ele em suas viagens ao exterior.

"No *Deserto do Sarah*, Nancy costumava dizer, riu Poliana uma noite, enquanto se juntava aos demais implorando por uma história.

Melhor do que tudo isso, para Poliana, foram as vezes que John Pendleton, sozinho com ela, falava de sua mãe, como ele a tinha conhecido e sobre o quanto a amou, no passado. Essas conversas eram uma alegria para Poliana. Mas, ao mesmo tempo, uma grande surpresa. Nunca antes John Pendleton tinha lhe falado tão abertamente da moça que tanto amara. Talvez o próprio John Pendleton tenha sentido alguma surpresa, pois uma vez disse a Poliana, pensativo:

– Não sei por que estou falando isso para você.

– Ah, mas adorei que tenha falado – respirou Poliana.

– Sim, eu sei... mas não achei que pudesse. Deve ser porque você é muito parecida com ela no passado. Você é muito parecida com sua mãe, minha querida.

– Ora, achei que minha mãe fosse *linda*! – exclamou Poliana, maravilhada.

John Pendleton sorriu com ironia.

– Ela era, minha querida.

Poliana parecia ainda mais surpresa.

– Então não sei como posso ser parecida com ela!

O homem riu abertamente.

– Poliana, se algumas garotas tivessem dito isso, eu... bem, não importa o que eu diria. Sua bruxinha!... Pobre e singela Poliana!

Poliana lançou uma reprovação genuinamente angustiada para os olhos alegres do homem.

– Por favor, Sr. Pendleton, não faça isso, e não me provoque... sobre *isso*. Eu *adoraria* ser bonita... mas sei que é tolice dizer isso. Tenho espelho em casa.

– Então olhe para ele quando estiver falando, algum dia – observou o homem, sentenciosamente.

Os olhos de Poliana se abriram mais.

– Jimmy me disse a mesma coisa – ela disparou.

– Ele disse, claro... o jovem danado! – retrucou John Pendleton, secamente. Então, com uma de suas peculiares mudanças de atitude curiosamente abruptas, ele disse, bem baixinho: – Você tem os olhos e o sorriso da sua mãe, Poliana. E para mim você é... linda.

Poliana, com os olhos cegos de lágrimas quentes e repentinas, foi silenciada.

Ainda que essas conversas fossem amáveis, elas ainda não eram como as conversas com Jimmy. Nesse quesito, ela e Jimmy não precisavam *falar* para serem felizes. Jimmy sempre era tão solícito e reconfortante. Não importava se conversava ou não. Jimmy sempre entendia. Com ele, não precisava apelar por simpatia aos seus sentimentos mais profundos... Jimmy era encantadoramente forte e feliz. Jimmy não estava triste por um sobrinho perdido há muito tempo, nem lamentava a perda de um amor da juventude. Ele não precisava se equilibrar dolorosamente sobre um par de muletas... tudo isso era tão difícil de ver, saber e pensar. Com Jimmy, qualquer um poderia ser grato, feliz e livre. Jimmy era tão querido! Ele sempre estava disposto, assim... era Jimmy!

ELEANOR H. PORTER

CAPÍTULO

23

Preso às muletas

Aconteceu no último dia de acampamento. Para Poliana, foi uma pena, pois foi a primeira nuvem a trazer uma sombra de pesar e infelicidade ao seu coração durante toda a viagem, e ela se viu suspirando, futilmente: "Queria ter voltado para casa antes de ontem, assim isso não teria acontecido".

Mas eles não tinham ido embora, e isso acontecera. Era assim que tinha de ser.

No início da manhã do último dia, todos caminharam por três quilômetros até o lago.

– Vamos pescar mais uma vez antes de irmos – Jimmy disse.

E os demais concordaram alegremente. Com o almoço e o equipamento de pesca, começaram cedo. Rindo e chamando, felizes, um ao outro, seguiram a trilha estreita pelo bosque, liderados por Jimmy, que conhecia melhor o caminho.

No início, logo atrás de Jimmy, vinha Poliana. Mas aos poucos ela recuou com Jamie, que era o último na fila. Ela notou no rosto do rapaz aquela expressão que já conhecia de quando ele chegava ao máximo de sua capacidade física. Ela sabia que o ofenderia se percebesse algo. Mas sabia também que ele aceitaria uma eventual ajuda para superar algum obstáculo no caminho se fosse preciso. Assim, quando pôde, ela retardou seus passos até alcançar seu objetivo, Jamie. E ela foi recompensada no mesmo instante quando viu a forma como o rosto de Jamie se iluminou e a segurança com que ele passou por um tronco de árvore caído no caminho, sob a agradável observação (cuidadosamente promovida por Poliana) de que a estava ajudando a atravessar.

Fora da mata, caminharam por um tempo ao longo de um antigo muro de pedra, com amplos pastos ensolarados e inclinados de cada lado, e uma casa de fazenda pitoresca mais adiante. Foi no pasto ao lado que Poliana viu algumas flores do campo, que cobiçou imediatamente.

– Jamie, espere! Vou apanhar algumas – exclamou ansiosamente. – Vou fazer um buquê muito bonito para o nosso piquenique! – E agilmente subiu a parede de pedra alta e desceu do outro lado.

Era estranho quão atraentes eram aquelas flores. Por todo lado, ela via ramos, cada um deles mais fino do que o outro. Com exclamações alegres e pedindo carinhosamente para que Jamie aguardasse, Poliana, em seu suéter vermelho, ia de ramo em ramo, aumentando seu buquê. Ela estava com as mãos cheias quando ouviu o mugido alto de um touro, o grito aterrorizado de Jamie e o som do galope pela encosta.

O que aconteceu depois nunca ficou claro para ela. Ela deixou cair todas as flores e correu... como nunca correra antes, como achava que nunca poderia correr... de volta ao muro e em direção a Jamie. Ela sabia que as batidas dos cascos estavam se aproximando. Vaga e desesperadamente, muito à sua frente, viu o rosto agoniado de Jamie e ouviu seus gritos roucos. Então, de algum lugar, veio uma nova voz... a de Jimmy... gritando para encorajá-la.

Ainda assim, ela corria cegamente, ouvindo cada vez mais perto o baque daqueles cascos. Ela tropeçou uma vez e quase caiu. Endireitou-se e começou a correr novamente. Ela sentiu sua força desaparecer quando, de repente, perto dela, ouviu novamente o tom encorajador de Jimmy. No minuto seguinte, notou que havia sido erguida do chão e sentiu algo pulsante, que era o coração de Jimmy. Tudo era um horrível borrão de gritos, respirações ofegantes e batidas de cascos cada vez mais próximas.

Quando percebeu que os cascos estavam quase em cima dela, ainda nos braços de Jimmy, sentiu-se empurrada para o lado, mas não tão longe que ainda podia sentir o hálito quente do animal enraivecido quando passou correndo. Quase imediatamente, estava do outro lado do muro, com Jimmy curvado sobre ela, implorando para que dissesse que estava viva. Com uma risada histérica que ainda era meio soluçante, ela lutou para sair de seus braços e ficou em pé.

– Viva!, Sim... graças a você, Jimmy. Estou bem. Estou bem. Ah, como estou feliz, feliz, feliz de ouvir sua voz! Ah, isso foi esplêndido! Como você fez isso? – disse ofegante.

– Ahhh! Isso não foi nada. Eu só... – um soluço de asfixia fez com que parasse de repente de falar. Ele se virou e encontrou Jamie de bruços no chão, um pouco distante. Poliana correu em direção a ele.

– Jamie, Jamie, o que foi? – disparou. – Você caiu? Se machucou?

Não houve resposta.

– O que houve, amigo? Está ferido? – perguntou Jimmy.

Ainda não havia resposta. De repente, Jamie levantou-se com apoios e se virou. Eles viram o rosto dele e ficaram chocados e consternados.

– Ferido? Se estou ferido? – ele engasgou com a voz rouca, gesticulando com as mãos. – Acha que não dói ver uma coisa dessas e não poder fazer nada? Estar amarrado, impotente, a um par de muletas? Eu lhes digo que não há dor no mundo que se iguale a isso!

– Mas... mas... Jamie – hesitou Poliana.

– Não! – interrompeu o rapaz, quase duramente. Ele havia se esforçado para ficar de pé agora. – Não diga... nada. Eu não queria fazer drama... não desse jeito – ele terminou de forma entrecortada, quando se virou e voltou para a trilha estreita que levava ao acampamento.

Por um minuto, como se estivesse paralisado, os dois atrás dele o observaram partir.

– Bem, por Deus! – respirou Jimmy, com a voz um pouco trêmula. – Essa foi... difícil para ele!

– E eu não pensei e *agradeci* você bem na frente dele – soluçou Poliana. – E as mãos dele... você viu? Estavam... *sangrando*, com as unhas na carne... – ela terminou, quando se virou e tropeçou pelo caminho.

– Mas, Poliana, aonde está indo? – perguntou Jimmy.

– Atrás do Jamie, claro! Acha que vou deixar ele ir assim? – Venha, vamos trazê-lo de volta.

E Jimmy, com um suspiro que não era por Jamie, foi.

ELEANOR H. PORTER

CAPÍTULO 24

Jimmy acorda

Aparentemente, a viagem ao acampamento foi considerada um grande sucesso, mas na verdade...

Às vezes, Poliana se perguntava se o problema era ela, ou se realmente havia um constrangimento indefinível de todos. Ela sentiu isso, e achou que os outros também tinham sentido o mesmo. Quanto à causa disso tudo... sem hesitar, atribuiu ao último dia no acampamento e ao infeliz passeio ao lago.

Na verdade, ela e Jimmy alcançaram facilmente Jamie e, depois de muita insistência, convenceram-no a ir ao lago com eles. Apesar dos esforços evidentes de todos para agir como se nada tivesse acontecido, ninguém conseguiu. Poliana, Jamie e Jimmy exageraram um pouco, talvez. Os outros, embora não soubessem exatamente o que havia acontecido, sentiram que algo estava errado, mas tentavam claramente esconder isso. Desse modo, a felicidade relaxante tinha acabado. Até mesmo o peixe previsto para o jantar estava sem gosto. No início da tarde, todos voltaram para o acampamento.

Ao voltar para casa, Poliana esperava que o episódio infeliz do touro bravo fosse esquecido. Mas não conseguia, e, assim, não podia culpar os outros se não conseguissem também. Toda vez que olhava para Jamie, se lembrava do ocorrido. Ela relembrou a agonia em seu rosto, a mancha avermelhada nas palmas das mãos. Ela sofria por ele, e, desse modo, sua presença se tornara uma dor para ela. Com remorso, confessou a si mesma que não gostava mais da companhia de Jamie, nem de falar com ele... Mas isso não queria dizer que não estivesse sempre com ele. Na verdade, estava com ele com muito mais frequência do que antes. Sentia tanto remorso, e tinha medo de que ele percebesse seu infeliz estado de espírito, que não deixava de retribuir a suas demonstrações de carinho. Às vezes ela mesma o procurava, mas não muito, pois, cada vez mais, Jamie parecia procurá-la em busca de companhia.

Para Poliana, a razão disso era incidente do touro. Não que Jamie tenha dito isso. Ele nunca o fez. Ele estava, também, mais alegre do que de costume. Mas para Poliana parecia que havia uma amargura por trás de tudo aquilo que não havia antes. Às vezes, parecia que ele evitava os outros, e suspirava de alívio quando se via a sós com ela. Ela achava que sabia o porquê disso, depois do que ele lhe disse um dia, enquanto observavam os outros jogarem tênis:

– Veja, Poliana, ninguém entende da mesma forma que você.

– Entender o quê? – Poliana não sabia o que ele queria dizer, a princípio. Eles estavam assistindo ao jogo havia cinco minutos sem dizer uma palavra sequer.

– Sim, uma vez você também ficou sem poder andar.

– Sim, eu sei – hesitou Poliana. Ela sabia que sua angústia transpareceu em seu rosto, pois depressa e alegremente ele mudou de assunto, depois de rir:

– Poliana, por que você não me diz para jogar o jogo? Eu diria se estivesse no seu lugar. Esqueça, por favor. Fui rude por te deixar assim!

E Poliana sorriu, e disse:

– Não, não... claro que não!

Mas ela não "esqueceu". Não conseguia. E tudo isso a deixou ainda mais ansiosa por estar com Jamie e ajudá-lo o máximo que podia.

"A partir de *agora* vou mostrar a ele que só fico feliz quando ele está comigo!", ela pensou fervorosamente, enquanto se apressava para jogar.

Poliana, no entanto, não foi a única no grupo a sentir o constrangimento. Jimmy Pendleton também, embora tentasse não demonstrar.

Jimmy não estava feliz nos últimos dias. De um jovem descuidado e de visões destemidas e até então intransponíveis, tornou-se um jovem ansioso com medo de perder a moça que amava para o temido rival.

Jimmy sabia muito bem que estava apaixonado por Poliana. Ele já suspeitava disso havia algum tempo. Na verdade, espantou-se por ter ficado tão abalado e impotente diante daquela situação. Ele sabia que até mesmo seus grandes projetos de pontes de nada adiantariam comparados ao sorriso nos olhos e à palavra nos lábios de uma garota. Ele percebeu que o mais maravilhoso no mundo para ele seria atravessar o abismo de medo e dúvida que sentia entre ele e Poliana... dúvida por causa de Poliana; medo por causa de Jamie.

Até o dia em que Poliana ficou em perigo, não havia percebido como o mundo seria vazio sem ela. Até correr para a segurança com Poliana em seus braços, ele não havia percebido como ela era preciosa para ele. Por um momento, com os braços em volta dela e os dela agarrados ao seu pescoço, sentiu que Poliana era, de fato, dele. Mesmo naquele momento extremo de perigo, ele soube o que é a suprema felicidade. Então, um pouco depois, viu o rosto e as mãos de Jamie, o que significou apenas uma coisa para ele: Jamie também amava Poliana, e Jamie teve que ficar de braços cruzados, impotente... "preso a um par de muletas". Foi o que ele disse. Jimmy entendia, pois, no lugar dele, teria sentido o mesmo.

Naquele dia, Jimmy voltou ao acampamento com os pensamentos em um turbilhão de medo e revolta. Ele se perguntava se Poliana se interessava por Jamie. Era isso que lhe dava medo. Mas mesmo que se interessasse um pouco, ele deveria ficar de lado, impotente, sem lutar, e deixar que Jamie a ensinasse a gostar mais dele? Foi aí que a revolta começou. Na verdade, não, ele não faria isso, decidiu. Deveria ser uma luta justa entre eles.

Então, como estava sozinho, Jimmy enrubesceu até as raízes do cabelo. Seria uma luta "justa"? Uma luta entre os dois poderia ser "justa"? De repente, Jimmy teve o mesmo sentimento de anos antes. Ainda menino, desafiara um novo garoto por causa de uma maçã que ambos queriam. Mas logo descobriu que o garoto tinha problema em um dos braços. Ele deixou o garoto vencer de propósito. Mas disse a si mesmo, veementemente, que agora seria diferente. Não era uma maçã que estava em jogo. Era sua felicidade. Poderia ser a felicidade de Poliana também. Talvez ela não se interessasse por Jamie, mas sim pelo seu amigo Jimmy, se ao menos mostrasse algo. E ele iria mostrar. Ele iria...

Mais uma vez, sentiu o rosto arder. Franziu a testa, irritado: se ao menos pudesse esquecer a expressão de Jamie ao dizer que vivia "preso a um par de muletas!". Se ao menos... mas para quê? *Não* era uma luta justa, e ele sabia disso. Então soube que decisão tomar: observaria e esperaria. Ele daria a Jamie uma chance. Se Poliana mostrasse interesse, ele se afastaria dos dois. E eles nunca deveriam saber, nenhum deles, o quanto estaria sofrendo. Ele voltaria para suas pontes... como se qualquer ponte, ainda que levasse à própria Lua, pudesse se comparar por um momento com Poliana! Mas ele faria isso. Ele tinha de fazer isso.

Foi bom e heroico para Jimmy. Ele se sentiu tão exaltado, que foi atingido por algo que era quase felicidade, quando finalmente caiu no sono naquela noite. Mas o martírio difere muito na teoria e na prática, como os mártires descobriram desde tempos remotos. Era fácil decidir sozinho e no escuro que ele daria a Jamie uma chance. Mas era bem diferente fazê-lo quando isso envolvia ter de ver Poliana e Jamie juntos quase todas as vezes que os encontrava. Ele ainda se preocupava com a aparente atitude de Poliana em relação ao jovem. Para ele, parecia que ela realmente se interessava por Jamie, já que estava sempre tão atenta a seu bem-estar e ansiosa por sua companhia. Como se para resolver qualquer dúvida em sua cabeça, um dia Sadie Dean resolveu dizer algo sobre o assunto.

Eles estavam todos na quadra de tênis. Sadie estava sentada sozinha, quando Jimmy se aproximou dela.

– Você é a próxima com a Poliana, não é? – ele perguntou.

Ela balançou a cabeça.

– Poliana não vai mais jogar esta manhã.

– Não vai? – Jimmy franziu a testa, contando que ele também jogaria com ela. – Por que não?

Por um breve minuto, Sadie Dean não respondeu. Então, com uma dificuldade evidente, disse:

– Ontem à noite, ela me disse que acha que estamos jogando muito e que isso não era gentil com... o Sr. Carew, pois ele não pode jogar.

– Eu sei, mas... – Jimmy parou, impotente, franzindo a testa. No instante seguinte, ele sequer conseguiu começar a falar, surpreso com a tensão na voz de Sadie Dean:

– Mas ele não quer que ela pare. Ele não quer que nenhum de nós deixe de fazer algo por causa dele. É isso que o machuca tanto. Ela não entende. Ela não entende! Mas eu sim. Ela acha que entende!

Algo em suas palavras ou atitude causou uma pontada repentina no coração de Jimmy. Ele lançou um olhar penetrante no rosto dela. Uma pergunta voou para seus lábios. Por um momento ele a segurou. Depois, tentando esconder sua seriedade com um sorriso brincalhão, falou:

– Senhorita Dean, está querendo dizer que há algum interesse *especial* um no outro... entre os dois?

Ela olhou de forma desdenhosa para ele.

– Para onde você estava olhando? Ela o adora! Quero dizer... eles se adoram... – corrigiu apressadamente.

Jimmy, com um impulso inarticulado, virou-se e afastou-se abruptamente. Ele não confiava em si mesmo para continuar ali. Não queria mais falar com Sadie Dean. Tão de repente se virou, que não percebeu que Sadie também se virou com a mesma pressa, e começou a olhar para a grama a seus pés, como se tivesse perdido alguma coisa. Estava claro, ela também não queria mais falar.

Jimmy Pendleton tentou acreditar que não era verdade. Que tudo o que Sadie Dean dissera era besteira. Verdade ou não, ele não conseguia esquecer. Aquilo tingiu todos os seus pensamentos, e surgia diante de seus olhos como uma sombra sempre que via Poliana e Jamie juntos. Ele observou o rosto dos dois secretamente. Ouviu o tom de suas vozes. Chegou a pensar que, afinal, era verdade. Eles se adoravam. Seu coração, em consequência, pesou como chumbo dentro dele. Fiel à sua promessa, afastou-se resolutamente. A sorte estava lançada, disse a si mesmo. Poliana não era para ele.

Os dias seguintes foram desconfortáveis para Jimmy. Ele não se atrevia a ficar longe da propriedade dos Harrington, para que ninguém suspeitasse de seu segredo. Estar com Poliana agora era uma tortura. Até mesmo com Sadie Dean era desagradável, pois ele não esquecia de que ela tinha lhe aberto os olhos. Jamie, certamente, também não era uma opção. Restava apenas a Sra. Carew. Na companhia dela Jimmy encontrou seu único conforto naqueles dias. Informal ou solene, ela sempre parecia saber exatamente como ajustar seu humor. Era maravilhoso o quanto ela conhecia sobre pontes... o tipo de pontes que ele iria construir. Ela era tão sábia também, e tão simpática, sabendo sempre a palavra certa a dizer. Um dia, quase contou a ela sobre o "pacote", mas John Pendleton os interrompeu e ele teve de parar. Parecia que John Pendleton sempre os interrompia no momento errado. Mas, quando se lembrava do que ele fizera por Jimmy, sentia vergonha.

O "pacote" remontava à infância de Jimmy, e nunca fora mencionado a ninguém, exceto uma única vez a John Pendleton, quando foi adotado. O pacote não passava de um grande envelope branco, desgastado pelo tempo, e cheio de mistérios por trás de um enorme selo vermelho. Seu pai lhe dera, e ele trazia as seguintes instruções:

"Para meu garoto, Jimmy.
Não deve ser aberto até seu trigésimo aniversário, exceto na sua morte, quando deverá ser aberto imediatamente."

Houve momentos em que Jimmy especulou bastante sobre o conteúdo desse envelope. Em outros ele esqueceu que existia. Nos velhos tempos, no orfanato, seu maior medo era que o descobrissem e o tirassem dele. Naquela época, ele deixava sempre escondido no forro do casaco. Nos últimos anos, por sugestão de John Pendleton, ele guardou no cofre de casa.

– Não sabemos se é valioso – John Pendleton disse, com um sorriso. – De qualquer forma, seu pai queria que você o guardasse, e nós não queremos correr o risco de perdê-lo.

– Não, não gostaria de perder, é claro – Jimmy sorriu de volta, um pouco sóbrio. – Mas não estou preocupado se é valioso, senhor. Pobre papai, não tinha nada que fosse muito valioso, que eu me lembre.

Foi esse envelope que Jimmy chegou tão perto de mencionar à Sra. Carew um dia... se ao menos John Pendleton não os tivesse interrompido.

"Ainda assim, talvez seja melhor não contar a ela", refletiu Jimmy depois, a caminho de casa. "Ela poderia ter pensado que papai escondia algo em sua vida que não era tão certo. Não gostaria que ela pensasse isso do papai."

ELEANOR H. PORTER

CAPÍTULO 25

O jogo e Poliana

Antes de meados de setembro, os Carew e Sadie Dean se despediram e voltaram para Boston. Por mais que soubesse que sentiria falta deles, Poliana deu um suspiro de alívio quando o trem saiu da estação de Beldingsville. Ela não teria admitido esse sentimento de alívio para ninguém, e se desculpou em seus pensamentos por admitir até para si mesma.

"Não é que eu não os ame muito, cada um deles", ela suspirou, observando o trem desaparecer na curva da pista. "É que... eu sinto muito pelo pobre Jamie o tempo todo, e... e... eu estou cansada. Ficarei feliz, por um tempo, por poder voltar aos velhos e tranquilos dias com Jimmy."

Poliana, no entanto, não voltou aos velhos e tranquilos dias com Jimmy. Os dias que se seguiram imediatamente à ida dos Carew foram tranquilos, certamente, mas não foram "com Jimmy". Ele quase não chegava perto da casa agora e, quando ia, não era como antes. Ele andava mal-humorado, nervoso e calado, ou então muito alegre e falador, mas irritado, o que era ainda mais intrigante. Em pouco tempo ele também foi para Boston e ela não o viu mais.

Poliana ficou surpresa com a falta que sentia dele. Até mesmo saber que ele estava na cidade e havia uma chance de que aparecesse era melhor do que o triste vazio de sua ausência. Ela preferia seu enigmático humor que alternava entre a alegria e a tristeza a esse silêncio absoluto. Então, um dia, levantou-se com as bochechas quentes e os olhos envergonhados.

"Bem, Poliana Whittier", repreendeu-se nitidamente, "alguém poderia pensar que está *apaixonada* por Jimmy Bean Pendleton! Você não para de pensar nele!"

Depois disso, ficou feliz e animada, e tirou esse Jimmy Bean Pendleton de seus pensamentos. Mas tia Poli, apesar de inconscientemente, a ajudou nisso.

Com a ida dos Carew, a fonte principal de renda imediata também se fora, e tia Poli começou a se preocupar de novo, em voz alta, com as finanças.

– Realmente não sei, Poliana, o que vai ser de nós – ela murmurava com frequência. – Claro que estamos um pouco mais tranquilas agora com o trabalho do verão, e temos uma pequena renda da propriedade, mas nunca sei quanto tempo isso vai durar, assim como todo o resto. Se pudéssemos fazer alguma coisa para ganhar algum dinheiro sempre!

Depois de uma dessas lamentações, um dia Poliana encontrou um anúncio de um concurso de contos. Era muito sedutor. Os prêmios eram grandes e numerosos. As condições estavam estabelecidas em termos claros. Ao ler, alguém poderia pensar que era muito fácil vencer. Tinha até um apelo especial que parecia ter sido feito para a própria Poliana, dizia:

Isto é para você que está lendo este anúncio. Nunca escreveu um conto antes? Não quer dizer que não possa. Experimente! Apenas isso. Não gostaria de ganhar três mil dólares? Dois mil? Mil? Quinhentos ou até mesmo cem? Então, por que não correr atrás?

"É isso!", exclamou Poliana, batendo palmas. "Estou tão feliz por ter visto! E também diz que eu consigo. Sempre achei que conseguiria, se eu tentasse. Vou contar à titia, para que não se preocupe mais."

Poliana estava a meio caminho da porta quando um segundo pensamento a fez parar.

"Pensando bem, acho que não vou contar. Será melhor fazer uma surpresa, caso eu ganhe o primeiro prêmio!"

Poliana foi dormir naquela noite planejando o que *poderia* fazer com aqueles três mil dólares.

Ela começou a escrever sua história no dia seguinte. Orgulhosa, pegou uma boa quantidade de papel, apontou meia dúzia de lápis e se sentou à grande e antiquada mesa dos Harrington na sala de estar. Depois de morder incansavelmente as pontas de dois lápis, escreveu três palavras na bela página branca diante dela. Soltou um longo suspiro, jogou de lado o segundo lápis roído e pegou um verde bem afiado. Então, fez uma expressão meditativa.

"Ah, minha nossa! De *onde* os escritores tiram seus títulos?", desesperou-se. "Talvez, eu deva decidir a história primeiro, e depois pensar no título. Vou fazer isso." E imediatamente fez uma linha preta riscando as três palavras e preparou o lápis para um novo começo.

O começo não aconteceu logo. E quando começou, deve ter sido um falso início, pois ao final de meia hora a página inteira não passava de uma confusão de linhas riscadas, com apenas algumas palavras aqui e ali para contar a história.

Nesse momento, tia Poli entrou na sala. Ela virou os olhos cansados para a sobrinha:

– O que você *está* fazendo agora, Poliana? – perguntou.

Poliana riu e se enrubesceu de culpa.

– Nada demais, tia. Não parece nada demais... ainda... – ela admitiu, com um sorriso pesaroso. – Além disso, é segredo, não vou te contar ainda.

– Fique à vontade – suspirou tia Poli. – Mas se está tentando entender alguma coisa dos papéis hipotecários que o Sr. Hart deixou, é inútil. Já fiz isso duas vezes.

– Não, querida, não são os papéis. É muito mais legal do que qualquer papel – cantarolou Poliana triunfantemente, voltando ao seu trabalho.

Nos olhos de Poliana, subitamente surgiu uma visão brilhante do que poderia ocorrer com aqueles três mil dólares nas mãos dela.

Por mais meia hora, Poliana escreveu, rabiscou e mordeu os lápis. Depois, com a coragem enfraquecida, mas não destruída, juntou os papéis e os lápis e saiu da sala.

"Talvez seja melhor fazer isso sozinha lá em cima", pensou enquanto corria pelo corredor. "*Achei* que poderia fazê-lo em uma mesa... como um trabalho literário... De qualquer forma, a mesa não me ajudou. Vou tentar o banco da janela no meu quarto."

O banco da janela, no entanto, provou que não era mais inspirador, a julgar pelas páginas riscadas e rabiscadas que caíram das mãos de Poliana. No final de mais meia hora, ela descobriu que já era hora de jantar.

"Bem, estou feliz pelo que consegui", ela suspirou. "Melhor preparar o jantar do que continuar com isso. Não que eu não queira mais, é claro, mas não sabia que era um trabalho tão difícil – é só uma história!"

Durante o mês seguinte, Poliana trabalhou fiel e obstinadamente, mas logo descobriu que "apenas uma história" não era algo tão fácil assim de fazer. Mas Poliana não era de assumir um compromisso e desistir. Além disso, havia o prêmio de três mil dólares, ou até os outros, se não ganhasse o primeiro! Até cem dólares eram alguma coisa! Dia após dia, ela escrevia e apagava, e reescrevia, até que finalmente a história, tal como estava, terminou. Com algumas dúvidas, ela levou o manuscrito para Milly Snow datilografar.

"Está bom... faz sentido", pensou Poliana, receosa, enquanto se apressava em direção à casa dos Snow. "É uma história muito legal sobre uma garota perfeitamente adorável. Mas há algo, em algum lugar, que não está certo, acho. Melhor não apostar tanto no primeiro prêmio, assim, não ficarei muito desapontada quando receber um dos menores."

Poliana sempre pensava em Jimmy quando ia para a casa dos Snow, pois foi ali, ao lado da estrada, perto da casa, onde vira pela primeira vez o desamparado fugitivo do orfanato. Ela pensou nele nesse dia, com uma respiração um pouco mais profunda. Então, erguendo a cabeça orgulhosa, como fazia quando pensava nele, subiu apressadamente as escadas dos Snow e tocou a campainha.

Como sempre acontecia, os Snow receberam Poliana calorosamente. E também como de costume, não demorou muito para que conversassem sobre o jogo. Em nenhuma casa em Beldingsville o Jogo do Contente era mais jogado do que na dos Snow.

– Como vocês estão? – perguntou Poliana, depois de explicar o porquê de sua visita.

– Esplendidamente! – Milly Snow enfatizou. – Este é o terceiro trabalho desta semana. – Senhorita Poliana, estou tão feliz por ter me incentivado com a datilografia. *Posso* fazer o trabalho de casa! Você é responsável por isso!

– Imagina! – exclamou Poliana, alegremente.

– Mas é. Em primeiro lugar, não teria feito nada se não fosse o jogo...

Mamãe melhorou muito e eu tive mais tempo para mim mesma. Então, você sugeriu a datilografia e me ajudou a comprar uma máquina. Não devo tudo a você?

Mais uma vez Poliana se opôs. Desta vez foi interrompida pela Sra. Snow em sua cadeira de rodas junto à janela. Ela falou tão sincera e solenemente, que Poliana, apesar de tudo, só poderia ouvir calada:

– Acho que você não sabe direito o que fez. Gostaria que soubesse! Mas, hoje, há algo em seus olhos, minha querida, de que não gostei. Você está séria e preocupada com alguma coisa, eu sei. Consigo ver. Mas imagino: a morte do seu tio, a condição da sua tia, tudo... não vou mais falar sobre isso. E deixe me dizer mais uma coisa, minha querida. Não suporto ver essa sombra em seus olhos sem tentar afastá-la. Você fez muito por mim, por toda esta cidade e por inúmeras outras pessoas em todos os lugares.

– *Sra. Snow!* – protestou Poliana, em aflição genuína.

– Ah, sou sincera, e sei do que estou falando – acenou a mulher, triunfante. – Para começar, olhe para mim. Eu não era uma criatura triste e irritada que sempre reclamava de tudo? Você abriu meus olhos me mostrando que eu poderia ser grata pelo que tinha, que compensava o que eu não tinha.

– Ah, Sra. Snow, eu fui tão impertinente assim? – murmurou Poliana, com um rubor sentido.

– Não foi impertinente – argumentou a Sra. Snow, com firmeza. – Você não *queria* ser impertinente... e isso fez toda a diferença no mundo. Você também não fazia sermões, minha querida. Se tivesse feito, eu nunca teria jogado o jogo, nem ninguém mais, eu imagino. Mas você me fez jogar... e veja o que ele fez por mim e por Milly! Estou tão melhor, que já consigo me sentar em uma cadeira de rodas e ir a qualquer lugar. Isso significa muito para mim mesma e para os outros, pois eles têm uma chance de respirar... Milly, principalmente. E o médico disse que é por causa do jogo. E ainda há muitas outras pessoas nesta cidade que dizem o mesmo. Nellie Mahoney quebrou o pulso e ficou tão feliz que de não ter sido a perna, que não se importava com o pulso. A velha Sra. Tibbits perdeu a audição, mas está tão satisfeita por sua visão, que está realmente feliz. Você se lembra do Joe que chamavam de Joe Zangado, por causa de seu temperamento? Nada estava bom para ele, da mesma forma que para mim. Bem, alguém ensinou o jogo para ele e fez dele um homem melhor. Ouça, querida. Não é só nesta cidade, mas em outros lugares também. Eu recebi uma carta ontem da minha prima em Massachusetts, e ela me contou sobre a Sra. Tom Payson que morava aqui. Você se lembra deles? Eles moravam no caminho para a montanha Pendleton.

– Sim, me lembro deles – disparou Poliana.

– Eles foram embora para Massachusetts naquele inverno em que você esteve no hospital. Ela os conhece bem. Ela diz que a Sra. Payson contou sobre você e sobre como seu Jogo do Contente realmente os salvou de um divórcio. Agora não só eles jogam, mas têm muitos outros jogando por lá também, e *eles* ainda estão fazendo mais pessoas jogarem. Querida, não sabemos aonde seu Jogo do Contente pode chegar. Queria que soubesse. Achei que poderia te ajudar... até para você jogar o jogo às vezes. Sei que é difícil para você jogar seu próprio jogo...

Poliana levantou-se. Ela sorriu, mas seus olhos brilhavam com lágrimas, enquanto estendia a mão em despedida.

– Obrigada, Sra. Snow – disse, insegura. – É difícil... às vezes, e talvez eu *precisasse* de uma pequena ajuda com o meu próprio jogo. De qualquer forma, agora... – seus olhos brilharam com a lembrança – ...se não consigo jogar o jogo, fico *feliz* porque algumas pessoas estão jogando!

Poliana voltou para casa um pouco contida naquela tarde. Ela havia ficado tocada pelo que a Sra. Snow dissera, mas havia ainda um fundo de tristeza nela. Pensava na tia Poli, que jogava o jogo tão raramente e estava se perguntando se ela mesma sempre jogava, quando podia.

"Talvez eu não tenha tido o cuidado de sempre procurar o lado feliz das coisas que a tia Poli diz", pensou com uma culpa indefinida. "Talvez, se eu jogasse melhor o jogo, tia Poli também jogasse... um pouco. Vou tentar. Se eu não me cuidar, todas essas outras pessoas estarão jogando meu jogo melhor do que eu mesma!"

CAPÍTULO 26

John Pendleton

Uma semana antes do Natal Poliana enviou sua história (agora bem datilografada) para o concurso. Os vencedores do prêmio não seriam anunciados até abril, disse a revista, então Poliana se acomodou para a longa espera com a paciência filosófica de sempre.

"Estou feliz que seja tão demorado", ela disse a si mesma. "Assim, durante todo o inverno poderei me divertir pensando que posso ganhar o primeiro lugar em vez de um dos outros. Posso muito bem acreditar que vou conseguir, e, se eu conseguir, não terei ficado infeliz. Se não conseguir... não terei tido todas essas semanas de infelicidade. De qualquer maneira, poderei ficar feliz com um dos prêmios menores, então."

Não estava nos planos de Poliana não ganhar nenhum prêmio. A história, tão belamente datilografada por Milly Snow, parecia quase tão boa quanto em sua versão impressa... para Poliana.

O Natal não foi um momento feliz na propriedade dos Harrington naquele ano, apesar dos esforços extenuantes de Poliana. Tia Poli recusou-se absolutamente a qualquer tipo de comemoração e foi tão clara nisso, que Poliana não pôde nem mesmo lhe dar o mais simples presente.

Na noite de Natal, John Pendleton apareceu. A Sra. Chilton se desculpou, mas Poliana, mesmo completamente esgotada por um longo dia, o recebeu com alegria. No entanto, sua alegria se dissipou. John Pendleton tinha trazido consigo uma carta de Jimmy, em que ele contava dos planos dele e da Sra. Carew para uma maravilhosa celebração de Natal no lar de meninas. Poliana, envergonhada por assumir isso, não estava de bom humor para ouvir sobre as comemorações de Natal naquele momento... muito menos de Jimmy.

John Pendleton, no entanto, não estava pronto para encerrar o assunto, mesmo depois de ler a carta.

– Uma grande comemoração! – exclamou, quando dobrou a carta.

– Sim, ótima – murmurou Poliana, tentando falar com o devido entusiasmo.

– E é hoje à noite também, não é? Eu gostaria de estar com eles agora.

– Sim – murmurou Poliana novamente, com entusiasmo ainda mais cuidadoso.

– A Sra. Carew sabia o que estava fazendo quando pediu para Jimmy ajudar, imagino – riu o homem. – Fico pensando se Jimmy vai gostar de ser o Papai Noel para meia centena de jovens mulheres de uma só vez!

– Ele vai adorar, claro! – Poliana ergueu o queixo levemente.

– Talvez. Ainda assim, é um pouco diferente de construir pontes, não?

– Ah, sim.

– Mas eu arrisco dizer que Jimmy, e aposto também que aquelas garotas, nunca se divertiu tanto quanto hoje à noite.

– S-sim, é claro – gaguejou Poliana, tentando manter o tremor de frustração longe de sua voz, e tentando *não* comparar sua noite triste em Beldingsville com a de ninguém, apesar de John Pendleton estar fazendo isso.

Houve uma breve pausa, durante a qual John Pendleton olhou de forma sonhadora para o fogo tremulante na lareira.

– Ela é uma mulher maravilhosa... a Sra. Carew – disse ele por fim.

– Sem dúvida! – desta vez, o entusiasmo na voz de Poliana era sincero.

– Jimmy me escreveu antes contando sobre algo que ela fez para aquelas garotas – continuou o homem, ainda olhando para o fogo. – Ele escreveu muito sobre isso e sobre ela. Disse que sempre a admirou, mas não tanto quanto agora, quando ele pôde ver quem ela realmente é.

– Ela é uma querida... é isso que a Sra. Carew é – declarou Poliana, calorosamente. – Ela é uma querida em todos os sentidos, e eu a amo.

John Pendleton se mexeu de repente. Ele se virou para Poliana com um olhar estranhamente caprichoso em seus olhos.

– Eu sei que você ama, minha querida. Aliás, talvez outros também a amem.

O coração de Poliana descompassou. Um pensamento repentino veio a ela com força impressionante e ofuscante. *Jimmy*! Será que John Pendleton queria dizer que Jimmy se interessava *dessa maneira* pela Sra. Carew?

– O senhor quer dizer...? – ela hesitou. Não conseguiu terminar.

Com uma contração nervosa peculiar a ele, John Pendleton ficou de pé.

– Quero dizer... as meninas, é claro – ele respondeu levemente, ainda com aquele sorriso caprichoso. – Você não acha que aquelas cinquenta garotas... morrem de amor por ela?

Poliana disse "sim, é claro" e murmurou algo mais apropriado, em resposta à próxima observação de John Pendleton. Mas seus pensamentos estavam em tumulto, e ela deixou o homem falar durante o resto da noite.

John Pendleton não parecia contrário a isso. Inquieto, deu uma volta ou duas na sala, depois se sentou no lugar de sempre. Quando falou, tratou do seu antigo assunto, a Sra. Carew.

– Estranho... aquele Jamie dela, não é? Será que é mesmo o sobrinho dela.

Como Poliana não respondeu, o homem continuou, depois de um momento de silêncio.

– Ele é um bom sujeito, de qualquer maneira. Gosto dele. Há algo de bom e genuíno nele. Ela é muito ligada ao rapaz. É muito óbvio, seja realmente parente ou não.

Houve outra pausa, então, numa voz ligeiramente alterada, John Pendleton disse:

– Ainda é esquisito, quando se pensa nisso, que ela nunca se casou novamente. Ela certamente é uma mulher muito bonita. Você não acha?

– Sim... ela é – precipitou-se Poliana. – Uma... uma mulher muito bonita.

Houve uma pequena pausa na última frase de Poliana. Naquele instante, ela avistou o próprio rosto no espelho do outro lado... ela nunca se reconhecera como "uma mulher muito bonita".

John Pendleton continuou refletindo, feliz, com os olhos ardentes. Se ele recebia resposta ou não, isso não parecia incomodá-lo. Se foi ouvido ou não, era difícil saber. Aparentemente, ele queria apenas conversar. Por fim, ele se levantou, com relutância, e disse boa-noite.

Por uma exaustiva meia hora, Poliana desejou que ele fosse embora, para que pudesse ficar sozinha. Depois que ele se foi, ela quis que ele voltasse. Ela descobriu subitamente que não queria ficar sozinha com seus pensamentos.

Estava maravilhosamente claro para Poliana agora. Não havia dúvida. Jimmy estava interessado na Sra. Carew. Era por isso que estava tão mal-humorado e inquieto depois que ela tinha ido embora. Por isso veio tão poucas vezes visitar sua velha amiga. Foi por isso...

Pequenas e incontáveis situações do verão passado voltaram à memória de Poliana, testemunhas mudas que não seriam negadas.

E por que ele não deveria se interessar por ela? A Sra. Carew era certamente linda e encantadora. É verdade que ela era mais velha que Jimmy. Mas homens jovens já se casaram com mulheres muito mais velhas do que ela diversas vezes. E se eles se amavam...

Poliana chorou até dormir naquela noite.

De manhã, bravamente, ela tentou encarar toda a situação. Ela até tentou, com um sorriso choroso, colocá-la à prova do Jogo do Contente. Lembrou então de algo que Nancy havia dito anos antes: "Se há um grupo de pessoas no mundo para o qual aquele seu Jogo do Contente não funciona, seria para casais brigões!".

"Não que estejamos brigando, ou que sejamos 'amantes'", pensou Poliana, enrubescida. "Mas, do mesmo jeito, fico feliz porque ele está feliz e porque *ela* também está, pois...", Poliana não conseguiu terminar a frase nem para si mesma.

Com a certeza agora de que Jimmy e a Sra. Carew se interessavam um pelo outro, Poliana tornou-se peculiarmente sensível a tudo que fortalecesse essa crença. E atenta a isso, ela encontrou o que esperava. Primeiro as cartas da Sra. Carew:

Estou vendo muito seu amigo, o jovem Pendleton. E eu estou gostando dele cada vez mais. Gostaria, apenas por curiosidade, de descobrir a origem dessa sensação indescritível de que eu já o vi em algum lugar.

Muitas vezes, depois disso, ela o mencionou novamente. Para Poliana, a própria causalidade dessas menções lhe trazia dor. Para ela isso mostrava inequivocamente que Jimmy e a presença dele agora eram corriqueiros para a Sra. Carew. Poliana encontrou em outras fontes também combustível para as chamas de suas suspeitas. Cada vez mais frequentemente, John Pendleton "aparecia" com suas histórias sobre Jimmy e sobre o que Jimmy estava fazendo; e sempre mencionava a Sra. Carew. A pobre Poliana se perguntava se ele não tinha outra coisa sobre o que falar a não ser sobre a Sra. Carew e Jimmy, tamanha a frequência com que um ou outro desses nomes surgia em seus lábios.

Havia também as cartas de Sadie Dean, que contavam sobre Jimmy e sobre o que ele estava fazendo para ajudar a Sra. Carew. Até mesmo Jamie, que escrevia ocasionalmente, tinha a sua pequena contribuição, pois escreveu uma noite:

São dez horas. Estou sentado aqui sozinho esperando a Sra. Carew voltar para casa. Ela e Pendleton foram para um de seus eventos sociais habituais lá no lar.

Do próprio Jimmy, ouvia muito pouco. Por isso dizia a si mesma, embora tristemente, que *poderia* ficar *feliz* por isso.

"Bem, se ele não pode escrever sobre *nada*, a não ser a Sra. Carew e aquelas meninas, fico feliz que ele não escreva com muita frequência!", suspirou.

ELEANOR H. PORTER

CAPÍTULO 27

O dia em que Poliana não jogou

E assim, um a um, os dias de inverno passaram. Janeiro e fevereiro foram de neve e granizo, e março veio com um vendaval que assobiava e gemia ao redor da velha casa. As cortinas soltas balançavam e os portões rangiam testando os nervos já tensionados até o limite.

Nos últimos tempos, Poliana não estava achando muito fácil jogar o jogo, mas brincava fiel e valentemente. Tia Poli de fato não estava jogando... o que sem dúvida não tornava nada mais fácil para Poliana. Sua tia estava deprimida e desanimada. Ela também não estava bem, e havia se rendido a uma profunda tristeza.

A garota ainda contava com o concurso de contos. Havia desistido do primeiro prêmio e já aceitava um dos menores. Poliana havia escrito mais histórias, mas a frequência com que elas eram recusadas pelos editores de revistas estava começando a abalar sua fé em seu sucesso como autora.

"Ah, bem, posso ficar feliz porque tia Poli ainda não sabe nada sobre isso", declarou bravamente para si mesma, enquanto amassava entre os dedos a carta com a recusa e os agradecimentos de mais uma história negada. "Ela *não precisa* se preocupar com isso... já que ela não sabe!"

Sua vida naqueles dias girava em torno de sua tia, e é improvável que a Sra. Chilton tenha percebido o quanto mudara e como sua sobrinha lhe dedicava a própria vida. Foi em um dia particularmente sombrio de março que as coisas chegaram ao ápice. Ao se levantar, Poliana olhou para o céu com um suspiro... tia Poli era sempre mais difícil em dias nublados. Cantando uma pequena canção, embora parecesse um pouco forçado, ela desceu até a cozinha e começou a preparar o café da manhã.

"Acho que vou fazer bolinhos de fubá", confidenciou ao fogão. "Assim, talvez a tia Poli não se preocupe... com outras coisas."

Meia hora depois, ela bateu na porta da tia.

– Em pé tão cedo? Que bom! E arrumou o cabelo!

– Eu não conseguia dormir. Tive que levantar – suspirou tia Poli, cansada. – Tive que arrumar o meu cabelo também. *Você* não estava aqui.

– Mas não sabia que já tinha acordado – logo explicou Poliana. – Não tem problema. Ficará feliz por eu não estar aqui quando descobrir o que eu estava fazendo.

– Bem, eu não deveria... não esta manhã – tia Poli franziu a testa. – Quem poderia ficar feliz esta manhã? Olhe essa chuva! É a terceira vez esta semana.

– É mesmo... mas o sol sempre volta tão perfeitamente bonito depois de muita chuva assim – sorriu Poliana, arrumando habilmente um pouco da renda e fita no pescoço da tia. – Agora venha. O café da manhã está pronto. Espere até ver o que eu fiz para você.

No entanto, sua tia não queria distração nessa manhã, nem mesmo com bolinhos de fubá. Nada estava certo, nada era sequer suportável para ela. A paciência de Poliana foi duramente testada antes que a refeição terminasse. Para piorar a situação, o telhado da janela do sótão da ala leste estava com goteira e havia chegado uma carta desagradável. Fiel ao seu credo, Poliana disse com rispidez que, de sua parte, estava feliz por terem um teto... mesmo com a goteira. E quanto a carta, ela já a estava esperando fazia uma semana. Estava realmente feliz por não ter que se preocupar mais com isso. A carta *não poderia* chegar agora, porque já *havia chegado*; e estava feito.

Tudo isso, mais outros contratempos e aborrecimentos, atrasou o trabalho matutino habitual até a tarde... algo que sempre foi muito desagradável para a metódica tia Poli, que organizava a própria vida, de preferência, sincronizada com o relógio.

— Mas já são três e meia, Poliana! Sabia disso? – irritou-se, por fim. – Você ainda não arrumou as camas.

— Não, querida, mas eu vou. Não se preocupe.

— Não ouviu o que eu disse? Olhe o relógio, criança. Já passou das três horas!

— Sim, mas não tem problema, tia. Podemos ficar contentes por não ter passado das quatro.

Tia Poli fungou com seu desdém.

— Suponho que *você* consiga – observou acidamente.

Poliana riu.

— Veja, titia, relógios *são* coisas ótimas, quando você para de pensar neles. Descobri isso há muito tempo no hospital. Quando eu estava fazendo algo de que gostava, e não *queria* que o tempo passasse rápido, olhava para o ponteiro das horas, e sentia como se tivesse muito tempo... as horas passavam tão devagar. Outros dias, quando eu tinha que aguentar algo que doía por muito tempo, eu ficava olhando o ponteiro dos segundos, e eu sentia como se o tempo estivesse me ajudando, correndo o mais rápido que podia. Hoje estou olhando para o ponteiro das horas, porque não quero que o tempo passe rápido. Entende? – ela piscou maliciosamente, enquanto se apressava saindo do quarto, antes que sua tia tivesse tempo de responder.

Sem dúvida foi um dia difícil e, à noite, Poliana parecia pálida e cansada, o que também era motivo de preocupação para sua tia.

— Minha filha querida, você parece morta de cansada! – ela se irritou. – Não sei o *que* vamos fazer. Acho que vai ficar doente!

— Bobagem, titia! Não estou nem um pouco doente – declarou Poliana, jogando-se no sofá com um suspiro. – Mas eu *estou* cansada. Minha nossa! Como é bom este sofá! Estou feliz por estar cansada, afinal de contas... é tão bom descansar.

Tia Poli se virou com um gesto impaciente.

— Feliz... feliz... feliz! Claro que você está feliz, Poliana. Você está sempre feliz por tudo. Eu nunca vi uma garota assim. Ah, sim, eu sei que é o jogo – ela continuou, em resposta à expressão que tomou o rosto de Poliana. – É um jogo muito bom, mas acho que você leva isso longe demais. Essa doutrina eterna de "poderia ser pior" me dá nos nervos, Poliana. Honestamente, seria um alívio se você *não estivesse* feliz por algo um dia ao menos!

– Como? – Poliana se levantou ereta.

– Seria. Apenas tente em algum momento e veja.

– Mas, titia, eu... – Poliana parou e olhou para a tia, pensativa. Uma expressão estranha surgiu em seus olhos e um lento sorriso curvou seus lábios. A Sra. Chilton voltou ao trabalho e não prestou atenção. Um minuto depois, Poliana se deitou no sofá sem terminar a frase, com o sorriso curioso ainda nos lábios.

Estava chovendo novamente na manhã seguinte, e um vento nordeste ainda assobiava pela chaminé. Na janela Poliana deu um suspiro involuntário, mas quase de imediato seu rosto mudou.

– Estou tão feliz... – bateu as mãos nos lábios. – Nossa – ela riu baixinho, com os olhos dançando. – Não posso esquecer... senão vou estragar tudo! Não posso ficar contente por nada hoje... por *nada*.

Poliana não fez bolinhos de fubá naquela manhã. Ela começou o café da manhã, então foi para o quarto de sua tia.

A Sra. Chilton ainda estava na cama.

– Está chovendo, como de costume – observou ela, a título de saudação.

– Sim, é horrível... perfeitamente horrível – repreendeu Poliana. – Choveu quase todos os dias esta semana. Odeio esse tempo.

Tia Poli se virou com uma leve surpresa nos olhos; mas Poliana estava olhando para o outro lado.

– Vai se levantar agora? – ela perguntou, um pouco cansada.

– Ora, s-sim – murmurou tia Poli, ainda com aquela leve surpresa em seus olhos. – O que foi, Poliana? Está muito cansada?

– Sim, estou cansada esta manhã. E também não dormi muito bem. Detesto quando não durmo bem. Algumas coisas sempre me atormentam quando acordo no meio da noite.

– Sei como é – irritou-se tia Poli. – Também não dormi nada depois das duas horas. E tem esse telhado! Como vamos consertar, me diga, se nunca para de chover? Conseguiu esvaziar os baldes?

– Ah, sim... e peguei outros. Tem uma goteira nova agora.

– Mais uma! Vai pingar em tudo então!

Poliana abriu os lábios. Ela quase disse: "Bem, podemos ficar felizes em consertar tudo de uma vez, então", quando de repente se lembrou de que não podia e disse:

– Bem provável, titia. E acho que vai ser logo. Já temos bagunça o suficiente para um telhado inteiro, estou cansada disso! – Depois dessa, Poliana, com o rosto cuidadosamente afastado, virou-se e saiu do quarto sem dar a menor satisfação.

"É tão engraçado e tão... tão difícil, eu estou com medo de arrumar confusão", ela sussurrou para si mesma ansiosamente, enquanto se apressava pelas escadas até a cozinha.

Atrás dela, tia Poli, no quarto, olhava com olhos novamente confusos.

Sua tia teve muitas oportunidades antes das seis para observar Poliana com olhos surpresos e questionadores. Nada dava certo com Poliana. O fogo não acendia, o vento soltou a cortina três vezes e ainda descobriram uma terceira goteira. O correio trouxe a Poliana uma carta que a fez chorar (mas, por mais que perguntasse, tia Poli não conseguiu saber por quê). Até o jantar deu errado, e inúmeras coisas aconteceram à tarde para que ela pudesse fazer comentários desanimados e desmotivadores.

Só quando havia passado mais da metade do dia, a surpresa dos olhos de tia Poli começou a se transformar em um olhar astuto de suspeita. Se Poliana percebeu, ela não deu nenhum sinal. Certamente não diminuiu sua irritação e descontentamento. Muito antes das seis horas, no entanto, a suspeita nos olhos de tia Poli tornou-se convicção, e levou seu questionamento intrigado a sua vergonhosa derrota. Mas, curiosamente, um novo olhar tomou o seu lugar, um olhar que era, na verdade, irônico. Por fim, depois de uma queixa particularmente dolorosa de Poliana, tia Poli ergueu as mãos com um gesto de desespero, rindo.

– Já basta, já basta, criança! Eu desisto. Confesso que fui derrotada em meu próprio jogo. Você pode ficar... *feliz* por isso, se quiser... – terminou com um sorriso sombrio.

– Eu sei, tia, mas você disse... – começou Poliana com humildade.

– Sim, sim, mas nunca direi novamente – interrompeu tia Poli, com ênfase. – Misericórdia, que dia foi esse! Eu jamais quero viver outro dia como esse. Ela hesitou, enrubesceu um pouco, depois continuou com evidente dificuldade: – Além disso, eu... eu quero que saiba que... que entendo que eu mesma não joguei o jogo... muito bem, ultimamente. Mas, depois disso, vou... tentar... *onde está* meu lenço? – ela terminou bruscamente, mexendo nas dobras de seu vestido.

Poliana ficou de pé e foi instantaneamente ao lado de sua tia.

– Tia Poli, eu não quis dizer... foi apenas uma... uma brincadeira – ela tremeu em aflição. – Nunca pensei que encararia *dessa* maneira.

– Claro que não – rebateu tia Poli, com toda a aspereza de uma mulher severa e reprimida que detesta cenas e sentimentos, e que tem um medo mortal de mostrar sua sensibilidade. – Acha que não sei o que você queria? Acha que, se eu soubesse que *estava* só tentando me dar uma lição, eu...eu... – mas os braços de Poliana a abraçaram forte, e ela não conseguiu terminar a frase.

CAPÍTULO 28

Jimmy e Jamie

Poliana não era a única a achar aquele inverno rigoroso. Em Boston, Jimmy Pendleton, apesar de seus esforços árduos para ocupar seu tempo e seus pensamentos, estava descobrindo que nada apagava de sua visão certo par de olhos azuis risonhos e nada tirava de sua memória certa voz alegre e amada.

Jimmy disse a si mesmo que, se não fosse pela Sra. Carew e por poder ajudá-la, a vida não valeria a pena. Mesmo em sua casa, nem tudo era alegria, pois sempre havia Jamie, que o fazia pensar em Poliana... e a ter pensamentos infelizes.

Completamente convencido de que Jamie e Poliana se interessavam um pelo outro e de que ele deveria honrar sua atitude de dar chance ao rapaz e deixar seu caminho livre, nunca lhe ocorreu perguntar mais sobre o assunto. De Poliana, ele não gostava de falar nem ouvir. Ele sabia que Jamie e a Sra. Carew recebiam notícias dela, e quando falavam sobre a garota, Jimmy se forçava a escutar, apesar de sua mágoa. Mas ele sempre mudava de assunto o mais rápido possível, e suas cartas a ela se limitavam às mais breves e raras palavras.

Para Jimmy, se Poliana não poderia ser dele, era somente uma fonte de dor e sofrimento. Ele ficou feliz quando chegou a hora de deixar Beldingsville e retomar seus estudos em Boston. Era uma tortura estar tão perto de Poliana mas ao mesmo tempo tão longe.

Em Boston, com a agitação de sua mente inquieta que busca distrair-se de si mesma, ele se dedicara à execução dos planos da Sra. Carew para suas amadas meninas. Assim, o tempo que lhe sobrava de suas próprias tarefas ele dedicava a esse trabalho, para o deleite e gratidão da Sra. Carew.

E assim, para Jimmy, o inverno havia passado e a primavera chegara... uma primavera jovial e florescente, cheia de brisas suaves, chuvas tranquilas e botões verdes e tenros expandindo-se em flor e fragrância. Para Jimmy, no entanto, não passou de uma primavera, pois em seu coração ainda não havia nada além de um inverno sombrio de descontentamento.

"Se ao menos eles resolvessem as coisas e anunciassem o noivado, de uma vez por todas", murmurou Jimmy para si mesmo, com cada vez mais frequência nos últimos dias. "Se ao menos eu tivesse certeza de *algo*, suportaria melhor!"

Então, um dia, no final de abril, conseguiu o que queria. Em parte: teve certeza de algo.

Eram dez horas da manhã de um sábado, e Mary, na casa da Sra. Carew, o levou para a sala de música com um bem ensaiado:

– Eu direi a Sra. Carew que está aqui, senhor. Ela está esperando por você, eu acho.

Na sala de música, Jimmy paralisou ao ver Jamie ao piano, com os braços apoiados no suporte e a cabeça inclinada sobre eles. Pendleton virou-se para ir embora quando Jamie levantou a cabeça, trazendo à vista duas bochechas coradas e um par de olhos febris e brilhantes.

– Carew – gaguejou Pendleton, horrorizado. – Aconteceu alguma coisa?

– Se aconteceu? Aconteceu! – disparou o jovem, esticando ambas as mãos, com uma carta em cada uma delas. – Aconteceu tudo! Pense se tivesse passado toda sua vida em uma prisão, e de repente visse as grades escancaradas? Não imaginaria a mesma coisa se em apenas um minuto pudesse pedir a garota que você ama em casamento? Não pensaria se... ouça! Deve estar achando que sou louco, mas não sou. Bem, talvez esteja louco de alegria. Queria te contar. Posso? Preciso contar a alguém!

Pendleton levantou a cabeça. Era como se, inconscientemente, estivesse se preparando para um golpe. Ele ficou um pouco pálido, mas sua voz era bastante firme quando respondeu:

– Claro que pode, amigo. Ficaria... feliz em ouvir.

Carew, no entanto, mal esperou sua resposta. Ele estava com pressa, ainda um pouco incoerente.

– Não é muita coisa para você, é claro. Você tem as duas pernas e sua liberdade. Você tem suas ambições e suas pontes. Mas eu... para mim é tudo. É uma chance de viver a vida de um homem e fazer o trabalho de um homem, talvez... mesmo que não sejam represas e pontes. É alguma coisa!... e é algo que provei agora que *posso fazer*! Ouça. Nessa carta, há o anúncio de que uma pequena história minha ganhou o primeiro prêmio... Três mil dólares, em um concurso. Naquela outra carta, uma grande editora aceitou com entusiasmo meu primeiro livro manuscrito para publicação. E as duas chegaram hoje de manhã. Consegue imaginar o quanto estou feliz?

– Não! De fato, não! Parabéns, Carew, de todo o coração – disparou Jimmy, calorosamente.

– Obrigado... é para se comemorar. Pense no que isso significa para mim. Pense no que isso significa se, pouco a pouco, eu conseguir ser independente, como um homem. Pense no que isso significa se, algum dia, eu puder deixar a Sra. Carew orgulhosa e feliz por ter dado a um rapaz com restrições um lugar em sua casa e no seu coração. Pense no que isso significa para mim poder dizer à garota que eu amo que eu *realmente* a amo.

– Sim... sim, sem dúvida! – Jimmy falou com firmeza, embora tivesse ficado muito pálido.

– Claro, talvez eu não fale com ela, mesmo agora – resumiu Jamie, com uma sombra no brilho de seu semblante. – Eu ainda estou preso a... elas. – Ele bateu nas muletas ao seu lado. – Não posso esquecer, claro, aquele dia no bosque no verão passado, quando vi Poliana... acho que sempre vou correr o risco de ver a garota que eu amo em perigo e não conseguir salvá-la.

– Ah, mas Carew... – começou o outro com a voz rouca.

Carew levantou uma mão decisiva.

– Eu sei o que você quer dizer. Mas não diga. Você não entende. Você não está preso a um par de muletas. Você a resgatou, não eu. Eu me dei conta, então, de como seria sempre comigo e... Sadie. Eu teria que ficar de lado e ver os outros...

– *Sadie!* – cortou Jimmy, bruscamente.

– Sim, Sadie Dean. Está surpreso. Não sabia? Você não suspeitava sobre... como eu me sentia em relação a Sadie? – disparou Jamie. – Quer dizer que escondi tão bem? Eu tentei, mas... – ele terminou com um sorriso fraco e um gesto meio desesperado.

– Você escondeu tudo muito bem, velho amigo... de mim, de qualquer forma – exclamou Jimmy, em tom de brincadeira. A cor voltou para o rosto de Jimmy como uma inundação, e seus olhos de repente ficaram muito brilhantes. – Então é Sadie Dean. Que bom! Parabéns de novo e de novo e de novo, como Nancy diz. – Jimmy estava balbuciando de alegria e empolgação agora, tão ótima e maravilhosa fora a reação dentro dele ao descobrir que era Sadie, não Poliana, que Jamie amava. Jamie enrubesceu e balançou a cabeça um pouco tristemente.

– Nada de parabéns... ainda. Ainda não falei com... ela. Mas acho que ela precisa saber. Achei que todo mundo soubesse. Diga, quem você achou que era, se não... Sadie? – Jimmy hesitou.

Então, um pouco precipitadamente, ele disse:

– Pensei em... Poliana.

Jamie sorriu e franziu os lábios.

– Poliana é uma garota encantadora, e eu a amo... mas não desse jeito, e mais do que ela me ama. Além disso, acho que tem outra pessoa interessado nela, hein?

Jimmy enrubesceu como um garoto feliz e consciente.

– Tem? – ele desafiou, tentando tornar sua voz corretamente impessoal.

– Claro! John Pendleton.

– *John Pendleton!* – Jimmy girou bruscamente.

– O que tem John Pendleton? – perguntou uma nova voz; e a Sra. Carew aproximou-se com um sorriso.

Jimmy, para quem o mundo se fragmentara em torno dos ouvidos, pela segunda vez em cinco minutos, mal se recompôs o suficiente para uma pequena palavra de saudação. Mas Jamie, desanimado, virou-se com um ar triunfante de segurança.

– Nada, só acabei de dizer que eu acreditava que John Pendleton teria algo a dizer sobre o amor de Poliana por alguém... que não fosse ele.

– *Poliana! John Pendleton!* – A Sra. Carew sentou-se de repente na cadeira mais próxima a ela. Se os dois homens diante dela não estivessem tão absortos em seus próprios assuntos, teriam notado que o sorriso desaparecera dos lábios da Sra. Carew e que um olhar estranho, quase de medo, surgira em seus olhos.

– Certamente – sustentou Jamie. – Vocês não viram nada no verão passado? Ele não passava muito tempo com ela?

– Pensei que ele tivesse passado muito tempo com... todos nós – murmurou a Sra. Carew, um pouco fraca.

– Não tanto quanto com Poliana – insistiu Jamie. – Além disso, a senhora se esqueceu daquele dia em que estávamos conversando sobre o casamento de John Pendleton, e Poliana enrubesceu e gaguejou e disse finalmente que ele *havia* pensado em se casar... uma vez. Bem, eu me perguntei se não havia *algo* entre eles. Não se lembra?

– S-sim, acho que sim... agora que você está falando nisso – murmurou a Sra. Carew novamente. – Mas eu tinha... esquecido.

– Mas posso explicar – cortou Jimmy, molhando os lábios secos. – John Pendleton *teve* um caso de amor uma vez, mas foi com a mãe de Poliana.

– A mãe de Poliana! – exclamaram as duas vozes surpresas.

– Sim. Ele a amou alguns anos atrás, mas ela não se interessava por ele. Gostava de outro... um pastor, e se casou com ele... o pai de Poliana.

– Ah! – respirou a Sra. Carew, inclinando-se para a frente de repente em sua cadeira. – E é por isso que ele... nunca se casou?

– Sim – afirmou Jimmy. – Então, não é que ele se interesse por Poliana. Na verdade, era a mãe dela.

– Na verdade, acho que sim – declarou Jamie, abanando a cabeça sabiamente. – Acho que isso torna a minha hipótese ainda mais forte. Ouça. Ele já amou a mãe dela uma vez. Mas não pôde ficar com ela. O que seria mais natural do que amar a filha dela agora... e conquistá-la?

– Ah, Jamie, você é um contador de histórias incorrigível! – repreendeu a Sra. Carew, com uma risada nervosa. – Não estamos falando de um romance barato. É a vida real. Ela é jovem demais para ele. Ele deveria se casar com uma mulher, não uma menina... isto é, se um dia ele se casar com alguém, quero dizer – ela corrigiu gaguejando, com uma inundação repentina de rubor em seu rosto.

– Talvez, mas e se o amor dele for uma *menina*? – argumentou Jamie, teimosamente. – Pare para pensar. Já recebemos alguma carta dela que não falasse da presença dele por lá? E a senhora *sabe* que *ele* sempre fala de Poliana em suas cartas.

A Sra. Carew levantou-se subitamente.

– Sim, eu sei – ela murmurou, com um gesto meio estranho, como se jogando algo desagradável de lado. – Mas... – ela não terminou sua frase, e um momento depois saiu da sala.

Quando ela voltou cinco minutos depois, descobriu, para sua surpresa, que Jimmy tinha ido embora.

– Pensei que ele iria com a gente no piquenique das meninas! – exclamou.

– Eu também – disse Jamie. – Mas ele veio para dizer, ou se desculpar, sobre uma inesperada saída da cidade, e para lhe dizer que não poderia ir conosco. De qualquer forma, logo em seguida ele se foi. Olha... – os olhos de Jamie estavam brilhando de novo... – Não sei se entendi direito. Estava pensando em outra coisa. – E alegremente mostrou para ela as duas cartas que ainda mantinha nas mãos.

– Ah, Jamie! – respirou a Sra. Carew, quando leu. – Estou muito orgulhosa de você! – De repente, seus olhos se encheram de lágrimas ao ver a inefável alegria que iluminava o rosto de Jamie.

CAPÍTULO 29

Jimmy e John

Foi um jovem muito determinado, de queixo quadrado, que chegou à estação de Beldingsville naquela noite de sábado. E foi um jovem ainda mais determinado, de queixo quadrado, que, antes das dez horas da manhã seguinte, percorreu as ruas tranquilas de domingo do vilarejo e subiu a colina até a propriedade dos Harrington. Ao ver os cabelos louros cacheados em uma adorável cabecinha bem equilibrada que desaparecia no gazebo, o jovem ignorou os passos convencionais e a campainha, atravessou o gramado e caminhou pelas trilhas do jardim até ficar cara a cara com a dona daqueles cachos.

– Jimmy! – Poliana ofegou, recuando com os olhos assustados. – Ora, de onde você... veio?

– Boston. Noite passada. Precisava te ver, Poliana.

– Para... m-me... ver? – Poliana estava claramente ganhando tempo para recuperar a compostura. Jimmy parecia tão grande e forte e *carinhoso* lá na entrada do gazebo, que ela temia que seus olhos tivessem sido surpreendidos por uma admiração reveladora, se não mais.

– Sim, Poliana. Eu queria... isto é, eu pensei... quer dizer, eu temia... Ah, esqueça tudo, Poliana, eu não consigo mais ficar enrolando assim. Vou direto ao ponto. Isso. Eu me afastei antes, mas não vou agora. Não se trata mais de ser justo. Ele não é como o Jamie. Ele tem pés e mãos e uma cabeça como a minha, e se ele vencer, ele terá que vencer em uma luta justa. *Eu tenho* alguns direitos!

Poliana olhou francamente.

– Jimmy Bean Pendleton, do que você está falando? – ela exigiu.

O jovem riu, envergonhado.

– Não admira que você não saiba. Não fui muito claro, fui? Mas não acho que estava muito lúcido ontem... quando descobri com o próprio Jamie.

– Descobriu... com o Jamie!

– Sim. Foi o concurso que deu início a tudo. Veja, ele tinha acabado de ganhar um, e...

– Ah, eu sei disso – interrompeu Poliana, ansiosa. Não é esplêndido? Imagina... Primeiro lugar... três mil dólares! Eu escrevi uma carta para ele ontem à noite. Quando eu vi o nome dele, e percebi que era o Jamie... *nosso Jamie*... Fiquei tão empolgada, que esqueci totalmente de procurar o *meu* nome. E quando não consegui encontrar o meu, e descobri que não havia ganhado nenhum prêmio... quero dizer, eu estava tão animada e satisfeita por Jamie que eu... eu esqueci... er... De todo o resto – corrigiu Poliana, lançando um olhar desanimado para o rosto de Jimmy, e febrilmente tentando encobrir o que havia de certa forma admitido.

Jimmy, no entanto, estava muito atento ao seu próprio problema para perceber o dela.

– Sim, sim, está bem, claro. Estou feliz que ele tenha ganhado. Mas, Poliana, foi o que ele disse *depois* que quero conversar com você. Até então eu pensava que... que ele se interessasse... que você se interessasse... um pelo outro, quero dizer, e...

– Você pensou que Jamie e eu nos interessávamos um pelo outro! – exclamou Poliana, cujo rosto agora estava tomado por uma cor suave e tímida. – Ora, Jimmy, é Sadie Dean. Sempre foi Sadie Dean. Ele costumava falar dela comigo por horas. E acho que ela gosta dele também.

– Que bom! Espero que sim... mas, veja, eu não sabia. Pensei que era Jamie... e você. E pensei que, porque ele era... tem restrições físicas, sabe, que não seria justo se eu... se eu ficasse por perto e tentasse conquistar você.

Poliana se inclinou de repente e pegou uma folha a seus pés. Quando ela se levantou, seu rosto estava completamente virado para o outro lado.

– Um sujeito não pode... não pode se sentir bem, sabe, disputando com um sujeito que... que está em desvantagem desde o começo. Então eu... eu só fiquei longe e dei a ele uma chance, embora tenha partido meu coração fazer isso, garota. Apenas fiz! Então, descobri ontem de manhã. Mas também descobri outra coisa. Jamie disse que há... outra pessoa nessa história. Mas não posso ficar de fora por causa dele, Poliana. Não posso... mesmo com tudo o que ele fez por mim. John Pendleton é um homem e tem dois pés inteiros para uma disputa. Ele precisa se arriscar. Se você se interessa por ele... se você realmente se interessa por ele...

Mas Poliana se virou com os olhos arregalados.

– *John Pendleton*! Jimmy, o que você quer dizer? O que está dizendo... sobre John Pendleton?

Uma grande alegria transfigurou o rosto de Jimmy. Ele estendeu ambas as mãos.

– Então você não... você não! Eu posso ver nos seus olhos que você não... se interessa!

Poliana recuou. Ela estava pálida e tremendo.

– Jimmy, o que você quer dizer? O que quer dizer? – ela implorou piedosamente.

– Quero dizer... você não se interessa pelo tio John, desse jeito. Não entende? Jamie acha que você se interessa e que, de alguma forma, ele também. Então comecei a notar isso... que talvez ele se interesse. Ele está sempre falando de você. Claro, havia sua mãe...

Poliana murmurou baixinho e cobriu o rosto com as mãos. Jimmy aproximou-se e colocou um braço acariciador nos ombros dela, mas novamente Poliana se afastou dele.

– Poliana, garota, não! Você vai partir meu coração – ele implorou. – Você não sente nada por mim... *Nada*? É isso, e você não quer me falar?

Ela baixou as mãos e o encarou. Seus olhos tinham o olhar de alguma criatura selvagem que acabara de ser caçada.

– Jimmy, *você* acha... que ele se interessa por mim... desse jeito? – ela suplicou, em um tom acima de um sussurro.

Jimmy sacudiu a cabeça, impaciente.

– Não importa, Poliana... agora. Eu não sei, claro. Como poderia? Mas essa não é a questão. É você. Se *você* não se interessa por ele, e se me der apenas uma chance... metade de uma chance de fazer você se interessar por mim... – ele segurou a mão dela e tentou atraí-la para ele.

– Não, não, Jimmy, não posso! Não posso! – Com suas pequenas palmas, ela o empurrou para longe dela.

– Poliana, você não quer dizer que *se interessa* por ele, quer?

O rosto de Jimmy ficou pálido.

– Não, na verdade não... não desse jeito – hesitou Poliana. – Mas... veja. Se ele se interessa por mim, preciso... aprender a me interessar por ele...

– *Poliana*!

– Não! Não me olhe assim, Jimmy!

– Quer dizer que você se *casaria* com ele, Poliana?

– Não!... Quero dizer... ora... er... s-sim, acho que sim – ela admitiu fracamente.

– Poliana, você não faria isso! Não poderia! Poliana, você... você está partindo meu coração.

Poliana soluçou baixinho. Colocou o rosto nas mãos novamente. Por um momento ela soluçou, sufocando. Depois, com um gesto trágico, levantou a cabeça e olhou diretamente nos olhos angustiados e reprovadores de Jimmy.

– Eu sei, eu sei – ela falou freneticamente. – Também estou partindo o meu. Mas preciso fazer isso. Eu partiria o seu coração, partiria o meu... mas jamais partiria o dele!

Jimmy levantou a cabeça. Seus olhos lançaram uma chama repentina. Toda a sua aparência sofreu uma mudança rápida e maravilhosa. Com um grito tenro e triunfante, ele pegou Poliana em seus braços e a abraçou.

– Agora eu *sei* que você gosta de mim! – respirou baixo em seu ouvido. – Você disse que estava partindo o *seu* coração também. Acha que vou desistir de você para qualquer homem neste mundo? Ah, querida, você não entende nada de um amor como o meu, se acha que desistiria de você agora. Poliana, diga que você me ama... diga isso com seus lindos lábios!

Por um longo minuto, Poliana permaneceu imóvel no abraço ferozmente terno que a rodeava. Depois, com um suspiro meio contido, meio renunciado, começou a afastar-se.

– Sim, Jimmy, eu amo você. – Os braços de Jimmy se apertaram e a teriam puxado de volta para ele, mas algo no rosto da garota o proibia. – Eu te amo muito. Mas nunca poderia ser feliz com você e sentir isso... Jimmy, não percebe? Preciso saber... que estou livre primeiro.

– Bobagem, Poliana! Claro que você está livre! – Os olhos de Jimmy se rebelaram de novo.

Poliana sacudiu a cabeça.

– Não com isso pairando sobre mim, Jimmy. Percebe? Foi a mamãe, há muito tempo, que partiu o coração de John... *minha mãe*. E todos estes anos ele viveu uma vida solitária e sem ser amado por causa disso. Se agora ele viesse até mim e me pedisse para compensar o que passou, eu teria que fazê-lo, Jimmy. Eu *preciso* fazer. Não poderia *recusar*! Não entende?

Mas Jimmy não entendia... não conseguia entender. Ele não entenderia, embora Poliana implorasse e argumentasse muito e de forma melancólica. Mas Poliana também era obstinada, embora tão doce e com o coração partido, que Jimmy, apesar de sua dor e raiva, se sentia quase como se a estivesse consolando.

– Jimmy, querido – disse Poliana, finalmente – , teremos que esperar. É tudo que posso dizer agora. Espero que não seja verdade, e eu... eu acho que não é. Mas preciso *saber*. Preciso ter certeza. Nós só temos que esperar, um pouco, até descobrirmos, Jimmy... até descobrirmos!

E Jimmy teve que se submeter a isso, embora estivesse com o coração muito rebelde.

– Tudo bem, garota, vai ter que ser do seu jeito, é claro – ele se desesperou. – Mas tenho certeza de que nunca antes um homem ficou esperando por sua resposta até que a garota que ele amava, *e que o amava*, descobrisse se outro homem a queria!

– Eu sei, mas, veja, querido, nunca antes o outro homem *foi apaixonado* pela mãe dela – suspirou Poliana, com o rosto franzido em uma expressão ansiosa.

– Muito bem, vou voltar a Boston, é claro – concordou Jimmy com relutância. – Mas não pense que desisti... porque não desisti. Nem vou desistir, agora que sei que me ama também, minha querida – ele terminou, com um olhar que a fez palpitar em retirada, fora do alcance de seus braços.

ELEANOR H. PORTER

CAPÍTULO 30

Esclarecimento de John Pendleton

Jimmy voltou a Boston naquela noite em um estado que era uma mistura muito tentadora de felicidade, esperança, irritação e rebeldia. Para trás, deixou uma garota em um estado de espírito menos invejável. Poliana, tremulamente feliz com o maravilhoso pensamento de amor de Jimmy por ela, ainda estava tão aterrorizada com o possível amor de John Pendleton, que não havia uma emoção de alegria que não carregasse uma pontada de medo.

Felizmente para todos os interessados, no entanto, esse estado de coisas não durou muito. Por acaso, John Pendleton, em cujas mãos inconscientes estava a solução, menos de uma semana depois da visita apressada de Jimmy, esclareceu todo o mal-entendido.

Era final da tarde de quinta-feira quando John Pendleton foi visitar Poliana. Assim como Jimmy, encontrou Poliana no jardim e foi direto até ela.

Poliana, olhando em seu rosto, sentiu um súbito aperto no coração.

"Chegou... a hora chegou!", estremeceu. Involuntariamente ela se virou como se fugisse.

– Poliana, espere um minuto, por favor – chamou o homem, apressando os passos. – Vim aqui para te ver. Venha, não conversar no gazebo? – sugeriu ele, virando-se. – Quero falar com você.

– Ora, s-sim, claro – gaguejou Poliana, com alegria forçada. Poliana sabia que estava enrubescendo, mas preferia não ficar assim naquele momento. Também não ajudou em nada ele ter escolhido o gazebo para conversar. O gazebo era agora, para Poliana, sagrado por causa de certas lembranças queridas de Jimmy. Ela pensava: "Por que aqui?" e estremecia freneticamente. Mas em voz alta ela disse, ainda de forma alegre:

– Está uma noite linda, não é?

Não houve resposta. John Pendleton entrou no gazebo e sentou-se em uma cadeira rústica, sem nem mesmo esperar por Poliana... o que era inusitado da parte dele. Poliana, lançando um olhar nervoso para seu rosto, achou aquela cena tão assombrosamente parecida com a velha e amarga lembrança que tinha dele da época de sua infância, que proferiu uma exclamação involuntária.

Ainda assim, John Pendleton não prestou atenção. Sério, ele se sentou envolto em pensamentos. Por fim, levantou a cabeça e olhou sombriamente para os olhos assustados de Poliana.

– Poliana.

– Sim, Sr. Pendleton.

– Você se lembra do tipo de homem que eu era quando você me conheceu, anos atrás?

– Ora, s-sim, acho que sim.

– Um espécime deliciosamente agradável da humanidade, não era?

Apesar de sua perturbação, Poliana sorriu fracamente:

– Eu... eu gostava do senhor. – Só quando as palavras foram pronunciadas, ela percebeu como soariam. Ela se esforçou então, freneticamente, para recuperá-las ou modificá-las e quase adicionou um "isto é, quero dizer, eu gostava do senhor, na época!", quando parou a tempo: certamente não ajudaria em nada! Ela escutou então, com medo, as próximas palavras de John Pendleton. Elas vieram quase imediatamente.

– Eu sei disso... abençoado seja seu pequeno coração! E foi minha salvação. Eu me pergunto, Poliana, se conseguiria mostrar a você o que sua confiança e simpatia infantil fizeram por mim.

Poliana gaguejou um protesto confuso, mas ele o afastou sorrindo de lado.

– Ah, sim, fizeram! Foi você e ninguém mais. E me pergunto se você se lembra de outra coisa também – resumiu o homem, depois de um momento de silêncio, durante o qual Poliana olhou furtivamente, mas ansiosa, para a porta. – Você se lembra de quando eu disse que nada além da mão e do coração de uma mulher, ou a presença de uma criança, poderia construir um lar?

Poliana sentiu o sangue subir para seu rosto.

– S-sim, n-não... quero dizer, sim, eu me lembro – gaguejou. – Mas eu... eu não acho que seja sempre assim. Quero dizer... tenho certeza de que sua casa agora é... é adorável como ela é, e...

– É da minha casa mesmo que estou falando, criança – interrompeu o homem, impaciente. – Poliana, você sabe o tipo de lar que eu desejava, e como essas esperanças foram jogadas no chão. Não pense, querida, que estou culpando sua mãe. Não estou. Ela apenas seguiu o coração dela, e fez certo. Ela fez a escolha mais sábia, de qualquer maneira, como foi provado pelo meu triste desperdício de vida por causa dessa decepção. Afinal, Poliana, não é engraçado – acrescentou John Pendleton, com a voz cada vez mais macia – que tenha sido a mãozinha de sua própria filha que finalmente me levou ao caminho da felicidade?

Poliana umedeceu os lábios convulsivamente.

– Ah, mas Sr. Pendleton, eu... eu...

Mais uma vez o homem afastou seus protestos com um gesto sorridente.

– Sim, foi, Poliana, sua mãozinha há muito tempo... você e seu Jogo do Contente.

– A-ah! – Poliana relaxou visivelmente em sua cadeira. O terror em seus olhos começou lentamente a retroceder.

– E assim, todos estes anos, tenho, aos poucos, me tornado um homem diferente, Poliana. Mas tem uma coisa que não mudou, minha querida. – Ele fez uma pausa, desviou o olhar e voltou a olhar para o rosto dela. – Eu ainda acho que são necessários a mão e o coração de uma mulher ou a presença de uma criança para construir um lar.

– Sim; m-mas você t-tem a presença da criança – adiantou-se Poliana, com o terror voltando a seus olhos. – Tem o Jimmy.

O homem deu uma risada divertida.

– Eu sei, mas... acho que nem você diria que Jimmy é... é exatamente a presença de uma *criança* agora – ele comentou.

— N-não, claro que não.

— Além disso... Poliana, eu já me decidi. Eu preciso ter a mão e o coração de uma mulher. – Sua voz diminuiu e tremeu um pouco.

— Ah-h, precisa? – Os dedos de Poliana se encontraram e apertaram um ao outro em um abraço espasmódico. John Pendleton, no entanto, parecia não ouvir nem ver. Ele ficou de pé e andava nervosamente de um lado para o outro no pequeno gazebo.

— Poliana – ele parou e olhou para ela – , se... se você fosse eu, e quisesse pedir a mulher que você ama para que viesse e transformasse sua antiga casa cinzenta de pedra em um lar, como faria?

Poliana quase levantou da cadeira. Seus olhos procuraram a porta, desta vez aberta e ansiosamente.

— Ah, mas, Sr. Pendleton, eu não faria nada, nada – gaguejou, um pouco descontrolada. – Tenho certeza de que é... muito mais feliz... do jeito que está.

O homem olhou surpreso, depois riu severamente.

— Minha nossa, Poliana, é tão ruim assim? – ele perguntou.

— R-ruim? – Poliana parecia estar prestes a voar dali.

— Sim. Esse é o seu jeito de tentar amenizar o golpe de me dizer que ela não me aceitaria, afinal?

— Ah, n-não... claro que não. Ela diria sim... ela *teria* de dizer sim, sabe... – explicou Poliana, com uma seriedade aterrorizada. – Mas estava pensando... quero dizer, eu estava pensando que se... se a garota não te amasse, o senhor realmente seria mais feliz sem ela... e... – com o olhar que surgiu no rosto de John Pendleton, Poliana parou de repente.

— Eu não deveria querer ficar com ela, se não me amasse, Poliana.

— Não, também acho que não. – Poliana começou a parecer um pouco menos distraída.

— Além disso, ela não é uma menina – continuou John Pendleton. – Ela é uma mulher madura que, presumidamente, teria a própria opinião. – A voz do homem era grave e ligeiramente reprovadora.

— Ah-h-h! Ah! – exclamou Poliana, com a felicidade surgindo em seus olhos, saltando em um lampejo de inefável alegria e alívio. – Então o senhor ama alguém... – com um esforço quase sobre-humano, Poliana sufocou o "outra" antes da palavra deixar seus lábios sorridentes.

— Amar alguém! Eu não estava dizendo que amava? – riu John Pendleton, meio irritado. – O que quero saber é... ela poderia me amar também? Por isso estava contando com sua ajuda, Poliana. Veja, ela é uma querida amiga sua.

– É? – Poliana gorgolejou. – Então, ela só poderia te amar. Vamos fazê-la amar! Talvez ela já o ame, de qualquer maneira. Quem é ela?

Houve uma longa pausa antes que a resposta chegasse.

– Eu creio que, afinal, Poliana, eu não vou... sim, eu vou. Você não consegue adivinhar?... A Sra. Carew.

– Ah! – respirou Poliana, com uma expressão de alegria desanuviada. – Que perfeitamente adorável! Estou tão feliz, *feliz, feliz*! Uma longa hora depois, Poliana mandou uma carta para Jimmy. Era confusa e incoerente... uma série de frases incompletas, ilógicas, mas timidamente alegres. Jimmy entendeu menos pelo que estava escrito na carta e mais pelo que não estava escrito. Afinal, ele não precisava saber de mais nada:

"Ah, Jimmy, ele não me ama nem um pouco. É outra pessoa. Eu não posso te dizer quem é... mas o nome dela não é Poliana."

Jimmy ainda tinha tempo de pegar o trem das sete para Beldingsville... e pegou.

ELEANOR H. PORTER

CAPÍTULO 31

Após longos anos

Poliana ficou tão feliz naquela noite depois de mandar sua carta para Jimmy, que não conseguia guardar seu segredo. Sempre antes de ir para a cama, entrava no quarto de sua tia para ver se precisava de alguma coisa. À noite, depois das perguntas costumeiras, ela se virou para apagar a luz quando um repentino impulso a fez voltar ao quarto da tia. Um pouco sem fôlego, ela caiu de joelhos.

– Tia Poli, estou tão feliz, que preciso contar a alguém. *Quero* contar à senhora. Posso?

– Contar a mim? Contar o quê, criança? Claro que pode me contar. Quer dizer que tem uma boa notícia... para *mim*?

– Ora, sim, querida, espero que sim – enrubesceu Poliana. – Espero que a deixe um pouco *feliz*, por mim. Claro que Jimmy contará tudo à senhora de forma adequada em breve. Mas queria lhe contar primeiro.

– Jimmy? – o rosto da Sra. Chilton mudou perceptivelmente.

– Sim, quando... quando ele... me pedir em casamento – gaguejou Poliana, com uma inundação radiante de cor. – Ah, eu... eu estou tão feliz, que *tive* que te contar!

– Pedir você em casamento! Poliana! – A Sra. Chilton se levantou da cama. – Você não quer dizer que há algo *sério* entre você e... Jimmy Bean!

Poliana caiu em desânimo.

– Ora, tia, pensei que *gostasse* do Jimmy!

– Sim, gosto... no lugar dele. E não é como o marido da minha sobrinha.

– *Tia Poli!*

– Filha, não fique tão chocada. Tudo isso é bobagem, e eu estou feliz por conseguir impedir antes que siga adiante.

– Mas, tia Poli, isso *já* seguiu adiante – disse Poliana. – Eu... já aprendi a am... me interessar por ele... carinhosamente.

– Então você terá que desaprender, Poliana, pois eu nunca, nunca darei meu consentimento para você se casar com Jimmy Bean.

– Mas... por quê, tia?

– Em primeiro lugar, porque não sabemos nada sobre ele.

– Ora, tia Poli, nós o conhecemos desde que eu era uma garotinha!

– Sim, e quem ele era? Um moleque fujão do orfanato! Não sabemos nada sobre sua família e sua linhagem.

– Mas não vou me casar com a f-família e com a l-linhagem dele!

Com um gemido impaciente, tia Poli caiu no travesseiro.

– Poliana, você está me deixando realmente doente. Meu coração está batendo como um martelo de ferreiro. Não vou dormir um só minuto esta noite. Podemos deixar essa conversa para amanhã de manhã?

Poliana ficou de pé instantaneamente, com uma expressão arrependida no rosto.

– Ora, sim... sim, certamente... claro, tia Poli! Amanhã a senhora vai pensar diferente, tenho certeza. Tenho certeza que vai – reiterou a menina, com a voz tremendo de esperança novamente, quando ela se virou para apagar a luz.

Mas tia Poli não "pensou diferente" pela manhã. Pelo contrário, sua oposição ao casamento foi ainda mais determinada. Em vão, Poliana implorou e argumentou. Em vão, mostrou quão profundamente sua felicidade dependia disso. Tia Poli estava obstinada. Não aceitaria a ideia. Ela advertiu Poliana severamente quanto aos possíveis males da hereditariedade, e avisou-a dos perigos de se casar com alguém cuja família ela não conhecia. Chegou até a apelar para seu senso de dever e gratidão para com ela mesma, e lembrou a Poliana dos longos anos de cuidado amoroso que tinha recebido na casa de sua tia. Implorou a ela, piedosamente, que não partisse seu coração com esse casamento, como sua mãe havia feito anos antes com o casamento *dela*.

Quando o próprio Jimmy, de rosto radiante e olhos brilhantes, chegou às dez horas, ele foi recebido por uma pequena Poliana, assustada e abalada, que tentou inutilmente segurá-lo com as mãos trêmulas. Com as bochechas pálidas, mas os braços desafiadoramente sensíveis que a abraçavam, ele exigiu uma explicação.

– Poliana, querida, o que é isso?

– Ah, Jimmy, Jimmy, por que você veio, por que você veio? Eu ia escrever e lhe contar imediatamente – lamentou Poliana.

– Mas você me escreveu, querida. Eu recebi ontem à tarde, bem a tempo de pegar o trem.

– Não, não.... novamente, quero dizer. Eu não sabia naquele momento que eu... eu não posso.

– Não pode! Poliana – seus olhos ardiam em uma ira severa – , você quer me dizer que ama *outra* pessoa? – perguntou, segurando-a a um braço de distância.

– Não, não, Jimmy! Não me olhe assim. Não suporto isso!

– Então, o que é? O que você não pode fazer?

– Eu não posso... me casar com você.

– Poliana, você me ama?

– Sim. Ah, s-sim.

– Então, case-se comigo – Jimmy triunfou, com seus braços envolvendo-a novamente.

– Não, não, Jimmy, você não entende. É... tia Poli – lutou Poliana.

– *Tia Poli*!

– Sim. Ela... não permite.

– Ah! – Jimmy sacudiu a cabeça com uma leve risada. – Vamos dar um jeito em tia Poli. Ela acha que vai perder você, mas vamos apenas lembrá-la de que ela... vai ganhar um... um sobrinho! – terminou em tom de zombaria.

Mas Poliana não sorriu. Ela virou a cabeça desesperadamente de um lado para o outro.

– Não, não, Jimmy, você não entende. Ela... ela... ah, como posso dizer?... ela se opõe a... a *você*... para... *mim*.

Os braços de Jimmy relaxaram um pouco. Seus olhos ficaram sérios.

– Ah, bem, não posso culpá-la por isso. Eu não sou... Uma maravilha, é claro – admitiu constrangido. – Ainda assim... – ele voltou os olhos amorosos para ela... – Eu tentaria fazer você... feliz, querida.

– Tenho certeza de que sim! Eu sei disso – protestou Poliana, chorando.

– Então por que não... me dá uma chance de tentar, Poliana, mesmo que ela... não aprove, no começo. Talvez no seu tempo, depois de nos casarmos, poderíamos conquistá-la.

– Ah, mas eu não posso... eu não posso fazer isso – lamentou Poliana. – Depois do que ela disse. Eu não posso... sem o consentimento dela. Ela fez muito por mim, e ela é muito dependente de mim. Ela não está nada bem agora, Jimmy. Ultimamente ela tem sido tão... tão amorosa, e ela tem tentado tanto... jogar o jogo, sabe, apesar de todos os problemas. E ela... ela chorou, Jimmy, e implorou que eu não partisse o coração dela... como a mamãe fez há muito tempo. E... e Jimmy, eu... eu simplesmente não poderia, depois de tudo o que ela fez por mim.

Houve um momento de pausa; depois, com a testa exibindo uma coloração vermelho vivo, Poliana falou de novo, entrecortada.

– Jimmy, se você... se você pudesse dizer algo à tia Poli sobre... sobre seu pai, e sua família, e...

Os braços de Jimmy caíram de repente. Ele recuou um pouco. A cor sumiu do rosto dele.

– É... isso? – ele perguntou.

– Sim. – Poliana aproximou-se e tocou seu braço timidamente. – Não pense... não é por mim, Jimmy. Não ligo para isso. Além disso, *sei* que seu pai e sua família eram todos... todos bons e nobres, porque *você* é tão bom e nobre. Mas ela... Jimmy, não me olhe assim!

Mas Jimmy, com um murmúrio, se afastou dela. Um minuto depois, com apenas algumas palavras sufocantes, que ela não conseguiu entender, ele saiu.

Da propriedade dos Harrington, Jimmy foi direto para casa e procurou John Pendleton. Encontrou-o na grande biblioteca vermelha, onde, alguns anos antes, Poliana parecia ter medo do "esqueleto no armário de John Pendleton".

– Tio John, o senhor se lembra daquele envelope que o papai deixou pra mim? – perguntou Jimmy.

– Ora, sim. Qual o problema, filho. – John Pendleton surpreendeu-se de início ao ver o rosto de Jimmy.

– Preciso abrir esse envelope, senhor.

– Mas... e as condições?

– Não tenho saída. Eu preciso. É isso. Você faria isso?

– Sim, meu filho, claro, se você insiste, mas... – ele fez uma pausa impotente.

– Tio John, acredito que já saiba que eu amo a Poliana. Eu a pedi em casamento e ela aceitou. – O homem mais velho fez uma exclamação de encanto, mas Jimmy não parou, nem mudou sua expressão severa e decidida. – Mas agora ela diz que não pode mais... se casar comigo. A Sra. Chilton se opõe. Ela se opõe a *mim*.

– A *você*! – Os olhos de John Pendleton brilharam de raiva.

– Sim. Descobri porque... Poliana implorou para que eu dissesse a tia dela algo sobre... sobre meu pai e minha família.

– Não acredito! Eu achava que Poli Chilton tivesse mais sensibilidade... ainda assim, é a cara dela, afinal. Os Harrington sempre se orgulharam do sangue e da família – rebateu John Pendleton. – Você não pode atender ao pedido dela?

– *Posso!* Estava na ponta da língua para contar a Poliana que nunca houve um pai melhor do que o meu, então me lembrei... do envelope. E eu estava com medo. Não ousei dizer uma palavra até saber o que há nele. Há algo que papai não queria que eu soubesse até os meus trinta anos... quando serei um homem crescido e poderei suportar qualquer coisa. Entende? Há um segredo em nossa vida. Preciso saber qual é, e precisa ser agora.

– Mas, Jimmy, não seja tão trágico. Pode ser um bom segredo. Talvez seja algo que você *queira* saber.

– Talvez. Mas, se fosse, ele teria escondido isso de mim até meus trinta anos? Não! Tio John, ele estava tentando me proteger disso até que eu tivesse idade suficiente para aguentar e não recuar. Entenda, não estou culpando o papai. Não importa o que seja, era algo que ele não podia evitar, eu garanto. Mas preciso saber. Pode me dar o envelope, por favor? Está no cofre, o senhor sabe.

John Pendleton levantou-se imediatamente.

– Vou buscar – ele disse. Três minutos depois, estava nas mãos de Jimmy, mas ele o devolveu no mesmo instante.

– Pode ler para mim, por favor? Depois me conte.

– Mas, Jimmy, eu... está bem. – Com um gesto decisivo, John Pendleton pegou um cortador de papel, abriu o envelope e retirou seu conteúdo. Havia um pacote com vários papéis amarrados juntos, e uma folha dobrada sozinha, aparentemente uma carta. John Pendleton a abriu primeiro e leu. Enquanto lia, Jimmy, tenso e sem fôlego, observou seu rosto. Ele viu, portanto, o olhar de espanto, alegria e algo mais que ele não soube nomear, no semblante de John Pendleton.

– Tio John, o que é? O que é? – perguntou.

– Leia... você mesmo – respondeu o homem, colocando a carta na mão estendida de Jimmy.

E Jimmy leu:

"Os documentos anexos são a prova legal de que meu filho, Jimmy, é realmente James Kent, filho de John Kent, que se casou com Doris Wetherby, filha de William Wetherby, de Boston. Há também uma carta em que explico ao meu filho por que o escondi da família de sua mãe durante todos estes anos. Se este envelope for aberto por ele aos trinta anos de idade, ele lerá esta carta, e espero que perdoe um pai que temia perder o filho, por isso tomou esse rumo drástico para criá-lo sozinho. Se for aberto por estranhos, por causa de sua morte, peço que a família de sua mãe em Boston seja notificada imediatamente, e que os documentos sejam entregues, intactos, em suas mãos.

John Kent"

Jimmy estava pálido e abalado quando olhou para cima e encontrou os olhos de John Pendleton.

– Eu sou... o desaparecido... Jamie? – hesitou.

– Essa carta diz que tem documentos para provar isso – acenou John.

– O sobrinho da Sra. Carew?

– Sim.

– Mas, por que... o que... não entendo! – Houve uma pausa antes que surgisse no rosto de Jimmy uma nova alegria. – Então, agora sei quem sou! E posso contar... para a Sra. Chilton *alguma coisa* sobre minha família.

– Acho que sim – retrucou John Pendleton, secamente. – Os Wetherby de Boston têm uma ascendência direta com os Cruzados, acredito que desde os primórdios. Isso deve satisfazê-la. Quanto ao seu pai... ele também veio de boa família, contou-me a Sra. Carew, embora fosse bastante excêntrico e não agradasse os Wetherby, como sabe, é claro.

– Sim. Pobre papai! E que vida deve ter tido comigo estes anos todos... sempre temendo ser encontrado. Entendo muitas coisas, agora, que não entendia antes. Uma vez uma mulher me chamou de "Jamie". Nossa! Como ele ficou bravo! Agora sei por que ele me apressou naquela noite sem sequer esperar o jantar chegar. Pobre papai! Logo depois ele foi internado, doente. Não mexia mais as mãos e os pés, e logo não conseguia falar direito. Alguma coisa afetou sua fala. Eu me lembro, quando ele morreu, que estava tentando me dizer algo sobre este envelope. Acho que estava me dizendo para abri-lo e procurar a família de minha mãe. Mas achei que ele estava apenas me dizendo para mantê-lo seguro. Foi o que prometi a ele. Mas isso não o confortou. Só pareceu preocupá-lo ainda mais. Mas eu não entendi. Pobre papai!

– Melhor examinarmos estes documentos – sugeriu John Pendleton. – Além disso, acho que tem uma carta do seu pai para você. Não quer ler?

– Sim, claro. Então... – o jovem riu envergonhado e olhou para o relógio... – estava pensando em voltar para ver Poliana de novo.

Uma expressão pensativa tomou o rosto de John Pendleton. Ele olhou para Jimmy, hesitou, depois falou:

– Eu sei que você quer ver a Poliana, rapaz, e não o culpo, mas, dadas as circunstâncias, você deveria ver primeiro... a Sra. Carew e levar tudo isto. – Ele bateu os papéis diante dele.

Jimmy juntou as sobrancelhas e ponderou:

– Sim, eu vou – concordou resignadamente.

– Se não se importar, gostaria de ir com você – sugeriu John Pendleton, um pouco timidamente. – Tenho um assunto para tratar com... com sua tia. Que tal irmos hoje às três horas?

– Ótimo! Vamos sim, senhor. Meu deus! Eu sou o Jamie! Não consigo acreditar! – exclamou o jovem, saltando para ficar de pé e andando inquieto pela biblioteca. – Mas... – ele parou e enrubesceu de maneira infantil – ...como será que... tia Ruth... vai reagir?

John Pendleton sacudiu a cabeça. Um traço da antiga tristeza surgiu em seus olhos.

– Bem, meu filho. Mas... estou pensando em mim. Como vai ser? Se você é o sobrinho dela, onde eu entro nessa história?

— Você! Acha que *alguma coisa* atrapalharia nossa relação? — zombou Jimmy fervorosamente. — Você não precisa se preocupar. *Ela* não vai se incomodar com isso. Ela tem o Jamie, e... — ele parou de repente, com um desalento nos olhos. — Por Deus! Tio John, eu me esqueci... do Jamie. Vai ser difícil... para ele!

— Sim, pensei nisso também. Ainda assim, ele é legalmente adotado, não é?

— Sim, não se trata disso. Ele não é o verdadeiro Jamie... e ainda tem sua condição! Ora, tio John, isso irá acabar com ele. Sei disso. Poliana e a Sra. Carew me disseram como ele se sente, que tem *certeza* de que é o Jamie e está feliz com isso. Minha nossa! Não posso tirar isso dele... O que eu faço?

— Não sei, meu filho. Não tem outra saída a não ser o que já está fazendo.

Houve um longo silêncio. Jimmy havia retomado seu nervosismo andando de um lado para o outro. De repente ele se virou, com o rosto iluminado.

— *Tem* um jeito! *Sei* que a Sra. Carew vai concordar. *Nós não vamos contar*! Não vamos contar a ninguém além da Sra. Carew e... Poliana e sua tia. *Tenho* que dizer a elas — acrescentou defensivamente.

— Sim, terá, meu filho. Quanto aos outros... — John Pendleton fez uma pausa duvidosa.

— Não é da conta de ninguém.

— Mas, lembre-se, você está fazendo um grande sacrifício... Pense bem.

— Pensar? Já pensei e será dessa forma... pouparei Jamie. Simplesmente não poderia fazer isso. Está decidido.

— Não culpo você, e acho que está certo — declarou John Pendleton com entusiasmo. — Além disso, acho que a Sra. Carew vai concordar com seu plano, principalmente porque ela *saberá* agora que o verdadeiro Jamie foi encontrado.

— Ela sempre disse que achava que já me conhecia de algum lugar — riu Jimmy. — Que horas sai esse trem? Estou pronto.

— Eu ainda não — riu John Pendleton. — Ainda bem que temos algumas horas — ele terminou, quando se levantou e saiu da biblioteca.

ELEANOR H. PORTER

CAPÍTULO 32

Um novo Aladim

Quaisquer que fossem os preparativos de John Pendleton para a partida – e ele tinha outros dois –, foram feitos abertamente, com duas exceções. As exceções eram duas cartas, uma endereçada a Poliana e uma à senhora Poli Chilton. Essas cartas, junto com instruções cuidadosas e minuciosas, foram entregues nas mãos de Susan, sua governanta, para que as levasse depois que partissem. Mas Jimmy não sabia disso. Os viajantes estavam se aproximando de Boston quando John Pendleton disse a Jimmy:

– Meu filho, preciso te pedir um favor... ou melhor, dois. Primeiro, melhor não dizermos nada à Sra. Carew até amanhã à tarde. Segundo, deixe-me ir primeiro e ser seu... em... embaixador. Assim, você só deve aparecer pessoalmente depois, digamos... das quatro horas. Pode ser?

– Sim, claro – respondeu Jimmy, prontamente. – Não só faço, mas com prazer. Estava me perguntando como iria quebrar o gelo, e estou feliz por ter você para me ajudar.

– Ótimo! Tentarei falar com... a *sua tia* ao telefone amanhã de manhã e marcar um encontro.

Fiel à sua promessa, Jimmy não apareceu na mansão dos Carew até as quatro horas da tarde seguinte. Mesmo depois sentiu-se tão envergonhado, que passou duas vezes pela casa antes de ganhar coragem suficiente para subir os degraus e tocar a campainha. Na presença da Sra. Carew, no entanto, logo ele se comportou naturalmente, tal foi a rapidez com que ela o deixou à vontade e a habilidade com que lidou com a situação. Na verdade, logo no início, houve algumas lágrimas e algumas exclamações incoerentes. Até John Pendleton teve que procurar apressadamente o seu lenço. Mas, em pouco tempo, restabeleceu-se a tranquilidade, e apenas o brilho terno nos olhos da Sra. Carew e a felicidade em êxtase de Jimmy e John Pendleton foram mantidos para marcar a ocasião como algo fora do comum.

– Você está sendo muito gentil... sobre o Jamie! – exclamou a Sra. Carew, depois de um momento. – Jimmy... (continuarei a chamá-lo de Jimmy, por razões óbvias, além disso, prefiro assim, por você), na verdade, você está certo, se estiver disposto a fazê-lo. Eu também estou fazendo alguns sacrifícios – continuou ela, chorosa. – Porque eu teria muito orgulho em apresentar você ao mundo como meu sobrinho.

– Verdade, tia Ruth, eu... – com uma exclamação meio sufocada de John Pendleton, Jimmy parou. Ele viu que Jamie e Sadie Dean haviam entrado na sala. O rosto de Jamie estava muito pálido.

– *Tia Ruth*! – ele exclamou, olhando para um e para o outro com olhos assustados. – *Tia Ruth*! Quer dizer...

Todo o sangue se esvaiu do rosto da Sra. Carew e do de Jimmy também. John Pendleton, no entanto, avançou alegremente.

– Sim, Jamie, por que não? Eu ia te contar logo, de qualquer maneira, então vou contar agora. – (Jimmy engasgou e deu um passo à frente, mas John Pendleton o silenciou com um olhar.) – Um momento atrás a Sra. Carew me fez o homem mais feliz do mundo dizendo sim a uma pergunta que fiz. Agora, como Jimmy me chama de "tio John", por que ele não poderia começar imediatamente a chamar a Sra. Carew de "tia Ruth"?

– Ah! Ah-h! – exclamou Jamie, em claro deleite, enquanto Jimmy, sob o olhar firme de John Pendleton, conseguiu se controlar sem deixar escapar *sua* surpresa e felicidade. Naturalmente, também, naquele momento, a Sra. Carew tornou-se o centro do interesse de todos, e o perigo foi superado. Apenas Jimmy ouviu John Pendleton falar baixo em seu ouvido, um pouco depois:

– Então, veja você, seu jovem malandro, eu não vou te perder, afinal. Somos nós três agora.

Todos ainda felicitavam o novo casal, quando Jamie, com uma nova luz nos olhos, virou-se sem aviso para Sadie Dean.

– Sadie, vou contar a eles agora – declarou triunfante. Com o rosto brilhante de Sadie contando a história afetuosa mesmo antes que os lábios ansiosos de Jamie pudessem formar as palavras, houve mais felicitações, e todos estavam sorrindo e cumprimentando uns os outros.

Jimmy, no entanto, logo começou a olhá-los com aflição, com saudade.

– Tudo isso é muito bom para *vocês* – reclamou ele. – Cada um de vocês tem um ao outro. Mas e eu? Só posso dizer que se certa jovem que eu conheço estivesse aqui, talvez pudesse dizer algo também.

– Só um minuto, Jimmy – interpôs John Pendleton. – Vamos imaginar que eu sou Aladim, então deixe-me esfregar minha lâmpada. Sra. Carew, tenho sua permissão para chamar a Mary?

– Ora, s-sim, certamente – murmurou a senhora, numa surpresa intrigada que encontrou resposta no rosto dos demais.

Um momento depois, Mary estava na porta.

– Parece que ouvi a senhorita Poliana chegar momentos atrás – disse John Pendleton.

– Sim, o senhor está certo. Ela está aqui.

– Poderia pedir para ela vir até aqui, por favor?

– Poliana, por favor, venha aqui! – exclamou um coro espantado, enquanto Mary desaparecia. Jimmy ficou muito branco, depois muito vermelho.

– Sim. Mandei um bilhete para ela ontem através de minha governanta. Tomei a liberdade de pedir a ela que viesse alguns dias para ver você, Sra. Carew. Achei que a menina precisava de um descanso. Minha governanta tem instruções para ficar e cuidar da Sra. Chilton. Também escrevi um bilhete para a própria senhora Chilton – acrescentou ele, virando-se de repente para Jimmy, com um significado inconfundível nos olhos. – Achei que, depois de ler o que escrevi, ela deixaria Poliana vir. Parece que ela deixou, porque... aqui está ela.

E lá estava ela na porta, enrubescida, com os olhos arregalados, mas ainda um pouco tímida e confusa.

– Poliana, querida! – Foi Jimmy que se adiantou para encontrá-la, e que, sem hesitar, tomou-a pelos braços e a beijou.

– Ah, Jimmy, diante de todas essas pessoas! – respirou Poliana em protesto envergonhado.

– Ahhh! Eu a teria beijado mesmo se estivesse no meio da... da rua Washington – prometeu Jimmy. – Aliás, olhe para... "todas essas pessoas" e veja se precisa se preocupar com elas.

E Poliana olhou; e viu:

Em uma janela, de costas, estavam Jamie e Sadie Dean; em outra janela, também de costas, estavam a Sra. Carew e John Pendleton.

Poliana sorriu... tão adoravelmente que Jimmy a beijou mais uma vez.

– Ah, Jimmy, não é tudo lindo e maravilhoso? – murmurou de forma suave. – E tia Poli... ela sabe de tudo agora e está tudo bem. Acho que teria ficado tudo bem, de qualquer forma. Ela estava começando a se sentir tão mal... por mim. Agora ela está tão feliz. E eu também estou. Jimmy, estou feliz, *feliz, feliz* por tudo agora!

Jimmy recuperou o fôlego com uma alegria contundente.

– Deus permita, garota, que seja sempre assim... com você – engasgou, instável, abraçando-a firmemente.

– Tenho certeza de que será – suspirou Poliana, com olhos brilhantes de confiança.